上帝微服出巡时

DIEU VOYAGE TOUJOURS INCOGNITO

Laurent Gounelle

〔法〕洛朗·古奈尔 著

聂云梅 译

人民文学出版社

著作权合同登记号　图字 01-2016-6580

DIEU VOYAGE TOUJOURS
INCOGNITO by Laurent Gounelle
Copyright: © S.N. Éditions Anne Carrière, Paris, 2010

图书在版编目（CIP）数据

上帝微服出巡时/（法）洛朗·古奈尔著；聂云梅译.
—北京：人民文学出版社，2016
ISBN 978-7-02-011994-3

I.①上… II.①洛… ②聂… III.①长篇小说—法国—现代 IV.①I565.45

中国版本图书馆CIP数据核字（2016）第222038号

责任编辑：朱卫净　陶嫒嫒
装帧设计：钱　珺

出版发行　人民文学出版社
社　　址　北京市朝内大街166号
邮政编码　100705
网　　址　http://www.rw-cn.com

印　　制　山东德州新华印务有限责任公司
经　　销　全国新华书店等

字　　数　240千字
开　　本　890毫米×1240毫米　1/32
印　　张　9
版　　次　2016年11月北京第1版
印　　次　2016年11月第1次印刷

书　　号　978-7-02-011994-3
定　　价　39.80元

如有印装质量问题，请与本社图书销售中心调换。电话：01065233595

致让·克洛德·古奈尔(1932-2006)
我思念你,爸爸。

生活如同历险。

不入虎穴,焉得虎子。

体味人生,如饮……香槟。

——艾曼纽艾尔嬷嬷

1

夜色温柔似水，我深深陶醉。它拥我入怀，将我轻轻托起；我的身体与夜幕合二为一，我已漂浮在空气中。

再往前一步……

我不怕。一点儿也不怕。恐惧与我无关。即使我曾想象过恐惧，那只是因为我害怕这种感觉出现，害怕它会在这几天来纠缠我。我不愿让恐惧袭来，不然它会拽住我，还会坏了我的正事儿……

再走一小步……

我以为会听到浮世喧嚣，然而这座城市却平静得让人意外。不是寂静，而是平静。我听到的各种声音轻柔而遥远。我的双眼迷离于朦胧夜色中，而这些声音给了我些许慰藉。

再走一步……

我在钢梁上慢慢前行，走得很慢。钢材的特殊光泽像黑暗中发光的金子。今夜，我将和埃菲尔铁塔融为一体。我在金子般的钢铁上行走，慢慢呼吸温和而潮湿的空气，空气中弥漫着独特又沁人心脾的味道。我的脚下，一百二十三米以下，是延伸的巴黎，此刻它完完全全属于我。巴黎的霓虹闪烁，宛如人们闪亮的双眼和深情的呼唤。它饶有兴致地等待着我的血液来滋润其羽翼，它知道自己不会拒绝。

再来一步……

我花了很长时间来考虑、决定，准备自杀。我选择、接受也认可了这样的方式。我心如止水，决定结束自己的生命，因为活着既漫无目的，也了无生趣。活着——这个信念用可怕的方式一点一滴地侵蚀到我的身体里，但除了痛苦，它没能带给我什么。

又一步……

我的存在本身就是失败的延续，甚至在我出生以前，失败就开始了。我的父亲——说得难听点，不过是个下流的授精者——不配我认他：当我母亲告知他已有身孕时，他便离开了她。

母亲大概是不想要我了，才去巴黎的酒吧借酒消愁？在那里，她邂逅了一个美国商人，和他豪饮。即使这样，她依然神志清醒。当时，那个美国佬三十九岁，我母亲二十六岁。她焦虑不安，而他却不拘小节，于是她悬着的心放下了。他看起来生活富足，而她则要考虑往后的生计。当晚，她看到了一线生机，于是颇有心计地纵容了他对自己的占有。清晨，她显得温柔妩媚，深情款款。我从不知道他答应和她牵手是出于真心还是只因定力不够。他说万一她怀孕了，他希望她生下孩子并留在他的身边。

她随他去了美国，在那个肥胖症患者司空见惯的国度里，没有人会对我出生时的样子感到意外：我来到世上时只有七个半月，而体重已达三公斤……

他们给我取了个当地的名字，叫阿兰·格林曼，我是真正的美国公民。母亲学习英语，几经努力，终于勉强融入她生活的社区里。然而接下来的事情就没那么光彩了。五年后继父失业了，里根当选总统前美国爆发了严重的经济危机，继父难以另觅新职，便终日与酒为伴。由于酗酒，他变得令人厌恶，不苟言笑，郁郁寡欢。他完全丧失了斗志，母亲反感至极，不断指责他的肆意妄为。她打心眼儿里恨他，动不动就找茬儿。哪怕是一点儿小事也会成为她懊恼的借口。她的丈夫对此表现得无动于衷，这愈发激起她不可收拾的人身攻击，几乎到了侮辱人的地步，似乎一定要让他怒不可遏，她才善罢甘休。她情愿他大发雷霆而不是沉默以对。这样的游戏让我害怕极了。我喜欢我的父母，却不愿看到他们彼此攻击。父亲很少发火，但忍无可忍时也会暴跳如雷。我很怕他发火，而母亲却常常无理取闹。她终于得到了她想要的：他用眼神和行为来回应她。她棋逢对手。怨恨与日俱增，她找到的发泄方法，就是破口大骂。某天晚上，他打了她，我并未因为他对母亲施暴而感到受伤，因为我更厌恶从母亲脸上读到的某种变态的快乐。一天晚上，他们争吵得尤其厉害，我的母亲摇晃着她的脑袋说儿子并非是他亲生，我也和父亲一并得知了……第二天他离开了家，再也没有回来。就这样继父也离开了我。

母亲努力让我们活下去，每周，她在一家洗衣坊里工作六天，手上的活计永远没完没了。晚上她回到家的时候，洗衣坊的化学气味也尾随而至。这是她身上特有的味道，无论走到哪里都挥之不去。临睡前，她来床前吻我。我已经闻惯了她的气味，甚至还很依恋。以前这味道会让我安心，伴我入睡，因为这里面饱含着浓浓的母爱。

一步，又一步……

接下来的日子，母亲一直在找一些小的活计来做。每次换工作时，她都深信能够养活自己，改变现状，并更好地经营人生。她也不断地更换情人，每次都希望此人留下，能与她重组家庭。我想也许是某天她突然意识到所有这些与人生有关的希望全是泡沫，也就是在她突然觉醒的那个时候，她开始把注意力放在我身上。我也许会功成名就，而她的人生却以失败告终。要是我钱挣得多，她也就能过上好日子了。从那时起，我的学业就变成了她的头等大事。她叮嘱我要把评语为优秀的成绩单带回家里。饭桌上，我们的话题总是围绕着学校、老师和成绩展开。母亲俨然成了驯马师，而我就是她的马驹。我和她说法语，和其他人说英语，我很小就会讲两种语言。她反复念叨我拥有一张最大的王牌。当然，凭借双语，我可能会成为国际商人，或重量级翻译，没准儿会在白宫里谋份差事呢？有朝一日，她甚至会看到我成为外交部长。我很害怕让她失望，于是全身心投入到学习上，成绩也名列前茅。然而这只会让母亲对我的期望越来越高，同时也更让她坚定了要好好培养我的想法。

母亲得知美国的大学需要支付高昂学费时，如得当头一棒。这是我第一次见母亲因为学费问题被完全击垮。我曾以为她会和父亲一样行尸走肉般地活着。她的计划全部破灭，她觉得自己真是一个扫把星。但在很短的时间内，母亲振作起来了。她预约了高中校长，见面时她说服了他，她说："我们不能毁灭一个美国年轻公民的梦想，他成绩斐然，这就足以说明他具备为国家服务的能力，但我们得让他上大学，这样他才能找份好工作。必须有个解决办法，有没有奖学金或别的什么？"她信心百倍地回到家里。她说，这很简单，解决方法就在这五个字母里：S-P-O-R-T（体育）。只要我的体育好，就有机会让一所大学录取我。前提是我得加入到学校的运动队里，有比赛时，学校获胜的几率也会增加几许。

于是我顺从地进行着高强度的体育锻炼，从未敢向母亲承认其实我最厌恶的就是运动。她一直督促、刺激、鼓励着我，密切关注着我每次的体育考核。我的考核成绩一直中等，她并不因此窘迫。"有志者，事竟成。"她反复念叨。终于，我在棒球上表现出色，于是从那时起，我便为棒球而活着。为了鼓励我，她用大头针在我房间的墙壁上别上了底特律棒球队——老虎队明星们的海报。早餐时，我的咖啡杯上有老虎队的头像。他们在我的生活里随处可见：我的钥匙扣、T恤、袜子、浴衣、钢笔上全都有他们。我吃着老虎队，写着老虎队，洗着老虎队，甚至还枕着老虎队入睡。棒球的确会经常出现在我的睡梦中：母亲终于让我将棒球铭记于心，我的脑海里会不知不觉地浮现出海报上的画面。为了能够支付我加入附近棒球俱乐部的费用，她加班加点地工作，并迫不及待地给我报了名。我平时在那儿的时间每天至少三小时；周末则是五小时。很多年后，我耳旁还会响起教练的吼声；我依然记得每次训练完毕更衣室里恶心的味道，一想到这儿，我就想吐。队友们大汗淋漓地脱下衣服，眨眼的工夫，窗户的玻璃上就蒙了层水汽，室内的空气令人窒息。我讨厌这项运动，却深爱着母亲，无论我做什么，都是为了让她高兴。她用毕生的精力来供养希望，我觉得，要是哪天她无所期待，生命就会终止。

我的预测是对的：几年后，母亲走了，就在我拿到大学文凭的第二天，她与世长辞。我备觉孤单，口袋里揣着MBA的文凭，其实这不是我很想要的东西。大学期间，我与一群年轻人频繁见面，他们有什么样的爱好和追求，我无从得知。我也没有任何朋友。有人提议让我去一家大企业做财务部门的副总。我去了，薪水合理，工作却无乐趣，但我没有失望，因为无所奢望。母亲的人生早已教会我一个道理：希望全是泡沫。

再走一步……

就这样百无聊赖地过了几年后，一时冲动下，我去了法国。这是否意味着冥冥中要追本溯源？还是想摆脱母亲悲惨生活的阴影，走一条与她的人生截然不同的道路？我不知道。不管怎样，我又回到了巴黎，不久之后，我决定留下了。巴黎很美，却不是我留下的理由，还有其他缘由。凭直觉我预感自己的命运会在此停留。当时，我并不知道会这么快地想在这座城市结束自己的生命。

我找工作，约了丹克咨询公司的负责人见面，这是一家猎头公司，专为一些大公司招聘会计主管。见面时，该负责人让我明白了自己是无法被聘用的，因为法国的会计行规与美国的完全是两回事，也就是说我的所学与此毫不相干。"你得从零学起。"他说道，神情幽默地笑了起来。只要他一笑，面部的肌肉就会微微抽搐；双下巴也随之抖动。我显得无动于衷。但他明确告之：鉴于我在这个领域里的整体学识以及美国文化背景，他会考虑我的……我将成为他们公司里的一名招聘顾问。他们的主要客户实际上就是一些美国大公司。如果他们把会计招聘工作交由一个美国人来打理的话，那这些公司肯定会高度重视他们。"这不可能，"我辩驳道，"招聘不是我的专业，我对此一窍不通。"他不怀好意地笑了笑。这就像在关键时刻，一个年轻女孩向一个老奸巨猾的男人尴尬地承认自己还是处女一样。"我们会有解决办法的。"他狡黠地说。

他们聘用了我。两周后，我和其他几个年轻的新成员一起参加了公司的强化培训，他们将为公司的长期发展做出贡献。培训班成员的平均年龄不过三十岁，于我而言，以这样的年龄来从事这个职业，是远远不够的。因为我觉得评估一个候选人的资质和能力，其实就是在评价这个人。担当这样的责任令我困惑不已。参加培训的同事们似乎并不为此担心：显然，他们很乐于穿上令人敬畏的招聘者制服；他们自视甚高，完全进入了工作状态。团队里的成员们通常都会觉得他们已是某一类社会精英。他们自负得不去怀疑自己的能力。

半个月的时间里，公司为我们传授了职业秘笈：面试时言行举止要简单、规范；同时也教了一些小伎俩。时至今日，我仍然觉得这些小把戏荒谬至极。

接待了一个面试者后我才明白，沉默片刻是必要的。要是应聘者自己把握话语权，那么我们很可能是在与一个未来的领导对话；要是我问一句他答一句，那么他的谨慎则暗示了他只有做奴才的命。

我们得引导他们开放地介绍自己："和我说说您吧。"无需问那些与游戏规则有关的具体问题。要是面试者自己说得很嗨，那么他的个性是独立的；要是他事先征求我们的意见，诸如：是从他的学业开始呢，还是先说说他最近的工作经历？那么这个人显然是没有主动性的，但很温顺。

我们被分为两人一组，来练习如何应用培训过的职业技巧。要进行"角色扮演"：一人为招聘者，而另一人是应聘者。我们设计了面试情节和工作经历，这么做是为了训练招聘顾问，使其能够应付面试场景并学会提问，旨在让应聘者露出他的狐狸尾巴。

训练时火药味十足的氛围让我吃惊不已。每个人都试图设计陷阱让另一人中招，他们轮番来揭穿说谎者，或者引诱对手上当。最滑稽的莫过于我们的老师，丹克咨询的正式员工，也加入到了硝烟弥漫的战争中，他乐此不疲地指出学员的疏忽或愚笨，言语恶毒。"你正在锻炼自己！"这是他最喜欢说的话，声调几近嘲讽，他巡视着我们的"角色扮演"，也会参与到练习中，无非就是想表明他能应对自如……

两周后，我们考核合格，可以上任工作了。

我又坐在了办公桌后，每日聆听应聘者们进来讲述心声，他们身上标着数字，神情腼腆。由于怯场，他们脸色通红。他们叙述人生阅历，并试图让我相信他们的毛病不过三个：太追求完美、非常严谨、工作拼命。他们不会料到，其实我比他们还害羞，甚至难以应对这样的场景。无非身为招聘者的缘故，我多了那么一点点运气，享有一个不容忽视的特权：让对方发言，自己却保持沉默。每次公布结果时，我都心惊胆战。我得告知十个面试者中的九个，他们的材料并不符合招聘条件。我俨然一副法官嘴脸，冷面无私地给他们宣判了苦刑。我的窘迫越发让他们不自在；而他们的不适又再次困惑着我，如此恶性循环。这份工作让我备觉压抑，办公室里丝毫没有缓和的气氛。墙上标榜的人生观不过就是装装门面而已。真实的每天严峻冷酷，硝烟弥漫。

多亏了奥黛丽，我才能在这样的环境里坚持下来。某个周日下午，我和她邂逅于大奥古斯丁街上的兄弟联盟茶室里。闲暇时，我会来这个地方放松一下。推开店铺的门，橡木地板跃入眼帘，脚踩上去，地板会吱吱作响，这会让人想到法国殖民地里某个格调高雅的茶坊。一进去，百余种混合的香气扑鼻而来。这些香料被小心地存放在巨大无比的罐子里，某一瞬间，弥漫的香气会让你思绪飘渺，穿越到十九世纪的远东地带。只要闭上眼，就仿佛置身于满载旧木箱的三桅船上，箱子里的奇花异草，将随船在海洋上漂荡数月。

我向站在老柜台后的年轻男子要了一百克二〇〇九年的樱花，有人在我耳旁嘀咕："皇室樱花的味道更好。"我转过身，竟然是一个陌生女子在和我说话。在这座城市，人们只活在自己的世界里，根本无暇顾及旁人。她主动搭讪让我受宠若惊。她问道："您不相信我吗？来吧，您品尝一下就知道了。"

她牵起我的手,穿过大厅,迎面遇上光临该店的客人们。我们还浏览了店主从遥远国度寻觅到的一把把茶壶,之后径直上了一道小楼梯,来到品茗的沙龙里。室内气氛暧昧,装饰别具一格。身着亚麻原色服饰的侍应生安静地穿梭于客人的桌子间,他们彬彬有礼。我的休闲装似乎与这个地方格格不入。我们在角落里的一张小桌旁坐下,桌布洁白,桌上摆放的银质餐具和瓷器茶杯上都有这家店的标志,可见其名气颇大。奥黛丽点了两杯茶、热烤饼,还有该店的特色饮品"一缕阳光",她说无论如何我都要品尝一下。我们立刻愉快地交谈起来。她是美术学院的学生,住在这个街区的一间阁楼上。"你会见到的,我的房间很小。"她对我说,就这样,她让我明白了我们的邂逅不会止于兄弟联盟茶室。

　　她的房间的确很小,但很可爱,还是复式的。天花板上的横梁很老,从天窗望去,一排灰色的屋顶,屋顶的斜面往各个方向延伸。要是天上挂着一轮新月,我们会以为自己在《猫咪历险记》①中探险了。她自然而优雅地脱掉衣服,细腻的肌肤展露无遗,我有些不自然,却很快迷恋上了她的胴体。她肩膀瘦削,手臂纤细,小巧精致,在从小就吃着玉米片、做着大量运动的美国女孩那里是看不到如此完美的体形的。她的肌肤洁白如雪,映衬着她的秀发。还有她的乳房,天哪,她的乳房……坚挺丰润,只能用坚挺丰润形容。那天晚上,我暗自庆幸她没有抹香水,她的每寸肌肤都散发着性感的味道,我心驰神漾。那体香如毒品般让人上瘾,沉迷至深。我永生难忘那个夜晚,除非我死去。

　　第二天早上,我们醒来时还紧紧抱着对方。我跑出去买了羊角面包,又爬了六层楼,进到她的鸽子笼里时,我筋疲力尽。我扑向她的怀里,我们再次做爱。这是我有生第一次尝到幸福的滋味。这种感觉很新奇,当时我根本不会料到这其实是我落魄的前兆,之后我一直萎靡不振。

　　四个月里,我的生活紧紧围绕着奥黛丽。白天她萦绕在我的脑海里,夜晚她出现在我的睡梦中。她在美院的时间表就像是格吕耶尔奶酪一样,有隙可乘。平时,我们会一整天黏在一起。我常常借故和客户有约,到附近的酒店和她开房,厮混一两个小时。我有点犯罪感,但不强烈:爱情让人变得自私。某

---

① 或指一款冒险类游戏,以拿到猫咪钥匙为目标。

日，我在办公室里，办公室秘书凡妮莎打电话来说，我的应聘人已经到了。我没有预约任何人，但时间安排上是允许接见的。我有点儿疑惑，就叫她把这个人带上来。即便没有什么结果，我宁可见见这个人，也不愿让凡妮莎看到我无所事事的样子。要是她知道了，不到半小时，我的头儿也就知道了。我在门口等着，看到走廊尽头凡妮莎和奥黛丽同时出现时，险些昏了过去。奥黛丽穿着会计服，样子滑稽十足，她把头发扎成马尾，衣服紧绷着身体，还戴了一副镶着金边的眼镜。我一开始没能认出来。这身装束早就过时了，她却要如此搞怪。我含糊其辞地谢过凡妮莎，关了奥黛丽身后的门。她挑逗地摘下眼镜，轻轻撅起嘴巴，我立马知道她想做什么了。我深吸了口气，全身战栗。但是我太了解她了，知道没法阻止她胡来。

那天，办公桌不再是我熟悉的办公桌了。我真害怕有人来当场捉奸，奥黛丽几近疯狂，但我喜欢。

四个月后，奥黛丽离开了我。骤然间，我的生活停止了。我不知道原因，甚至连一点蛛丝马迹都没能看出来。一天晚上，我在信箱里收到一个小小的信封，奥黛丽在信笺上只写了一个词："永别了"。我在楼道的入口僵住了，忘了关上邮箱。血液顿时凝固在血管里，脑袋嗡嗡作响，差点儿要吐了。我魂不守舍地进了木饰的老电梯，它把我载到住的楼层，我精神恍惚地进到家里。所有的东西在我周围摇晃着，我倒在沙发上啜泣起来。很长一段时间后，我突然站了起来。这不可能，真的不可能，这应该是个玩笑或别的什么。我不知道，但这真的不可能。我冲向电话，试着给她打电话。我反反复复听着她的留言，每听一次，她的声音就平淡、疏远、冷酷了一点。我一遍遍地给她留言，直到她的电话不能再接收留言。一种遥远但熟悉的感觉从心底最深处慢慢涌现，它告诉我她的离去很正常，再正常不过了，就这样吧，阿兰，不要与命运抗争了……

就在那一瞬间，我意识到离开人世是命中注定的。我没有一时冲动，也不会去卧轨自杀，我不会那样做的，我心里很清楚。我选择别的方式，一切都会完美落幕。我来选择地点、时间，没什么可急的。我既不是变态，也不是受虐狂，完全不是。这也不仅仅为了结束我那漫无边际的痛苦。其实阴曹地府像磁石一样吸引着我，我正慢慢向它靠近。我有种奇怪的感觉：在冥间我会觅得一席之地；我的灵魂将完全释放。凡间不是我的落脚地。我想把事情做得不留痕迹。生活给我送来了奥黛丽，却让我承受着难以言喻的痛苦；如此残忍地让我最终在对面看到了自己的宿命，看得真真切切。

地点的选择因记忆而起。也许，这不是巧合。这个地点存留在记忆深处，像是存放在它的一个神秘格子里。曾经某个时刻，我在奥黛丽遗忘的一本杂志里读过一篇备受争议的文章，署名为杜布罗夫斯基或是一个类似于此的名字。作者在文章里陈述了与自杀权利有关的理论，照他看来，哪怕是自杀也要做得体面。他透露了一个适合自杀的地方，并诗意地称其为"生命的飞翔"，他解释道："除了一个地方，而且这个地方还得伪装成'埃菲尔铁塔根本没有安全隐患'。要上到铁塔第二层的豪华餐厅'儒勒·凡尔纳'，然后去女洗手间，推开盥洗池左边那扇标着'严禁打开'的小门，就会看见一间很小的作为扫帚壁橱的房间。房间的窗子没有横档，直接通向铁塔的钢梁。"我清楚地记得每一个细节，就像是那天早上刚读过的一样。死于自埃菲尔铁塔上坠落意义非凡，这意味着向平凡的人生致敬。

再走一步……

我得走到那个便于自杀的地方。那下面的空间完全摆脱了金属建筑的影响。

身后没留下什么。既无朋友也无亲人，更没有快乐，没有什么能让我对自己的行为懊悔。我的身心都准备好结束生命了。

最后一步……

好了，到达那个"好地方"了。我停了下来……呼吸到的空气，芳香馥郁，宛若琼浆玉液。我独自面对自己，意识开始离开身体……我吸了口气，双脚慢慢往右挪，挪向那个我不忍去看的深渊。它存在，风光如画。

我所处的位置和"儒勒·凡尔纳"餐厅专用电梯的曳引轮一样高。曳引轮在我对面早停下了，我们横空隔着三米的距离。从我这儿只看得到固定曳引钢丝绳的电梯导轨，钢丝绳滑过导轨，然后坠入空旷，空旷……导轨的另一面就是餐厅。没有人能看见我。夜晚宁静得只听得到轻微的声响。远处灯影摇曳，魅惑人心……温润醉人的空气包围着我，心旷神怡……思绪已经离我远去，我离开了身体。我不再是我。我融进了空间，融进了生命，也融进了死

上帝微服出巡时

亡。弥留之际我已不复存在，我曾经活过。我……

有人轻声咳嗽……

我顿时清醒过来，这轻咳声就像催眠师结束患者催眠状态时清脆的弹指声。我的右边，钢梁的尽头，站着一个男子，直盯着我，他六十有余，头发银白，身着深色西服，铁塔反射的光线使他的目光炯炯有神。他凭空而降。我一辈子都记得他那铁青色的眼神，寒冷到会凝固你的血液。

我又惊又怒。我已经做了防范不被人看到，我还确认过没有被人跟踪……此情此景，仿若一部烂片里，救命恩人奇迹般地出现在我面前，挽救了欲寻短见的我。

我不想活了，别人却要我活下去。我想死是我自己的事，只有我有权利。我根本没想过谁会来拉我一把，用那些诸如"生活仍然是美好的"或者"别人比我更不幸"再或者"我还什么也没经历"的动听理由来说服我。不管怎样，没有人能理解我，更何况，我别无所求。最多，我想一个人待着，一个人。

"别管我，我的人身是自由的。我在做自己想做的事，您走吧。"

他看着我，一言不发。我心中有鬼，自觉惭愧。他看起来……淡定自若，是的，就是这个词，淡定自若！

他安静地把雪茄叼在嘴里。

"去啊，跳下去！"

我被他的话镇住了，完全没有料到这个局面。这算什么，这家伙？变态？他想看着我跳下去，还从中作乐？他妈的！怎么这种好事也能让我摊上了呢！不可能！"我他妈的做了什么？"我吼了起来。我气急败坏，强压的火气把我的脸涨得通红。真的不敢相信这一幕。不可能，不可能，不……

"你还在等什么？"他异常平静地说，"跳啊！"

这横出的一幕让我不知所措，我的思想在做剧烈的斗争，完全没有办法集中。

终于，我出声了：

"您是谁？您想要我做什么？"

他平静地吸了口雪茄，然后把烟雾吞进去，又吐出，烟雾缭绕，朝我飘来时已渐渐散去。他的眼睛直盯着我，极具威慑力。这家伙该有神助的力量，能让埃菲尔铁塔弯曲吧？

"你生气了，但是内心万分痛苦。"他声音平和，有点儿口音，但我不知道是哪儿的口音。

"谁都能猜到。"

"你很不快乐，所以不想活下去了。"

他的话让我困惑，甚至又感觉到了痛苦。但我终于点头默认。沉默让我窒息。

"这么说吧……我这一生面对的问题都很严重。"

他慢慢、慢慢地吐了一口烟。

"没什么严重的问题，只有小人而已。"

我怒火中烧，青筋暴露。话到嘴边又忍了下去。

"用我现在的处境来侮辱我，这很容易。您以为您是谁？您，您确定会处理遇到的所有问题吗？"

我居然敢质问他，难以置信。他却淡定地回答：

"会的，还会处理别人的问题。"

我有些窘迫。现在我真的意识到自己很空虚。我感觉我开始……害怕了。惧怕终于找到它的方向，朝我奔来。我手心冒汗。尤其我不该往下看。

他又说道："跳下去，你的那些问题也就随你一起消失了，这是真的，你解脱了。但事态不会停留于此……"

"您想说什么？"

"你会再次承受痛苦。而你的那些问题，却无所知觉，作为解决办法，这不公平……"

"从塔上跳下没有多少痛苦。砰地撞到地上，呼吸停止，来不及感受痛苦是什么。没有任何痛苦。我查阅过了。"

他温和地笑了。

"有什么好笑的？"

"从你的假设来看……好像真是这样。要是你跌到地上还活着……那你就大错特错了，没有人会活着落地。"

他吐出一个长长的烟圈。我越发难受，头晕目眩，我得找个地方坐下。

"事实是，"他慢条斯理地说道，"坠落时，人们会因心脏病突发而死，心脏病发作是因为恐惧，坠落引起的极度恐慌，还有地面以两百公里时速逼近的景象也让人难以承受。极度恐惧击垮了他们，他们的肠胃翻江倒海，于是心脏病发作。死时，他们的眼睛都是瞪大的。"

我两腿发抖，险些昏倒。头痛欲裂，我恶心得要命。别往下看。千万不要。往前看，把注意力集中到他身上，别把视线从他身上移开。

"我可能，"他沉默片刻，然后慢慢说出几个字，"会给你点儿建议。"

我张口结舌，盯着他的嘴唇。

"我们来做个交易。"他接着说道，声音回荡在空气中。

"交……易？"我结结巴巴地问。

"交易如下：你活下去，我呢，负责让你的人生重新步入正轨，让你做一个能够生存下去、解决问题、甚至过上幸福生活的男子汉。但作为交换……"

他重吸了口雪茄，接着往下说："作为交换，你要答应做所有我让你做的事。你要以死……誓约。"

他的话让我完全不知所措，我愈发尴尬。我得努力明白他的意思，集中精神来思考到底是怎么回事。

"什么意思？"

他没有做声。

"你必须遵守承诺。"

"否则呢？"

"否则……你不会活着。"

"要和您做这种交易，除非我疯了！"

"你会损失什么吗？"

"为什么我要把自己的命运交给一个陌生人掌握，去换取假设的幸福呢？！"

他的眼神流露出满满的信心，就像博弈者知道对手会举棋不定一样。

"你在那儿死了能得到什么呢？"他一边说着一边用烟头指向空旷地带。

我犯了一个错误，朝他指的方向看去，立刻天旋地转。那景象让我害怕至极……空旷之地也在呼唤着我，似乎要把我从极度恐慌中解救出来，我本想伸展地躺在钢梁上，一动不动地等待救援，但四肢不由自主地战栗着。这惧怕残忍至极，让人难以承受。

雨……

开始下雨了……雨水。天哪……钢梁会变得很滑。从窗户那里算起，从打招呼的那一刻起，我和男子隔着五米的距离。又窄……又滑的五米钢梁横在我们中间。我要集中精力，是的，集中精力。尤其要站直了。我呼吸了一下，接下来就该慢慢往右转身了，但……双腿无法移动。我的脚像是粘在了钢梁上。直立很久后，我的肌肉僵住了，现在根本不听使唤。眩晕如同一个邪恶的巫师，对受害者施加法术。我的双腿微微颤抖，后来抖得越来越厉害。我的力气也丧失殆尽了。

曳引轮……

曳引轮转了……电梯开始运转，发出声响。曳引轮溅起水花。轮子加快旋转，我听到电梯也越来越快地下降。雨水滴在我身上，冰凉，晃人眼睛。雨声震耳欲聋。我失去了平衡……大雨瓢泼，我不得不蹲了下来。透过嘈杂的雨声，我听到男子斩钉截铁地说：

"来这儿！睁开眼睛！把一只脚放在另一只前面！"

他的威严让我臣服，我强迫自己忘记一切想法，还有那些一直纠结的感情。我走了一步，又一步，像机器人一样机械地执行它的每条指令。终于我避开了滂沱大雨，然后倒退，一直退到和他平行等高的地方。我抬起一只脚跨过隔开我和他的横梁，他用力抓住我伸向他的手，我的手很抖、很湿。他一把揪住了我，又将我往前推，我受到惊吓一下叫了起来。我差点儿就坠入深渊了，他太用力，反倒让我失去平衡。但他一直稳稳地抓着我。

"那么，你答应了？"

雨水顺着他脸上的细纹滑下，他的蓝眼睛很迷人。

"是的。"

2

  第二天，我在自己的床上醒来。我躺在暖和、干燥的床单上。阳光透过百叶窗洒进屋子，我裹着温暖的丝棉被，翻了个身靠近床头柜。我伸手拿了临睡前放在上面的名片。离开的时候，男子给了我名片。"明天十一点来。"他最后说道。

伊夫·迪布勒伊

巴黎亨利·马丁大道二十三号

邮编：75116

电话：01 47 55 10 30

  我真的不知道自己在企盼什么，我很担心。

  我拿起电话打给凡妮莎，请她取消今天所有的预约。我很纠结，不知道什么时候可以去上班。打完了这个违心的电话，我走到莲蓬头下冲澡，直到热水器里没有水。

  我在蒙马特高地租了一个两居室的房子。房租涨了，面积却缩水了。但我可以毫无遮挡地看到巴黎全景。心情沮丧时，我会坐在窗台上发呆数小时，我漫无目的地看向天际，看向一栋栋林立的高楼和建筑。我想象着许多人在那些建筑里生活着，他们有不同的故事，不同的职业。无论白天或黑夜，无论什么时候，他们数量庞大。肯定有人正在工作、睡觉、做爱、死亡、争吵、苏醒。我对自己说"好极了"，自问有多少人在此刻笑出声来，又有多少人告别他们那饱受煎熬、痛哭流涕的另一半，还有多少人逝去、分娩、一见钟情……我想象着每种不一样的感情都可以在同一时期、同一时刻里被人们感受得到。

  我的房东布朗夏尔女士是个老太太。我不走运，她的公寓正好就在我的下面。她守寡二十余年，但似乎还在服丧。她是虔诚的天主教徒，每个星期会去几次教堂。我有时会想象她正跪在蒙马特圣·皮埃尔教堂破旧的木忏悔亭里，在栅栏后低声地承认她头晚诽谤了别人。也许她也会忏悔对我的骚扰：只要我发出了超过可忍受程度——也就是绝对安静——的一丁点儿噪音,她就会上来使劲儿敲门。我开了门,微微留出条缝,见她面有愠色,显然要大动干戈地声讨,还势必要请我尊重邻里关系。可惜,年龄并未让她丧失听力,我问自己她怎么能够听到那些不易觉察的声响呢?比如鞋子走动或是玻璃杯冷不防地放在茶几上的声音。我有时想象着她爬上一个破梯子,在天花板上安了医生的听诊器,皱起眉头,密切注意着最轻微的声响。

她极不情愿地把房子租给我,提醒她给予我的优惠:她一般不租房给老外,但是美国人在二战中解救了她先生,她为我开了先例,而我的行为也得配得上她的恩惠。

毫无疑问,奥黛丽从没在我这儿留宿过。我害怕异端审讯所的调查员们会突然闯入,他们身着黑色长袍,脸埋在风帽的阴影里,对我们严加审问,把赤身裸体的奥黛丽吊在顶灯的钩子上,她的手脚被链条束缚着,而劈啪作响的火舌已开始舔舐她的身体。

这天早上,我出门了,没有摔门,我下了公寓的五层楼。自从和奥黛丽分开后,我感到前所未有的轻松。可实际上我也没什么理由觉得自己会更好。我的生活没有任何改变。假使某人对我有意,无论她的目的是什么,也许足以给我一点心灵的慰藉。我的胃里肯定有一个小小的结,像极了某种恐惧,有时我得知自己应该破例地公开发言时,那种恐惧就会在上班之前袭来。

出门时,我正好碰到了小区的流浪者埃蒂安。公寓入口是加高的,从一道小楼梯可以直下街面。他习惯藏在楼梯下。他应该让布朗夏尔太太挺为难的。她拥有基督教的美德,却也喜欢一切井然有序,这也许让她进退两难。那天早上,埃蒂安从他的洞穴里出来晒太阳,他背靠着公寓的墙,蓬头垢面。

"今天天气不错。"经过他身边时,我冲他说。

"天气本应如此。我的孩子。"他回答我,声音沙哑。

我跳上地铁,目光所及的巴黎人无精打采,上班对他们而言俨如奔赴屠宰场,我险些又陷入昨晚的忧郁中。

我在拉庞贝街站下了地铁,走进首都的富人街区。随即感到了强烈的对比:刚才地下幽暗过道里臭气冲天,而在这个阳光普照的街区,只呼吸得到新鲜空气和绿色植物的芳香。

应该是靠近布洛涅森林的缘由吧，很少有车经过此地。亨利·马丁大道蜿蜒迂回，极具美感，路的中间和两边，四排绿树亭亭玉立，美不胜收。雕琢过的方石垒砌了奢华的奥斯曼洋楼，藏在黑色或是金色的装饰栅栏后。路遇几位端庄高雅的妇人和神色匆匆的男士。某些女士应该是定期去做除皱手术的吧，所以很难确定她们的年龄。其中一位的脸庞让我想到了方托马斯[①]。扪心自问，假如一个人只是想长得像外星人，那么他想方设法地除去岁月痕迹，到底会赢得什么呢？

我来早了，便进了一家咖啡馆吃早餐。屋里飘着羊角面包和热气腾腾的咖啡的味道。我坐在窗旁，等待着。侍应生看起来不是很忙。我朝他做了个手势，但感觉他装作没有看见我。我最终叫了他，他唧唧歪歪地走过来。我点了一杯巧克力，还有涂了黄油的面包片儿。安心等待时，我随意翻了翻放在冰冷的大理石桌上的一份《费加罗报》。侍应生给我端来了冒着热气的巧克力，我吃着新鲜的长棍切片面包，涂了黄油，味道更加可口；而咖啡屋四周，已是人声鼎沸。巴黎的咖啡馆气氛独特，在美国是寻觅不到这样的氛围和味道的。

半小时后，我又启程了。亨利·马丁大道很长，我走着，想到了伊夫·迪布勒伊。是什么让他向我提议做这笔奇怪的"交易"呢？他的动机真的如他所言是良好的吗？他态度明朗，却让人难以信任。越是靠近他的房子，我就越感不安。

我数着街上的门牌号，经过的楼房一幢比一幢精致。二十五号。他的宅邸应该是下一幢吧，但洋楼到此就没有了。围着建筑物的栅栏后面，绿色植被郁郁葱葱地生长着。我来到正门前。二十三号不是洋楼，而是一座由方石垒砌的富丽堂皇的私人宅邸。庭院深深，我拿出他给的名片验证了一下。他的确就住在这里。叫人过目难忘……真是他的宅邸吗？

我按了门铃，隐藏在可视电话镜头后的小摄像机开始工作，一位女性的声音传来，她请我进去，大门旁的一扇小门也自动开启了。我在花园里还没走几步，一条粗壮的德国种短毛黑犬就狂吠着朝我扑将过来，它目露凶光，龇牙咧嘴，满嘴口水。我刚想跳到一旁躲闪，拴在它脖子上的链条忽地被绷紧了，

[①] 法国惊险电影系列中的易容高手，被称为"千面人方托马斯"，是犯罪天才。

在最后一刻勒住了它。由于链条的束缚,它未能抬起四肢,屁股却喷出一股黏糊糊的液体,还溅到了我鞋上。它立马安静地打道回府,似乎只要让我怕得要死,它就心满意足。

"请你原谅思大林吧,"在门口恭候的迪布勒伊对我说,"它很讨厌!"

"它叫思大林?"我嘟哝着和他握了握手,脉搏已到每分钟140下。

"我们到了晚上才不拴它,白天有人来拜访时,它就活动一下筋骨。它让我的客人们有点害怕,但也让他们更加随和!来吧,跟我来。"他走在我前面说着话,我们随即进了宽敞的大理石门厅,他的声音立刻引起了回声。

天花板高不可及,让人望而生畏,墙上挂着历任主人的巨幅油画肖像,装裱在光泽已褪的金画框里。

身着制服的下人帮我脱去夹克衫。迪布勒伊走上楼梯,我紧跟其后,白石砌成的楼梯,显得宏伟肃穆。楼梯的正中央,悬空吊着黑水晶流苏吊灯,枝桠纵横,灯火辉煌,那分量足有我体重的三倍。楼梯的尽头衔接一个宽敞的走廊,墙上的挂毯、油画、起壁灯作用的烛台,一应俱全。我仿佛置身于城堡。他步履坚定,声音洪亮,似乎我远隔他十米的距离。他的深色西服和银发形成鲜明的对照。桀骜不驯的发绺使他看起来像一个激情澎湃的乐队指挥。他的高领白色衬衣上系了一条丝巾。

"去我的书房吧。在那里我们会更亲密些。"

"好吧。"

我真的很需要躲起来。在这个极尽奢华的地方,我没有吐露心声的欲望。

果然,在他的书房里,我找回了自在的感觉。有些年份的书柜取代了墙的位置,里面摆满了书,大部分都很旧,书柜围成的墙缓和了冰冷的气氛。厚厚的波斯地毯下是斜纹套环方格木地板。沉甸甸的暗红窗帘还是让氛围回到了沉闷。窗前,放着一张大气的桃花心木办公桌,某些地方包了黑色皮革,皮边儿还特意用金黄色来点缀。几摞书和文件堆在房里,一把银质的大裁纸刀放在书房中间,刀尖正好对准了我,让人心生畏惧。这样的犯罪凶器该是凶手匆忙逃离犯罪现场时粗心落下的。书桌对面放了两把棕皮大扶手椅,迪布勒伊请我坐在其中一把椅子上。

"你想喝点儿什么吗?"他问我的时候给自己倒了杯酒。

"不，谢谢。至少现在不想。"

冰块沉入酒里，窸窣作响。

他静静地坐着，饮了一口；而我正等待着获悉我的命运将会何去何从。

"好吧，听着。这就是我要对你说的。今天你要告诉我你的生活。你曾经对我说你有很多问题。我想全部知晓。别扮演担惊受怕的小女生的角色，你尽可以对我推心置腹。不管怎样你都要好好说，我这一生听够了那些肮脏事儿，没有什么会激怒甚至是惊到我。但相反，你也不必刻意去补充些什么，为你昨天想干的蠢事儿辩解。我只是想听听你个人的故事……"

他呷了一口酒，不再说话了。

跳过那些诸如工作、日常人际关系、按部就班的节奏等鸡毛蒜皮的小事，对陌生人讲述自己的人生有点恬不知耻。我怕和他交心，多少有点像一旦暴露自己就会给予他影响我生命的权力一样。沉默片刻，我终于开口了，不再质疑自己。我要卸下伪装，也许是因为我没有被人评价过。还有，我得承认，我想赌一把。人一旦克服了羞耻感就会觉得有一只能倾听的耳朵是多么愉快啊。生活中人们不大有机会被人聆听，也没有机会去体会别人正尝试着理解你、跟随你的思路、触及你的心弦的感觉……自我坦白让人释怀，甚至，从某种程度上来说是令人兴奋的。

我在城堡里待了一天，我习惯把这个地方叫做城堡。迪布勒伊很少言语，全神贯注地听着。很少有人能在这么长的时间里不走神的。一两个小时后，我们的谈话被一个四十多岁的女士打断了。他高兴地向我介绍来人："这是卡特琳娜，我最信任的人。"此人形容枯槁，枯黄的头发随意扎了一下。她衣着暗淡，毫不考究，或许她根本不在乎如何打扮自己。她也许是布朗夏尔太太的女儿，但没有老太太那么过分。她问了迪布勒伊的意见，还指了指写在一张纸上的一小段文字。我不可能知道那文字是关于什么的。如果她是他的妻子，她未免过于冷淡。难道是他的合伙人，抑或是他的助手？

我们的谈话——确切地说是我的独白——持续到用餐时间。我们下了楼，坐在花园的藤架下享用午餐。难以相信自己还身处巴黎。卡特琳娜也和我们一块儿午餐，但不大说话。我得说迪布勒伊是个爱自问自答的人，似乎他早已在交流中察觉到会冷场，他努力打破沉默。下人一一呈上饭菜，并不是之前接待我的那一位。迪布勒伊生性热情优雅，与他刻意谨慎的处事风格形成对比。他的开诚布公是要让我放下心来，完全不同于他聆听我倾诉时那专注而让人困惑的眼神。

"下午卡特琳娜和我们一块儿聊，你会介意吗？她是我的眼睛、我的耳朵，有时还是我的大脑。"他笑着又加了一句，"我对她毫无保留。"

他不失时机地告诉我，不管怎样，我所说的一切都会传到卡特琳娜那里。

"我赞成。"我违心地说。

他提议谈话之前去花园走走，活动活动我的双腿。我琢磨着他也想借此消化一下我早上说过的话。

我们三人又聚在他的书房里。起初我感觉很不自然，但卡特琳娜并不是那种特别吸引眼球的人，所以我很快就忘记了她的存在。

当我把自己那坎坷的命运叙述完毕时，我们已筋疲力尽，而且也快到晚上七点了。卡特琳娜早已悄悄溜走。

"我会好好想想这一切的，"迪布勒伊深思熟虑地说道，"我会想尽办法接近你，通知你要做的第一件事儿。把你所有的联系方式告诉我。"

"我的第一个任务？"

"是的，就用你说的，你的第一个任务。那是你在收到其他指令前必须要做的。"

"我不是很清楚……"

"你曾因某些事情活着，它们用某种方式对你影响至深，它们决定着你的世界观、言行举止、人际关系乃至你的情绪……说得明白点，这些事情的结果就是让你的人生停滞不前。它们给你带来了问题，也造成了你的不幸。如果你继续这样活着，你的人生将一事无成。该做些改变了……"

我觉得他似乎要立刻拿起一把手术刀来给我的脑子开刀。

他继续说："对此我们可能要交谈数小时，如果你不能明白造成你不幸的根源，我们的交流就毫无意义。你还要痛苦一段时间……你看，如果一台电脑不运行了，就该给它装新程序，使它恢复正常。"

"可我不是电脑。"

"但你明白我说的道理：你必须要做些事情来打开眼界，这些事情会帮助你克服恐惧、疑虑和烦恼等等。"

"那什么能证明您会……神机妙算呢？"

"你答应过要交易的，所以提这个问题很无聊。这样只会徒增你的畏惧。要是我猜得没错的话，你害怕的东西数不胜数。"

我沉默不语，思绪飘渺，看了他好一阵。他迎着我的目光，也没有吱声。时间一秒一秒地过去了，我如坐针毡。最终还是我打破了沉默。

"您到底是谁，迪布勒伊先生？"

"这个嘛，我有时也在问自己！"他说着站了起来，步入走廊，我跟着他。"走吧，我送你出去。我是谁？"他边走边问，洪亮的声音回荡在通透的走廊里。

3

第二天夜晚，我做了一个噩梦，孩提时代起我就与噩梦绝缘，而现在却做了。

我到了一座公馆里。天黑了。迪布勒伊也在那里。我们在一间偌大而光线暗淡的客厅里。墙壁高耸，阴森森的像在黑牢里一样。烛台的火焰扑闪，勉强可以看见东西，房里弥漫着一股老蜡烧焦的味道，迪布勒伊死死地看着我，手里拿着一张纸。卡特琳娜离得稍远，她只穿一条黑色的三角裤蔽身，脚踩高跟鞋，头发扎成了马尾。她手持长鞭，不时地在地上抽响鞭子，那威猛叫人刮目相看。每抽打一下，她就叫喊一声，声音嘶哑，如同刚刚离场的网球手。思大林在她对面，每次鞭子抽响后，它就一阵兴奋地狂吠。迪布勒伊的目光一直没有离开过我，他的神情安静祥和，因为他知道自己天下无敌。他把手里的纸递给了我。

"给！这是你的任务！"

我双手颤抖地接了过来，为了看得清楚些，我把纸移向烛光附近。上面列了一堆名字。这是一张名单。每个人的名字后，还有地址。

"这是什么？"

"你必须把他们全杀了。一个不留。这是你的第一个任务。第一个。"

卡特琳娜的鞭子声狂响,狗叫得愈发猛烈。

"但我不是杀手!我谁也不想杀!"

"杀了他们之后你就舒服了。"他把每一个字都清清楚楚地吐出。

霎时间,我感觉天昏地暗,不仅两腿发抖,连下巴也跟着抖起来。

"不,不要。我……我不想做。真的不想。我……我不要。"

"你需要做。相信我,"他连哄带骗,"你明白的,因为你的经历。你在逆境中成长,也要学会从中走出。别怕。"

"我不能,"我呼吸困难,"我……我不能。"

"你别无选择。"

他语气坚定,不容辩解。他慢慢朝我走来,目光直视我的内心。

"别走过来!我要出去!"

"你不可以。已经太晚了。"

"放开我!"

我急忙冲向客厅的大门。门被锁住了。我使出浑身解数,挥动拳头,胡乱砸门。

"给我开门!"我怒吼,拳头重重地砸在门上,"打开这扇门!"

迪布勒伊慢慢走向我。我转过身,背对着门,双臂交叉。

"你不能逼我!我从未杀过人!"

"我提醒你,你答应过的!"

"那要是我反悔呢?"

我的回答让迪布勒伊狂笑不止。他那邪恶的……笑声,立刻冰封了我的血液。

"怎么了?有什么可笑的?"

"要是你反悔……"

他转向卡特琳娜,微微咧了咧嘴。卡特琳娜看看我,东施效颦地笑了笑,那假笑恶心到令人作呕。

"要是你反悔……"他接着说,语速缓慢,语气阴险,蜡烛阴暗微弱的光照着他的脸,"要是你反悔,我就把你的名字也列在……一张我会交给……

别人的……名单上。"

此时,我听见身后有人开锁的声音。我转过身,打开门,推倒了下人,狼狈地逃离了大厅。

迪布勒伊的声音一直萦绕在耳旁,大厅里,高悬的楼梯上都传来他那恐怖的回音:

"你答应过的!你答应过的!你答应过的!"

我突然惊醒过来,呼吸急促,一身冷汗。看见四周那些熟悉的东西时,我才知道还在自己认识的世界里,至少我还能掌控。

意识到这只是一个梦,我释然了,但一想到事态有可能也会发展成我梦魇中的样子,我满腹忧虑。毕竟,我对迪布勒伊和他的真实意图一无所知……我卷入到了一个游戏里,我既不知道它的规则也不明了它的结局。唯一确信的是:我下不了贼船了。这就是游戏规则,而我同意加入的时候,一定是疯了……

六点了。我起床,慢慢地收拾一下,准备去上班。生活重回正轨,我得重返工作岗位,即使只是再见见那群自相残杀的人,也足以使我斗志昂扬。

我到的时候,凡妮莎突然跳了出来,跟着我来到通往办公室的走廊里。

"我不知道你今天是否会来,但等你消息的时候,我还是帮你安排了预约。我要告诉你的是,你昨天没来,福斯特里很不高兴。但我替你做了掩护,我很认真地告诉他你在电话里声音孱弱,好像真的是病了。我不是要向你邀功,但如果昨天我不在的话,他绝不可能相信你的。"

"谢谢你,凡妮莎,你真的太好了。"

凡妮莎很喜欢有机会就向人表明她的重要性,而听的那个人付出的代价就是要听完她添加的各种细枝末节。我从不知道福斯特里是否注意到我会翘班……事实上,她很想证明她完全可以一箭双雕,不仅得到我的称赞,也可以向领导告状我翘班了……我得加倍提防她。

卢克·福斯特里,财会领域招聘公司的负责人,而他本人也是子公司经理格雷古瓦·拉尔歇的下属。相对而言,丹克咨询是欧洲所有人力资源的领先者,它的机构分为两个部门:招聘和培训。我进入公司两个月后,它就上市了。我们的总裁很是引以为荣，自认为是目前巴黎CAC40指数[1]上的佼佼者。诚然，公司遍布三个国家，但其规模不过几百个员工而已。此外，公司上市后，总裁做出的第一个决定是租赁一辆配备司机的豪华商务车。他得用用刚盈利的钱了。他做出的第二个决定则是招聘一名贴身保镖，因为公司在交易所的开价会把他变成劫匪们绑票的对象。他去哪里，保镖都跟着，后者穿着深色西装，戴着墨镜，不动声色地扫视四周，伺机找出可能藏在屋顶上的狙击手。

但公司上市之后的变化其实早已上升到了文化层面：整个公司的氛围瞬间被颠覆。所有员工的目光现在都紧紧盯着股市行情的蓝色走势线。最初，每个人都跟进到底。我们热衷于看着这条线逐渐上升。但这种游戏很快就成了各个经理的心病了。的确，目前每个季度必须公布公司业绩，业绩不好会导致股票骤跌。领导要定期发布新闻公报，但是很难时时对外宣称公司业绩优秀，一家企业不可能每天都有轰动新闻公布于世，然而，正如总裁所言，要随时"应对媒体的压力"。很快，给媒体提供正面消息为难了公司的员工，随即成了他们的束缚。

多年来，公司以它的专业、认真、对客户的良好服务质量而蓬勃发展。以前每次为客户所做的招聘都为其赢得口碑。因为招聘员工是为委托企业觅得世间珍宝。应聘者不仅要具备相关能力及品质，同时情商还得发达，这样他便可以顺利融入集体，与他的新上司相处融洽，并最终出色完成交给他的任务。

自从公司上市后，事态有所改变：公司曾拥有的王牌已经无足轻重。现在最主要的事情是向媒体公布每个季度末的业绩数据，当然还有客户委托的招聘次数。所以，整个机构的作用也随之更改。现在招聘顾问们除了要完成招聘任务以外，还要进行商业调查。我对此根本没有兴趣。但不管怎样，我们得领来新客户、签定新合同、提供新"数据"。上级的指示就是让我们神速面试，其余的时间全用来做市场调查。招聘顾问的本质工作已丧失殆尽，而起初在我看来这个工作所具有的崇高意义也一去不返。

同事间的关系已面目全非，在头两个月里我所熟知的真诚友谊和团队精

---

[1] 法国国际期货交易所和巴黎期权交易所指数期权和期货的标的，由巴黎证券交易所以其前40大上市公司的股价来编制。

神,不敌歇斯底里的自私自利,面对竞争,人人各显神通。显然,公司的信誉也受到影响。同事间处心积虑,损人利己,甚至牺牲集体利益,他们全奔着自己的光明前途去了。的确,以前会在咖啡机周围相互调侃应聘者的口误和谎言,而今这快乐光景已然逝去,那些愉悦时光被用来培养我们对公司的归属感,对公司的爱,到了最后,我们也会斗志昂扬地为公司的利益效力。

那么,企业到底是什么呢?如果不是人员重组,如果不是为完成计划和这群人同甘共苦?不过,造假虚拟数字,以让其攀升并不在企业计划之内。同根相煎并未传递正能量……

电话响了。凡妮莎告之:我的第一个预约者已到。我扫了一眼记事本:安排了七个预约。漫长而美好的一天……

我迅速查了下邮件:翘班的这一天里已堆积了四十八封。我赶快点开卢克·福斯特里的信。他一如既往地不写标题。邮件简洁明了:

请补上旷工一天未完成的工作。顺便提醒:您的工作量还远未达到本月目标。

诚挚问候。

卢克·福斯特里

"诚挚问候"是程序自动签名,与界面极不搭调。邮件同时转发给了:格雷古瓦·拉尔歇以及部门的每一位同事。这个疯子!

我接待了应聘者,面试开始了。我没有办法集中精神,也无法进入角色。前两天我离开了办公室,深信自己绝不返回。我想过来世再不做这样的工作了。然而我终究还是活着,我脑海中的一切信息似乎还未更改……这个地方于我而言几乎是陌生的,我的存在没有任何意义。即使身处其中,我也早已游离。

将近晚上七点,我总算可以走了。奇迹出现了。才出了大厦,歌剧院街的人行道上一个穿海军蓝便装的男子就朝我走来。此人肩膀宽阔,眼睛淡蓝,表情呆板,脸部扁平,没有颧骨。我本能地退了一步。

"格林曼先生?"

回答之前我犹豫了一下:"是我……"

"迪布勒伊先生在等您。"他说着小心地指了指横跨在人行道上的黑色加长奔驰。

　　车窗漆黑，我看不到里面。我提心吊胆地跟着他，他给我开了车后门。我钻了进去，心里感到微微的痛。皮革淡淡的味道飘荡在车里。迪布勒伊坐在旁边，车宽得足以使我们保持一定的距离。男子关门前，我的目光正好撞上了刚走出大厦的凡妮莎错愕的眼神。

　　迪布勒伊一言不发。一分钟后，奔驰车开动了。

　　"你下班很晚。"他终于开口了。

　　"有时还会更晚，工作到晚上九点是家常便饭。"我回应他，欣然于能够说点儿什么来填补沉默……而后沉默却再次占据了上风。

　　"我对你的情况考虑良久，"他最终说道，"事实上，你的许多问题都环环相扣。所有这些问题的核心是因为你害怕别人。我不知道你是否真的意识到这一点——不但不敢树立威信，甚至也不敢表达你的真实意愿。你难以违背他人的意愿，难以直接开口拒绝。总之，你不曾实实在在地经营你的人生。出于担心他人的反应，你以别人为准来行动。我的首要任务是教会你克服恐惧心理，让你心甘情愿地抗议别人；还要教会你勇敢地反驳他人，来表达你的想法及得到你想要的。

　　"接下来，你必须接受：不需要去迎合他人，更不要总去验证他们的标准、他们的价值观。你要勇敢地说出你的不苟同，即使那偶尔会对你造成干扰。总之，放弃你在别人心目中的形象，学会不在意别人对你的看法。

　　"当你完全接纳自己的另类时，你就会注意到别人的异常，到了一定时候，你还会乐在其中。这样，你便学会了交流自如、接触陌生人、建立信任关系并且被人们认可，尽管他们的行事风格与你的不尽相同。而首先你要接受让自己变得与众不同的因素，否则，你就是他人利益的牺牲品。

　　"为了让你得到你寻找的东西，我也要教会你克服障碍。然后我会让你勇敢，让你反复尝试，让你实现计划，让你梦想成真。总之，我要解开束缚你的枷锁。目前你为此而抑郁，甚至毫无觉察，这枷锁完全锁住了你。我要让你从中解脱，那样你就可以经营你的人生，且坚持到底。"

　　"要我学会这一切，您会逼我做一些事情吗？"

"你以为继续过着迄今为止仅有的卑微人生,你就会改头换面吗?更何况,你已然目睹了这样的人生让你置身何地……"

"谢谢您的提醒,我都忘了。"

"即使不让你采取极端行为,但阿兰,你知道的,当生活不随心所愿时,它漫长而伤神。"

"没必要费尽心机地说服我,因为,无论如何,我答应您了……"

奔驰驶至奥斯曼大道,疾速飞驰在公交车道上,把那些堵着的车甩在了后头。

"直面现实,你就会了解,它不会可怕至此。接着你可以做想做的事了,不必照现在的规定行事。我要让你在与自己息息相关的人生大事中逐渐成长。昨天听你讲述时,我不断讶异于你平时的行事方式。我觉得你常常扮演受害者。"

"扮演受害者?"

"这样说是要给你指出心理定位,有些人不知不觉深陷其中,于是面对经历的一切,我们都觉得是被逼无奈,并忘我地承受苦难。"

"我不想这样。"

"或许你没有意识到,但你经常扮演受害者,尤其是你会使用诸如'我没有机会','事不如意','我宁可'等表达来描述你的日常生活。如果事情不尽如人意,你就会说'活该',或者'很遗憾','我无所谓',可你的语气并不像是泰然处之。不像,你的语气里流露出懊悔。你违心地接受,而且偶尔还会提醒别人你本不想这样。还有……你总是在抱怨。种种迹象表明你甘当受害者,还愈演愈烈……"

"也许我没有意识到自己在扮演受害者的角色,但不管怎么说,我心不甘情不愿。"

"不是的,你肯定从中捞到了好处。我们的大脑是这样工作的:每时每刻,它引导我们选用它认可的最佳抉择。也就是说,你正在经历的每一种状况,大脑会在你所胜任的事情中进行选择,然后记住最适合它的,如此便给你带来最大的好处。我们每个人都经历了这个过程。而问题在于,不是所有的人都拿着同一个调色板……某些人会看菜吃饭,于是当他们别无选择时,脑中会浮现各种可能的反应。而其他人常常行事风格雷同，如果别无选择，他们也不善于随机应变。做出的抉择很少适应局面……

"我给你打个比方：想象一下两个陌生人在大街上争吵。一人蛮横无理地责备另一人。如果另一人足智多谋，他大可以据理力争告知对方做错事情；或幽默又刻薄地嘲讽对方的无端指责；或提几个刁钻问题逼得对方无路可退，只能妥协。他也可以设身处地站在对方的立场上想想这些责备的根源，然后使对方既不丢颜面又幡然醒悟；或者干脆置之不理，继续走自己的路……一句话，如果他能做出所有这些反应，那么从责难一开始，他的大脑中就浮现出各种应对方案，而他深思熟虑后首选的方案是真正有利于局面的：这样既维护了他的利益，又给了他最大的好处。现在，再想象一下，如果有人对这一切茫然不知所措，那么他的大脑可能做出的唯一应对只有羞辱对方或任其侮辱。综合所有的因素，这就是他的优先选择。"

"您是在告诉我，我的应对方案很少，是这个意思吗？"

"咱们来说说在一个非常特殊的情形下，事态没有如你预期的那样发展，那么，是的，你的应对措施少得可怜：你总是显得有点受伤。"

"就算这是真的，我又能从中捞得什么好处呢？"

"根据昨天我对你的了解，你喜欢为他人效力，因此你希望别人也认可你的'付出'。然后，你也喜欢找人诉苦，赚足别人的同情。如果在我们之间，你还如此行事，未免矫揉造作；而所有的研究都表明，只有那些拥有既来之则安之的笃定心态的人才会引起别人的关注。最终，你的哀诉只感动了你自己……

"这的确会阻碍你，客观上也是如此。我认为心态发展到了这一步，生活中获得的机会就比别人少多了。就我出生的环境而言，很抱歉要这么说，但如果我们出生于衣食无忧、事事如意的环境里，可能更容易满足。"

"闭嘴！一派胡言……"

"我一点儿也没有胡说八道。所有的社会学家都会对你说，据资料统计，出生优越的孩子较之家境贫寒的孩子有更多的机会接受高等教育，继而获得更体面的工作。

"但幸福与此无关！你可以是命运多舛的工程师，也可以是幸福感洋溢的工人，更何况，我要提醒你，你还是一个中层管理干部……不公平主要来自孩子从父母那里获得的亲情和教育，而父母也真的为了孩子的未来劳碌一生。说到这儿，好吧，的确有人出生贫贱。但这不关社会环境的事，并非有钱人就懂得给予孩子亲情并对其严加管教！看看你的周围。"

"好吧，不管怎样，就这一点也是对等的，你不可能说：我太幸运了。我连爸爸都没有！"

"以前是这样，而现在，你成年了，除了感慨命运不公以外，你还可以关注别的事情。"

奔驰车驶向巴蒂尼奥勒酒店前，又拐进马尔泽尔大道，他的一番言论令我怒火中烧。

"阿兰……"

"干吗？"

"阿兰，没有幸福的受害者。你听见了吗？没有。"

他随即陷入沉默，仿若要让他的言论在我身上生根发芽。而他的那番话语像在我心里插了把箭，现在的沉默无疑又在伤口上捅了一刀。

"好吧，好吧，那么要怎样做才不会成为受害者？还有，假如无意为之，我不知道怎么才能从中走出……"

"对我来说，最好的方式就是学会做别的事情。如果你的最佳选择是再次扮演受害者，那么，显然你大脑里储存的应对措施极其有限。因此你得训练自己。你明白的，你本来就害怕空虚。如果你尝试着不再扮演受害者，却又手足无措，事态仍会毫无进展。你在抗拒改变。因此最好的方式就是你发现自己还可以做别的事情，接下来，我很确信：如果新的选择给你带来诸多好处，你的大脑很快就会进行抉择。"

"什么是新的选择呢？"

"好吧，我会教你如何得到你日思夜想的东西。假如你能够做到这一步，就无需扮演受害者了。听着，我知道这只是一个细节，但昨天你告诉我，你一直不走运，就连日常生活里的繁缛琐事都难逃厄运，我惊讶不已。你说去面包店里买长棍面包时，你因店家递给你的硬皮面包而举棋不定，其实你喜欢吃松软的！"

"确实如此。"

"你也太委曲求全了！这就说明你甚至连'不，这面包太硬了，我要旁边的那一根'这样的话都说不出口。"

"不是的，我说得出来的！我只是不愿难为店员，很多客人都在等着她。仅此而已。"

"换根面包只占用她两秒钟的时间而已！你宁可啃一根你不喜欢的硬面包，也不愿占用她两秒钟的时间！你不换的真实原因是你不敢告诉她。你担心因为获得自己所需而得罪她；担心她觉得你挑三拣四，令人讨厌；担心她不喜欢你了。你还担心其他客人横眉怒目，急不可待。"

"也许吧……"

"直到你躺在灵床上，你也许会说：'我这一生庸庸碌碌，一无所获，可大家都觉得我和蔼可亲。好极了！'"

坦白说，我有些颜面难堪，我避开这个出口伤人的男人的眼睛，把目光投向高楼、商店及我前面鱼贯而行的人们。

"宣布一条重要消息。"他接过话茬。

"啊？"

我将信将疑，甚至不愿费神看他一眼。

"重要消息是：这一切会一去不返。而且，你再也不会吃硬皮面包了。绝不再吃了。"他说着，眼神却仔细扫视四周，"弗拉蒂，停车！"

司机停下奔驰，打开警报灯。几辆轿车按着喇叭超过了奔驰。

"你想去里面买什么？"迪布勒伊又开口了，还把一家面包店指给我看。

"就现在而言，不想买。什么也不想买。"

"很好，你进去，买个面包、蛋糕或随便什么，店员把东西给你时，你找个借口不买了，然后再要别的东西，编造其他理由来拒绝购买。接着第三件、第四件……最后你告诉他们，你什么也不想买，就这样走出来，什么也没买。"

我感觉胃在痉挛，脸庞发烫。至少有十五秒的时间，我说不出话来。

"我不能这么做。"

"你可以，几分钟后，你就会证明你可以。"

"这已超出了我的能力范围。"

"弗拉蒂！"

司机起身，替我打开车门，等我下车……我恨恨地看向迪布勒伊，极不情愿地下了车。我瞟了一眼面包店。此时正值打烊前的人流高峰时段。我心跳加速，心脏都快要从胸膛里蹦出来了。

我排队等候，忐忑不安如上断头台。刚出炉的面包香味让我反胃，这还是我到法国后第一次有这样的感觉。面包店里吵吵嚷嚷，热闹得如同在工厂里一般。店员向收银员清晰告之客人所需，收银员在她的同事接待下一位客人时，大声重复客人的购物清单，接着收钱。她们配合默契，同心协力。轮到我时，后面已有八或十个客人。我欲言又止。

"先生？"她招呼我，声音分贝极高。

"请给我一根长棍面包。"

我嗫嚅着，声音像卡在了喉咙里。

"给这位先生一根长棍面包！"

"一点一欧。"收银员说。

她的舌头上有根头发，说话时唾沫四溅，却没有人想遮盖下面包。

"女士？"

店员已在招呼下一位客人了。

"一个小号巧克力面包。"

"给这位女士一个小号巧克力面包！"

"抱歉，您能给我一根松软点的吗？"我逼着自己说出这句话。

"这位女士的是一点二欧。"

"给您，"店员递给我另一根长棍面包，"小姐，到您了！"

"请给我来一个切好的软面包。"

"对不起，我想要的是一个全麦面包。"

切面包机的声音压过了我的嗓音。她没有听到我的话。

"给这位小姐一个切好的软面包！"

"一点八欧。"

"女士？"

"不，抱歉，"我再次说道，"我想要的是一个全麦面包。"

"给这位先生一个全麦面包再加一根长棍面包！"

"总共是三点一五欧。"收银员说，唾沫星如雨飞溅。

"小伙子，到您了。"

"不，我要全麦面包，不要长棍面包，不是两个都要。"

"两个面包。"小伙子说。

"女士您呢？"店员问。

我感觉糟糕透顶，没有勇气继续了。我瞄了一眼迪布勒伊。司机站在轿车旁，抱着手臂，牢牢盯着我。

"半根硬皮长棍面包。"老太太说。

"不好意思，"我对店员说，"我改变主意了。我很抱歉，我也想要半根硬皮长棍面包，和这位太太一样。"

"嗯，这位先生不知道自己想要什么。"她高声念叨，声线刺人耳膜，同时拿起她给老太太切剩的另一半长棍面包。

我全身发热。西装下早已汗如雨下。

"这位女士的是六十生丁①，这位先生的也是。"

"女士，您呢？"

"我想想。"一位年轻女子说道，眼睛盯着蛋糕，声音里的愧疚感显露无疑。

她应该是在计算每个蛋糕的卡路里含量吧。

"还有问题吗，先生？"她一脸狐疑地问我。

"听着……我真的很抱歉……我知道……我很过分……可……我还是想要一个软面包。我想我要的就是一个软面包。是的，就是这样的！一个软面包！"

她极其厌烦地审视着我。我不敢转身，但感觉堵在身后的客人们会揪着衣领把我扔到外面去。

她叹了口气，然后转身拿了一个软面包。

---

① 法国辅币，一百生丁合一法郎。

上帝微服出巡时　031

"不！不用了！其实……"

"又怎么了？"她回应，嗓音颤动，几近抓狂。

"我什么……也不想买，其实，我不买什么。谢谢……抱歉……谢谢。"

我转身离开，耷拉着脑袋不看任何人，从排队的客人们身边经过。我跑了出来，举止形如窃贼。

司机在等我，车门开了，这和部长待遇没有两样。但我万般羞愧，我觉得自己就像一个刚伸手偷货架上的糖果立刻就被活捉的小男生。我冲进奔驰，汗流满面。

"你面色绯红，像极了刚在蔚蓝海岸享受了一小时日光浴的英国人。"迪布勒伊说，看得出来，他很愉悦。

"这没什么好笑的。真没什么好笑的。"

"那么，你瞧，你做到了。"

我不作回应，汽车又行驶了。

"好吧，也许开始的时候我的要求太高了，"他接着说，"但我向你保证，几个星期后你就会应对自如了。"

"可我没有兴趣！我不想变成讨厌鬼！何况，我最不待见的就是讨厌的人！我讨厌他们给所有人惹麻烦，因为他们鸡蛋里挑骨头，我不想那样！"

"我可没让你做讨厌鬼。我不是要让你从一个极端走到另一个极端。我只是希望你可以得到你想要的。你的行为也许有点讨厌，只是要看有多讨厌而已。做到位就可以了，可我会鼓励你做得更多一些，那么假使你往后再愤然，也会自然流露。"

"接下来做什么呢？"

"以后的日子，你每天至少去三家面包店，店员给你东西时，你只要做两次变更，这不难吧。"

较之我刚刚做的，这个要求的确是可以接受的。

"这样要做多久呢？"

"直到你做这件事时自自然然，不费吹灰之力。记住，你可以是一个既挑剔无比而又招人喜欢的人。没必要做成讨厌鬼。"

奔驰车驶到我的住处。弗拉蒂下车开门。我呼吸到了新鲜空气。

"晚安。"迪布勒伊说。

我下了车,没有做声。

埃蒂安突然从楼梯下冒出来,他瞪大双眼看着眼前的轿车。

"嘿,这位年轻的先生看来衣食无忧啊。"他边说边朝我走来。

他取下帽子,在我前面做出拂尘的姿势,我前进他退后。

"总裁先生。"

他逼得我想扔个铜板给他了。

"阁下是条汉子。"他的破嗓子发声了,还极其夸张地行了一个毕恭毕敬的大礼。

他眼神犀利,是那种想到就要得到的人。

伊夫·迪布勒伊拿出手机,按了两下。

"晚上好,卡特琳娜,是我。"

"怎么样了?"

"目前,他听从了。一切循序渐进。"

"我想那持续不了很久。我满腹怀疑。"

"你总是怀疑,卡特琳娜。"

"他最终会反抗的。"

"你这么说是从你的角度看问题,你要是他,就会反抗……"

"可能吧。"

"不管怎么说,我从未见过哪个人会害怕自己到这种地步。"

"这正是我担心的。正因如此,我想他从未勇敢地去做所有你要求的事。"

"恰恰相反。他的恐惧可以为我们所用。"

"怎么讲?"

"要是他不想干了,我们就……恐吓他,让他干下去。"

电话那头沉默了。

"你真可怕,伊戈尔。"

"的确。"

上帝微服出巡时　033

4

　　一周后,我光顾了十八区①的每一家面包店。我总算知道在不考虑包装的前提下,离我住处两步路的店里卖的面包是最好吃的,我平时总去那里。

　　现在我每天买三根长棍面包,吃不掉就留给埃蒂安。一开始他如获至宝,可五天后他竟敢对我说他啃面包啃烦了!

　　人生来就具备适应一切或几乎一切的能力。我得承认,行动初始时对我来说几近超常的行为,一周后竟成了小菜一碟。但要我自觉自愿地完成,还需要些时间。一天晚上,我在面包店里碰到了邻居,我们边等边聊。好不容易轮到我了,店员却丢给我一根皮很硬的长棍面包,我欣然接受。由于和邻居聊天,我的注意力被分散了,以前不加拒绝地收下别人东西的坏毛病趁势溜了出来。总之,我虽然被好好调教了一番,但没有到完全改变的地步。

　　职场生涯仍在继续,较之以往更觉乏味。卢克·福斯特里建议部门的招聘顾问们每天早上八点与他一起晨跑。他是要力争改变一下尔虞我诈的工作环境吗?如此怪诞的主意根本就不是他的套路,视钱如土的我深信不疑。他应该是在一本书里觅得良策,该书力荐"把您的部下们变成赢家"的"团队建设"理念……但不管怎么说,他的计划得到了高层的批复,因为他从上司格雷古瓦·拉尔歇那儿获得了在公司里安装公共浴室的许可。匪夷所思。

　　就这样,招聘顾问们每天早上碰面,要么吸进歌剧院街和里沃利街上的汽车尾气,要么畅快呼吸杜伊勒里花园的空气,那里的污染微乎其微。他们安静晨跑,而老板却像殡仪馆职员一样唧唧喳喳,没完没了。但不管怎样,晨跑旨在激发大家的工作热情,而非搞好同事关系。福斯特里还是离得远远的,保持从前我们所熟知的距离。我居然发现自己能够回绝了,当然十八区每家面包店的店员们也帮了大忙。因痛苦的棒球训练,我已对运动深恶痛绝。我不能忍受把自己放在一群气喘吁吁又因拼命训练而自认为纯爷们儿的家伙中。我讨厌运动员们训练后赤条条洗澡这种低智商的习惯。我可一点儿都没兴趣见到我的

---

① 巴黎共分二十个区,第十八区位于市北,有圣心教堂、蒙马特山庄、著名的红灯区及红磨坊夜总会等,是巴黎夜生活的核心区域。

老板扮成亚当的样子。我觉得男人越是觉得自己很爷们儿,就越会做出一些暧昧的性行为。足球运动员赛后交换队服的仪式会让人联想到什么呢?队服里分明有他们以及对手的汗味。

我每天早上九点差五分就到办公室,团队晨练归来看见我已伏案工作。我要传递的信息很明了:你们欢呼雀跃之时,仍有人俯首甘为孺子牛……我无可指摘。然而谴责却有过之而无不及。福斯特里一旦突发奇想,就会因我的缺席而恼火。他开始找我的茬儿,要么事事数落,要么无事生非。从我每次招聘面试时穿的衬衣颜色一直到用的鞋油,什么都逃不过他那尖酸刻薄的点评。

但敏感点不在于此,而在于签署招聘合同的次数。每个招聘顾问都有实实在在的指标,必须觅得企业要他找的符合条件的候选人。因此我们每个人都身兼双职:既是招聘顾问又是市场营销。自从公司上市后,后者的作用就远胜于前者。顾问们要给自己定下个人业绩目标,业绩好了,自然也会平步青云了。

现在我们部门每周一早上开一次商务会议。这显然不是福斯特里作出的决定。他很内向,不喜欢与我们为伍。这个决定一定是拉尔歇强加给他的。但卢克·福斯特里聪明过人,以承担主持每周例会为由避重就轻地躲开了。拉尔歇亲临指导会议,如鱼得水,他本来就喜欢先入为主,事事过问。福斯特里在他身旁默不作声,俨然是个高高在上的资深人士,关键时候才会谨开尊口,完全不屑于贱民们的争论。他居高临下地打量着这个卑微的世界,眼神里满是忧虑,他也许会自问为什么头脑简单的人总是不停地重复着蠢话。就这一点来说,他没错。

这天,我在走廊上碰到了同事托马斯。

"我们还以为你前天走了呢!"他先声夺人,语气嘲讽。

"这个秘密只能你知道,我的老兄。我染上了一种病毒,久治不愈。幸好,现在好了。"

"好吧,我就不凑过来了。"他说着往后退了一步。即使我的病痛令你胆战心惊,但我的业绩仍如往昔一样超不过你!

托马斯的业绩遥遥领先于我们,他常不失时机地提醒我们这一点。结果地球人都知道了。我承认他的业绩报表确实让人自叹不如。这是一个工作狂,他的工作时间,常人无法企及。他没有午餐的习惯,全身心投入到完成个人目标中，所以有时会忘记问候走廊上遇到的人。但不管怎样，他是不甘落后于八卦的，但凡他有机会自吹自擂，或者骄傲地宣布季度业绩，或是告知别人他刚买了最新款的时尚跑车，抑或他头天晚上在巴黎人尽皆知的某个风雅餐厅里就餐，别人就免于成为他八卦的对象。他竭尽所能地炫耀，只有当他能插入别人的谈话，且为自己的丰功伟绩、显赫业绩或家财万贯打好铺垫时，他才会对谈话内容表现出兴趣。要是你偶然对他说："你的车很拉风。"他就会认为你是在褒奖他的为人或智商，同时对你回以胜利者的微笑，以示感谢。他会给你列出拥有同款车的名人，且不动声色地告诉你车价令人叹为观止。他利用拥有的一切来提升形象，从服装、配饰的品牌，到早上随意夹在腋下的金融时报，还有言谈、发型或是就餐时谈及的电影和爱好的小说。他不会遗漏什么，所有的这一切无一不体现出他的个人品位。每个举止、每一句话都是造就成功人士的因素，他自我建构了这个人物，与他合二为一。我苦恼于一个问题：他是故意为之还是天生如此？

有时我脑海中会浮现出一个画面，托马斯赤身裸体地行走在孤岛上，没有了阿玛尼西装、爱马仕领带、威士顿鞋、路易·威登包，更没有了既定目标，连嘉奖的荣耀也没有了。方圆百里，荒无人烟。我看到他就这样徘徊岛上，耗尽生命所需的碳氢化合物，反应迟钝，无人欣赏。他会撒手人寰，如同候客室里的观赏榕树一样，若没有凡妮莎每个星期的浇灌，便活不下去。

事实上，我宁可认为他会乐于尝试鲁滨逊·克鲁索的角色，以这个遇难者为榜样，模仿其衣着打扮、言行举止，同时还多了些劲头十足的管理人员历练出的实战能力。在生存能力挑战中，他被路过的渔民救下——又因他们的夸夸其谈——胜利回归法国。接着我们会看到他在各个电视摄影棚里讲述英雄壮举般的逃生经历，小心翼翼地留着蓄了八个月的络腮胡，裹着人人都有的遮羞布。

人未变，景已变。

"伙计们，我们聊聊？"

米盖尔，我的另一位同事，喜欢逗人但不刻薄，至少没有自恃甚高，即使他自认远比他人机智。

"有必要吗？"托马斯针锋相对。

他孤芳自赏，毫无幽默感。

米盖尔懒得理他，笑着走开了。他微微发福，头发乌黑，有点儿小滑头。他工作应对自如，因为业绩正常完成，我想他也许生活安逸吧。好几次我偶然闯进他的办公室，都觉得他在仔细研究电脑里某个应聘者的棘手材料，而他书柜的玻璃却折射出电脑屏上的相片，这些相片足以让某些人抵制抵制一个想法：为赢得更多机会来谋取一份会计职位，失业压力迫使女性应聘者们寄出了裸照。

"他嫉妒心很重。"托马斯对我说道，语气像深交的朋友。

于他而言，不赏识他的人肯定是嫉妒心在作祟。

每周都有些企业联系公司，告知我们他们需要招聘并打听我们的条件。凡妮莎接到电话后会为每家企业建立一个资料卡，然后转交给招聘顾问。不言而喻，公司饥不择食：企业不请自来签订合同，远胜过我们亲自致电陌生人推销服务、"毫无头绪"寻觅客户的尴尬处境。大家以为凡妮莎是把客户的资料卡平均分摊给我们的。而我最近发现其实她颇为照顾托马斯，显然倾倒于他精心打造的赢家形象，深信自己对于他的成功不可或缺。她沾沾自喜。我敢肯定自己是这个团队里最不受宠的人，即使她交给我的合同屈指可数，她也会做得像是她在眷顾我。

5

距上次见面两周后，迪布勒伊像上次一样出现在相同地点：下班时，我看到他的奔驰正正地停在了人行道上。

我朝车走去，弗拉蒂从里面出来，围着车走了一圈后为我开了后座的门。我在路上掐灭了香烟，长长舒了口气，将憋在胸中的烟雾排出。其实这香烟让我备觉沮丧……我刚把它点燃，整个下午一直拿在手里，没有吸上一口。

我没有上次那么惶恐了，但还是有些战战兢兢，连我的胃都能感觉得到，不知道自己今天将会遭遇什么。

奔驰开始行驶了，沿街而下，却没有继续直走，而是静静地驶过歌剧院街，调头开往卢浮宫。两分钟后，我们缓缓行驶在里沃利街上。

"那么，你被巴黎的面包店扫地出门了吗？"

"我打算去超市买一个月的面包心来吃，这样，他们就会忘记我的。"

迪布勒伊变态地笑了笑。

"今天您要带我去哪？"

"瞧，你有长进了！上次你连问都不敢问，像个囚犯一样任人带走。"

"我沦为诺言的阶下囚。"

"确实如此。"他语气肯定，有几分满意。

车子行至协和广场。豪华轿车里，沉默侵袭车厢，令人窒息。而广场上的司机们则躁动不安，任意穿插，为超越一两辆车，就可以加速追上几米。他们眉头紧皱，却在超越的瞬间云开雾散，胜利在握，但很快又深陷围堵。黑压压的乌云飘过国民议会大厦上空。我们右转驶向渐渐跃入眼帘的香榭丽舍大道，这是进入这座城市的绝妙入口，它光辉熠熠，从凯旋门看去，天空一望无垠。奔驰提速了。

"我们去哪儿呢？"

"我们要检验一下继上次之后你进展如何，这样才能放心让你做其他的事情……"

他的话语让我有些不悦，想起公司让应聘者们做的某些不堪忍受的测试。

"尽管我从未对您讲起，但我更钟情于理论考试，纸质试卷，勾勾画画，进行选择即可。"

"人生不是用理论来阐释的。我只相信一个人在即兴发挥时表现出的能力，只有这样才能真正改变一个人，其他全是扯淡，全是不切实际的空想。"

我右侧的树木飞快掠过，随后出现的是等待在电影院前的第一批观众。

"那么您今天特意为我安排了什么呢？"我问他，故作镇定却略显不安。

"好吧，看来我们得换个地儿来结束这一回合了。"

"换个地儿？"

"是的，我们走出米舒太太的饼屋，光临一家享有盛誉的珠宝店。"

"您是在开玩笑吗？"我说道，心里却在怀疑根本就没有这出戏。

"这两种店铺实则没有太大区别。"

"当然有区别！它们根本就风马牛不相及！"

"这两种情况下，你都得和店铺里卖东西的人打交道。就这一点而言，没有区别。我不知道会有什么问题。"

"但您是知道的！别装傻了！"

"它们最主要的区别在你头脑里。"

"但我从未进过珠宝店！我不适应这种地方……"

"总有一天要适应的。万事开头难。"

"那种地方会让我忐忑不安，我还未开口说话就会局促不宁了。您在搞鬼……"

"到底是什么让你不舒服？"他说，嘴角已微露笑意。

"我不知道……那种地方的人也不习惯接待我这样的顾客……我完全不知道要怎么做。"

"没有特殊规定。除了物品比其他店昂贵一些，这就是个普通的店铺。何况，进了这种店后，你会变得愈发挑剔！"

奔驰停在路边。我们来到了香榭丽舍大道的最高处。弗拉蒂按下警示灯的开关。我定定地看着前方，猜想我的刑场该是在右手边吧，就在那儿，一眼就能看见……我情愿被驶向星形广场的汽车带走，仿若成千上万只乱得团团转的蚂蚁，一遇到障碍物就更改方向，从不触碰。

我鼓起勇气，目光渐渐移向右边。那里，一幢方石大楼巍然屹立。玻璃墙延伸至二楼，霸气雄伟。墙上的烫金字母，组成了我的刑场名字：卡地亚。

"你想想，"迪布勒伊接着说道，"当你适应了世间万事，生活会像什么样子呢？"

"生活靠双脚。但我离这一步还很遥远……"

"做到这一点的唯一方式就是面对现实，直面你害怕的事物，直至无所畏惧，而不是把自己藏在壳里，这个壳只会让你愈发害怕面对陌生人。"

"也许吧。"我应了一声。

但我并不信服。

"去吧，告诉自己，招待你的人跟你一样，都是工薪阶层而已，他们自己可能也买不起卡地亚的珠宝首饰……"

"那我到底该做什么呢？我的任务是什么？"

"你请店员给你介绍手表。起码要试戴足足十五只，问一连串的问题，然后什么也不买地走人。"

我更紧张了。

"我得先抽根烟。"

"还有一件事……"

"什么？"

他拿出手机，拨了个号，西服内袋里发出嗡嗡的铃声。他从里面掏出一个肉色的小玩意儿来，按了按，声音停了。

"把这个东西放进耳朵里。如此一来，我就听得到你的骁勇壮举了，要是我有指示，你也听得到。"

我愕然。

"这是什么嗜好？"

"最后一件事……"

"还有什么？"

"好好享受这个过程。这是我对你的忠告。倘若你能做到，你就赢了。别太较真。退一步，视之如游戏。不过是游戏而已，不是吗？你在游戏里毫发无损，但会有所觉悟。仅此而已。"

"嗯。"

"你知道的，每个人都可以将人生视为险象环生的棋局，或者广袤无垠的娱乐场，每每行至街角，阅历就随之开阔而丰富。"

我不作答，自顾自地开了车门下车。来来往往的车辆噪音不绝于耳，微风轻拂，唤醒我已麻木的大脑。宽阔的人行道上，游人熙熙攘攘，最近的地铁站将来自巴黎郊区的年轻人扔在了路上，他们结伴而行。星形广场上的车辆似乎一直绕着凯旋门转圈。

我走了几步，点燃一根香烟，慢悠悠地吸着。稍微有点儿走运的是，警察跑来撵走了一直停在这里的奔驰车。

迪布勒伊谈到了测试。他说想检查一下我的进步。如果他觉得进步不够明显，那就意味着接下来的几周内，他会逼我做其他为难的事情。我不想为难自己，别无选择。我要鼓足勇气，完美表现。不管怎样，他都不会放过我。我对此坚信不疑。

我把香烟扔在路上，使劲转动脚尖将它碾碎，且长时间地重复着这个动作。我看了一眼豪华的玻璃墙，后背直发凉。去吧，加油！

6

我推开旋转门，妈妈在洗衣店里疲惫不堪的样子瞬间掠过脑海——三个身着深色西服的年轻人，在阔绰的店面门口恭候。他们手臂沿身体下垂，静候我的光顾，其中一人为我推开了进入店内的第二扇门。再次空降于一个全然陌生的世界，我尽量表现得从容自信。

店内奢华铺张。天花板高高在上，恢弘壮观，气宇轩昂的楼梯扶摇直上，通往一间宽阔大厅。由珍贵木料做成的柜台装潢精致，那些木料像镜子一样熠熠生辉。大型枝状吊灯灯火通明。天鹅绒墙衣吸收了灯的光线。空气中微微泛着香水的味道，香气淡雅，既安定情绪又撩人心弦。深红色的机织割绒地毯，不仅厚重，而且减轻了脚步的声音，让人想在上面打坐，闭上双眼，心无羁绊地沉沉睡去。女人的鞋子，精致细跟，妩媚到了极致，这双鞋朝我……款款走来，步态优雅。我慢慢抬头……细长美腿，修身舒适的黑色短裙，凸显身材的收腰短外套……金发碧眼，光滑柔顺的头发被绾成了发髻。冰美人是也。

她直盯着我，职业习惯使然，问我：

"先生您好，我能帮到您吗？"

她连笑都不笑。我感到寒气袭来，自问她是按习惯行事呢，还是因为她发现我只是一个闯入者，一个她觉得也许不会买什么的到访者而已。我感觉自己被揭穿了，她自信的眼神使我原形毕露。

"我想……看看你们的男表。"

"您想看金表还是精钢表？"

"精钢表。"我答道，欣喜于可以选择这个档次，它接近我所熟悉的事物。

"看金表！金表！"迪布勒伊扯着嗓门在护耳里鬼叫。

我怕他的声音被售货员听到。但她并未注意。我三缄其口。

"请跟我来。"她说话的语气让我霎时后悔如此作答，这语气里明摆着"我料到了"。这女人真讨厌。

我跟着她，目光不由自主地盯着她的鞋看，看步态就可以对这个人了如指掌。她步态从容但显做作，一点儿也不自然。我随她走进第一间展厅，她朝一个木柜台走去。一把小小的镶金钥匙在她麻利的指尖晃动着，她的指甲涂成了漂亮的红色。她微微抬起横柜的玻璃，从里面拿出一个罩着天鹅绒的精美托盘来，托盘正中讲究地摆放着几块手表。

"那么，我们这里有帕莎系列、跑车系列、山度士系列以及赫赫有名的法国坦克。这几款都是自动机械表。我们还有更具运动风格的三眼计时系列，橡胶表带，精钢表盘，100米防水……"

我没有听她说话。她的话语在脑海中回响，我还来不及去领悟其中深义，配合她言语的手势吸引了我的注意。她的纤纤玉指指着每一块手表，连碰都不碰一下，似乎一碰就坏了。这是她特有的言行方式，她夸大了这些用普通金属零件组装起来的死板玩意儿的价值。

我该开口了，要试试这些款式的手表才是。但原本很自然的要求却在这个卖手表的行业翘楚面前备觉为难。她的言行举止无一不流露出在售表行当里的游刃有余，精益求精。我惴惴不安，生怕一开口就成了乡巴佬。

我忽然想起迪布勒伊在监听我们的对话呢……我必须赴汤蹈火。

"我想试试这一款。"我边说边指着橡胶表带的腕表。

她戴上白色手套，生怕指纹破坏了手表的美观。她用指尖轻轻地拿起表递给了我。我空手接过，几近尴尬。

"这是我们最新的一款设计，石英腕表，精钢表盘，具备计时功能，三眼计时。"

石英表……连机械表都不是……满大街都是石英表，价位还不到十欧呢……

我准备试试，但突然想起手腕上还戴着自己的表。尴尬一览无遗。我不可能去卖弄藏在外套袖子下的花哨塑料表……所以摘表的动作十足可笑，我拿手捂着然后迅速装进口袋里,不让它从里面跑出来。

"您可以把您的表放在托盘里。"她佯装好意地说。

我相信她已经觉察到了我的尴尬,还等着看看我会窘迫到什么程度。我谢绝了她的提议,脸颊却在发烫。千万不能脸红……我脑中闪现出一个问题来转移她的注意力,急忙接上话茬。

"电池能持续多久?"

话音一落地,我愈发难堪了。我该是卡地亚有史以来如此发问的第一个客人。他们的客户里,谁会在意电池能用多久呢?

售货员略停几秒,思考我的问题,似乎也在给我时间来考虑自己的提问是否适宜。我惭愧万分,生不如死,备感煎熬。

"一年。"

我需要冷静,需要调整状态。我尽量放松,假装饶有兴趣地欣赏着手表。

我以迅雷不及掩耳之势套上了手表,无疑暴露了我使用这类奢侈品的习惯。我扣上了带扣,还想像刚才一样神速戴上,但用力太猛,反而扣不进去:折叠金属扣卡住了。我本该扣向里面的。我赶快解开表扣,换另外的戴法,假装轻轻按扣,其实使劲按着,然而表扣卡得更死了。

"搭扣是在里面的,"她意味深长地说,"我能帮您吗?"

我已面红耳赤,无地自容。我生怕汗滴会滚到托盘里,于是后退了几公分,以免这丢人的一幕发生。

我向她伸出手腕,如同在警察面前求饶的逃犯接受警察的手铐。她轻轻松松扣上表带,与我的笨手笨脚形成鲜明对比。

我像是要评价这昂贵玩意儿的设计一般,随意晃动手臂,看看不同角度下的感觉。

"多少钱?"我问道,表情极尽漠然,毫不关心这个最主要的问题。

"三千两百七十欧。"

我发现她的声音和目光里无一不流露出小小的满足感,像某些考官宣布你的中学会考挂科或是驾照考试没通过时,多少带有些幸灾乐祸的感觉。

三千两百七十欧……买一只橡胶表带的精钢石英表!我本想问问她这表和一只三十欧的凯尔顿手表有什么区别。迪布勒伊肯定会表扬我,但我无法做

上帝微服出巡时　043

到，还没有到那一步。可奇怪的是，这个于我而言惊为天价的夸张价格却让我紧绷的神经松弛了一点。手表价值不菲，却稍微缓解了我所承受的压力；奢华世界的魔力和我对这个世界不得已的尊重早已消散得无影无踪。

"我想试试那一款。"我指着另一块表说，顺便摘下我腕上的表。

"法国坦克，设计于一九一七年。自动机械表，卡地亚120型机芯。"

我套上手表后看了又看。

"还不错。"我故作犹豫。

这已经是第二块了。总共要试几块？他不是说十五块吗？我开始释然了。迪布勒伊很小心，这一次说话的声音小得只有他自己才听得到。

"告诉她你觉得这些表很丑，你想看看金表！"

"我想看看这块表。"他说的话，我充耳不闻。

第三块。

"告诉她，这些表……"

我轻微咳嗽盖过了他的声音。如果售货员听到，我像什么样子？我脑海中闪过一个画面：我摇身一变，成了入室抢劫的强盗，外面还有帮凶把风。何况，监控的摄像头或许早已看到我的护耳了。我又出汗了。我必须速战速决，早早收工。

"我再想想。我还想看看你们的金表。"因为担心自己会变成没有信用的人，我极不情愿地说出这些话。

她利索地理顺了玻璃柜里的小托盘。

"请您跟我来。"

我很不舒服，她没有努力为我服务，只是因为职业素养而极尽敷衍。她应该会觉得应付我这样的客人是在浪费时间。我跟着她，余光暗暗扫视四周。此时，我与一个身着深色西服的男士四目相对，他为我打开了门。可能是便衣保安吧。我觉得他看我时眼神诧异。

我们进了另外一个更大的展厅里。那里的几个客人完全没有路上过客奔忙的样子，不知道他们是何方神圣。这个地方如此静谧、虚幻，售货员们轻言细语，生怕破坏了宁静的氛围。

我本能地发现了安在各个要害地点的小摄像头。它们似乎对准了我，旋转着跟踪拍摄我的举手投足。我用袖口匆匆拭过额头，深深吸了口气来缓解紧张的神经。我必须克服遇事就怯场的毛病。每走一步就离那堆亿万富翁喜好的玩意儿更近一些。我还要表现得对这些玩意儿兴趣盎然，并扬言可以买下。

我们站在了一个精致柜台的两侧。

柜台里摆放了更多的黄金系列腕表。售货员就玻璃横柜里的腕表款式向我逐一介绍。

"我很喜欢这块。"我指着一块偌大的黄金腕表说。

"这款属于蓝气球系列：18K金表壳，金色螺纹表盘，蓝宝石水晶镜面，两万三千五百欧。"

我明显感到她念出价格是想告诉我：这一款不是我的菜。她在不动声色地嘲讽我，侮辱我。

我感到窝火，不能一直这么装聋作哑，该做些反应了。

她绝未料到她招待着我却把我得罪了。

"我试试吧。"我语气生硬，连自己都被吓到。

她一言不发地照做了，看着听命于我的她，我顷刻有种全新的感觉，那是迄今为止还未曾体会过的小小快乐。难道权力在握的乐趣就是这样的吗？

我戴上表，静静地看了五秒钟，然后不假思索地说出感觉。

"太厚了。"

我摘下手表，随手交给她，眼睛却已盯着其他款式了。

"看看这块！"我指着手表说，都没有给她留点儿时间来放好刚才的那块。

她灵巧的手指更加利落地活动着，红色指甲油隐隐约约地折射到柜台上，各款腕表也愈发光芒四射了。

我不知是被来自何方的魔力附身，莫名地来劲儿了。骤然间，我开始享受炫耀权力带来的乐趣了。

"我还想试试这块！"我边说边指着另一块，她不得不跟上我强加给她的节奏。

我认不出自己了。往昔的羞涩早已销声匿迹，在和她一来一往的较量中，我越来越强势了。本人竟会如此行事，真是闻所未闻。一股难以言状的欣

上帝微服出巡时　　045

喜涌上心头。

"给您，先生。"

我提出要求后，她开始尊重我了，这让我感觉悲哀。我从未行使过这样的权力，她不再盛气凌人地打量我了，而是低头看着腕表，一一完成我提出的要求。我比任何时候都更昂首挺胸，我俯瞰着她轻微低向麻利双手的脑袋：她正忙着放回腕表，动作熟练。

我不知道这一幕持续了多久。我已不再是我了，我离现实渐行渐远……我身处异地，享受着这特别的快乐，而一个小时前，这一切完全不可思议。全权在握，却感觉异样，仿若重如千钧的盖子突然跳起来一样。

"现在撤退吧。"

迪布勒伊低沉的声音猛然把我拉回凡尘。

我慢悠悠地起身告辞，她执意要送我出去，尾随身后；我步履坚定地再次走过店面，目光扫及所经之地，如将军踏上征服的领土，意气风发。那些陈列腕表的展厅现在好像小了许多，装潢也很一般。身穿黑色西服的先生为我打开闸门，并感谢我的光临。每一个职员都祝我晚间愉快。

我走到香榭丽舍大道上，恼人的噪音、汽车尾气、风、发白天空的强光接踵而至。

我重新整理思绪，充分意识到刚才那一幕的深远意义：他人如何待我，完全取决于我的言行举止……他们的反应都是因我而起。

我忍不住去琢磨刚才的若干较量……

我发现自己可以换位思考。我当然不希望再次经历刚才那一幕。我不是强势的人，也不想变得强势。我更喜欢真诚、平等的关系……我意识到自己也不是非得要做一个小跟班，但问题不在这儿。我感到自己能够处理不熟悉的事情——无非是怎么权衡而已。

我人生的狭窄隧道也许开始有些宽阔了……

7

"您怎么会想到来应聘会计？"

我的对话者眼睛滴溜溜地转了一圈，寻找尽可能合理的解释。

"呃……是因为……我很喜欢和数字打交道。"

我感到他对自己的回答很失望。他本该找到更具卖点的理由来回答问题的，但脑子里空空如也。

"您喜欢数字什么呢？"

我无疑又增加了提问的难度：他的眼珠子又转了，脸却更红了。他显然为面试精心打扮了一番，看得出来他不习惯穿灰色西装，系素色斜纹领带，这套装束徒增了他的拘束感。白袜搭配严肃的着装风格，仿似荧光闪闪发亮。

"嗯……我喜欢……其实是……机缘巧合，账务没有出错时，我庆幸逃过一劫。这就够了，您懂的。事实上，我喜欢直截了当。何况，错误出现时，我会数小时地寻找根源，直到算清为止。其实……也不是数小时……我要说的是，我不是平白浪费时间，而是直奔主题。但我更想说，我是一个严于律己的人。"

可怜的家伙。为了证明自己是一个让人心仪的应聘者，他连吃奶的力气都使出了。

"您认为自己遇事时能独当一面吗？"

我得看着他的脸说话，否则一不留神又去看他的袜子了。

"是，是的，我能独当一面，这没有问题。我会自己去处理，绝不求人。"

"您能说说自己处理过的一桩事情吗？"

这是很多招聘者惯用的伎俩。如果谁想证明自己具备某种品质，那么，他理应说出他具体在什么时候显示了这样的品质。说得更明白些，他理应说出何时、如何表现以及带来何种结果。如果三缺一，那显然是在鬼扯。逻辑本应如此：如果他的确具备这样的品质，就应该说出他如此表现的具体情形，他具体做了什么以及如此行事后产生的效果。

"嗯……好的，当然可以。"

"什么情况下？"

他的眼珠滴溜溜地转着，在绞尽脑汁地回想——或者说是臆想——独当一面的事例。他的脸又红了，我看到他的额头已渗出汗珠。我不想为难应聘者。这绝非我的本意。但我必须考虑他们是否适合客户提供的职位。

"好吧……您听我说，我经常独当一面，这没有什么可怀疑的。您尽可以相信我。"

他放下搭着的双腿，在扶手椅上扭了扭，又重新搭起。他的袜子真的可以代言阿里埃尔牌洗衣液了。

"我只是要您给我说个实例，听着，这是最后一次机会了。何时，何地，何种状况？您慢慢想，放轻松，我们不赶时间。"

他在椅子上扭来扭去，还在裤子上擦了擦可能早已出汗的手心。几秒钟的时间漫长得像几个小时，他还是无可奉告。但我看出他已是无地自容，黔驴技穷了，他肯定恨死我了。

"好吧，"我打破尴尬气氛，不再为难他了，"我告诉您为什么我要问这个问题吧。提供这个职位的是一家中小型企业，他们的会计辞职了，他一直休假，没有提前告知东家辞职的事情，说走就走。说实话，没有人来为下一任会计指点迷津。如果您应聘成功，就得独当一面，您要仔细研究他留下的材料，还有他电脑里的文件。如果您真的不能独当一面，那对您来说就是一场噩梦。我有义务让您不必为难至此。我不是在设法激将，只是想知道您是否可以顺利完成任务。您知道，在这一点上，您的利益与提供职位的企业的利益息息相关……"

他认真听我说完，最终承认他更情愿在安排妥当的地方工作，因为他清楚老板具体要他做什么，不懂时还可以问问人。面试的剩余时间里，我们一起制定了他的职场规划，明确了以他的个性、阅历、能力而言更适合什么样的工作。我答应他会好好保留他的材料，一旦有更适合他的工作就马上联系他。

我把他一直送到电梯口，并祝他好运。

回到办公室，我看到有未接电话。迪布勒伊发来一条短信："来乔治五世酒店的酒吧见我。打的来。在车上，司机说什么你都要针锋相对。不要放过他说的任何一句话。我等你。伊夫·迪布勒伊"

我看了两遍，想到等待我的一切，不禁愁云满面。这得看司机说什么了……

老是和别人唱反调会让对方瞬间崩溃的……

瞄了下表：五点四十分。没有预约了，但晚七点前我从未走出过办公室，如果没有障碍的话……

我查收了一下邮件。攒了一小打，但都是无关紧要的。好吧，走喽，就这一次，他们对我不重要。

我取了雨衣，探出脑袋查看走廊上的动静，没人。我赶快出来，朝紧急出口楼梯溜去。何必在电梯口苦等呢。我来到走廊的尽头，格雷古瓦·拉尔歇突然从办公室里蹿了出来。他顿时觉察出我的不自然。

"你下午没事了？"他问道，还不怀好意地笑了笑。

"我要……走了……有急事。"

他没有回答就走开了。把我逮了个正着，让他乐不可支。我冲向楼梯，有点恶心事态的发展。他妈的，老子每天累得趴下也没人管，不过早走一天，却被抓了个正着……

我神经兮兮地出现在歌剧院街上，呼吸着外面的空气，想起了自己要做的事情。接下来要完成的任务会比刚才的一幕更具悬念。我朝卢浮宫旁的计程车站走去。空无一人。我紧绷的神经得以暂时缓解，努力让自己放松，点了一支烟吸着，还是有些惴惴不安。我只要一紧张，就想吸烟。龌龊的习惯！可我却一直没能改正过来……

走路时，我感觉不大对劲。觉得自己被人……跟踪。我转过身，看到的是熙熙攘攘的人群。难以确定被谁跟踪……继续走，却有几分不自然了。

我好好想了想最近几次打的的情形。多数司机都是话痨，积习难改，他们毫无保留地评论各种时政新闻，我必须承认自己不会轻易表达与司机不同的观点。迪布勒伊正好识破了我的小心思。好吧，这也许只是出于惰性。不管怎么说，指出别人的错误无济于事。说到底，是不能说服他们的……

我望向远处。车水马龙。高峰期来了，可能要等很长时间才能打到计程车。

假如……是因为胆怯而非惰性呢？何况，对司机的针砭时弊不做回应也未必感觉轻松。常常，我内心早已百感交集……然而，我到底惧怕什么呢？担心惹人嫌弃，害怕别人出乎预料的反应吗？我不知道。

上帝微服出巡时　049

"您去哪儿？"

听到司机的巴黎口音，我不再发呆了。刚才陷入沉思，都没有看到他朝我驶来。司机靠近车窗打量着我，神情极不耐烦。他大概五十多岁，矮胖，秃顶，蓄着黑色山羊胡，眼神邪恶。为什么我非要在今天遇到这样一个人呢？

"唉！您想好了吗？我还要辛苦赚钱呢！"

"去乔治五世酒店。"我嘟哝着开了后座的车门。

出师不利，我得马上调整状态来应对。走吧，加油。他说的所有事情，我都要针锋相对，不放过任何一句话。

刚坐进去，车里的味道就让我想吐：烟头残留的味道还夹杂着超市里买来的汽车除臭剂的气味，令人作呕。

"我现在就告诉您，您去的地方可能不远，但不会马上就到！没错，是我这么告诉您的！我不知道人们今天都在干什么，堵得水泄不通！"

呃……很难对他说反话……反驳他什么呢？……

"我们应该会有好运气赶上拥堵缓解，说不定会超乎您的预料更快到达？"

"是的，是这么回事。还有人相信圣诞老人呢，"他一口纯正的巴黎口音，"我干这一行二十八年了，我知道自己在说什么。我他妈敢说，巴黎真正需要汽车的人还不到一半。"

他声如洪钟，就好像我是坐在大客车的最后一排上。

"可能车对他们来说可有可无，谁知道呢……"

"是呀！大多数人开车甚至都没超过五百米！他们连路都懒得走，又嫌打的太贵。没有人比巴黎人更抠门儿的了！"

我注意到他没有觉察到我在和他对着干，只是自顾自地说下去……我的任务也许没有想象中那么艰巨。

"我，我倒觉得巴黎人很友好。"

"啊，是吗？那您是太不了解他们了！我，我和他们打了二十八年的交道，对他们了如指掌，这是一帮鬼头鬼脑的家伙。我告诉您：他们越来越不像话了。我，我已经没法去喜欢他们了。我--见他们就来气。"

他汗毛浓密的大手紧紧把住人造革的方向盘，前臂长满了汗毛，肌肉随手的运动而收缩。黑压压的汗毛下，我隐隐看见了一条长长的纹身，类似一种非油炸的大薯条。小时候在美国常常看到电视上播放薯条广告动画片，薯条化身为左右摇摆的人物。

我这辈子都没有见过这么滑稽可笑的纹身。

"我想您弄错了：您怎么看他们，他们也怎么看我们。"

他突然踩住刹车，回过头来，火冒三丈地看着我。

"不是吧，关于这一点，您想说什么呢？"

我完全没有想到他的反应会这么强烈。我往后靠了靠，但还是闻到他呼出的气味，恶心透顶。是酒精的味道吗？我要除去这枚定时炸弹，是时候扮演一下扫雷员的角色了……

"我说的是他们或许有些排外，但我们要慢慢去理解造成他们压力的原因，和他们交谈时要语气温和(我强调'温和'这个词)，当他们感觉到别人的关注，就会打开心扉，性格也随之开朗起来。"

他像恼羞成怒的野猪，盯了我一会儿，二话不说，转过身去，重新发动计程车。驾驶位上的他突然安静下来。我如坐针毡，忐忑不安。我试着放松每根紧绷的神经，再次吸了口气。天哪……这祖宗脾气暴躁。我还是要严加防范的……车子徐徐行驶，但是沉默使气氛凝重，我快透不过气来了。我得说说话了。

"您的纹身有什么特殊意义吗？"我试图缓和气氛。

"嗯，这个嘛……"他的语气变得柔和了，这说明我问到点子上了，"这玩意儿是我年少轻狂的纪念。这玩意儿代表报仇雪恨。"

他说出最后一句话时像敲响了警世鸣钟。如果不弄清楚一根非油炸薯条如何象征报仇雪恨，我会抱憾终生的。但我还不想死，我忍住了笑。

我们到了协和广场。

"咱们不走香榭丽舍大道了，太堵了，就沿塞纳河一直开到阿尔马，然后从下面回到乔治五世大街。"

"嗯……我还是想走香榭丽舍大道。"

他不发一言地叹了口气，重接拾起话题。

"我喜欢纹身。没有重复的图案。但做纹身要有胆量，一旦做了就洗不掉了。它会伴您至死。所以纹身是要有勇气的，的确是这样的。我还喜欢女人身上的纹身，它们藏在私密部位，让男人忍不住勃起。您知道我在说什么。"

我从后视镜里只看到他突然变得色眯眯的眼神。祖宗，淡定，淡定。我鼓起所有的勇气来对抗他：

"我是不太喜欢纹身的……"

"哦，当今的小年轻不喜欢纹身了，因为他们随波逐流。他们不懂得吃喝玩乐！呸！说到底都是一帮滑头滑脑的家伙。"

"不是的……他们也许不需要用纹身来标榜自己……"

"标榜自己，与众不同！我们，我才无所谓，我真的很想笑。我们这一代人骑车，或开着父辈留下的汽车，想开多快开多快……那会儿可没有交通拥堵这回事儿！"

除了扯着嗓门叫，这家伙不会说人话了，让人提心吊胆，忍无可忍。还有那股味儿……来吧，再刺激他一下……

"是的，可是如今的年轻人知道他们不能因为玩乐而污染了地球。"

"啊！是吗！还是那些搞笑的环保论调！地球升温纯属无稽之谈。这全是那些向你们炫耀智慧的家伙们的想法，他们甚至连个样本都没有！"

"您又如何得知的呢？"

我竟然脱口而出。他猛地踩住了刹车，汽车戛然而止，我撞到了前面的椅背上，随即又往后弹去。他咆哮了起来：

"给我滚！听到没有？滚！我受够了来给我上课的小蠢货们！滚得远远的！"

我吓得往后靠，身体陷进了旧旧的泡沫座垫里。他发作了两秒钟，立即沉默。我赶快打开车门冲了出去。在他把我抓回来之前，我急忙开溜了，像他这样的人一定会在座垫下放一根木棍。

我藏匿在川流不息的车流间，一直走到香榭丽舍宽阔的人行道上，然后向远处的凯旋门跑去。淫雨霏霏，我的脸冰凉。惧怕走了，我居然感觉不到了，而我还在奔跑着，奔跑着，迎面是大道上形形色色的游客和闲暇客。我跑着，心无羁绊。我打开了身上的枷锁的一个小缺口，解开了几个无关紧要的结。人生第一次，我竟敢对一个陌生人毫无保留地说出所有想法，我开始释怀，尤其感受到自由的力量，自由的呼唤。毛毛细雨轻抚我的面颊，仿若要唤醒我对生活的激情。

8

身着酒店制服的门童推了一下旋转门，我趁虚而入，进入了乔治五世酒店富丽堂皇的大厅内，这家酒店在首都最奢华酒店里榜上有名。

酒店的地面铺了阿利坎特的红色大理石，连那几根快要触到高不可及的天花板的大柱子也采用该种石材装饰。

大堂接待处的柜台下方用细木做了墙裙，给人很温暖的感觉。酒店高端大气，效率卓然。门童们忙着移动装满旅行箱和手提箱的镀金行李推车，那上面的多数行李箱都是名牌真皮的。面带微笑、动作麻利的前台接待要么给客人们分发钥匙，要么送去巴黎地图，或是解答那些衣着讲究的客人们的疑问。大堂里忽然来了一位客人：身着T恤，脚穿耐克运动鞋，他的出现仿佛是说唱艺人跑到了交响乐团演出的台上，让人感觉意外。但他镇定自若地走过大堂，显然是这个地方的常客。毫无疑问，这是我的美国同胞……

我朝门童走去。

"您好，请问怎么去酒吧？"

我怕他问我是否在这里入住。我看起来狼狈透顶，头发湿漉漉的，水滴不时顺着脸颊流淌下来。还好，那位穿T恤的客人投来的目光让我没那么难堪。

"我来告诉您，先生，上三级台阶后请往右走，在更远一点的地方，您会看到酒吧的。"他言辞友善得略显过头。

我上了台阶后，确实进入到一个宽敞的玻璃过道里，过道围着一个树木葱郁的院子而建。精致雕刻的花盆里栽着橙树和黄杨。几张异域风情的木桌和扶手椅让人身心放松。过道里，华丽的地毯覆盖了大理石路面，暖意盎然。影影绰绰的枝状吊灯从金碧辉煌的天花板上垂下，凹凸有致的石墙遮挡了气势恢宏的底座上的雕像。一排茶几的边上摆了一坐就会陷进去的安乐椅，椅面是软软的布料，让人想在上面盘腿而坐，但一动了念想，就立马打住。环境如此庄重，言行理应得体才是。

酒吧正对着过道，不是很大。墙面和地面都包覆暗红色的天鹅绒，酒吧为客人提供了更私密的空间。这个钟点，光顾酒吧的客人屈指可数。一个男人和一个上了些年纪的女人面对面地坐在低低的桥牌扶手椅里。稍远处，两个男子正在积极讨论，尽管他们压低了声音，但显然关乎生意。目光所及之处，不见迪布勒伊的踪影。我朝酒吧深处的桌子走去，坐在那里可以看见他进来。从那对夫妇身边走过时，我闻到了太太涂抹的香水味道，芳香四溢。

桌子上放着几份报纸。有主题严肃的报纸，如《国际先驱论坛报》、《纽约时报》或《世界报》，其他几份就娱乐性强些。我拿了《秘闻》来看，它有被翻阅过的痕迹，证明在我之前来过的人都阅读过，可见它拥有一定的市场。不管怎样，此地最适宜跟踪明星们的八卦新闻了！

迪布勒伊很快就来见我了。我立刻放下那本可以遮住面容的杂志。他穿过酒吧来到我这儿，我注意到他经过时，酒吧里的四人都朝他看去。他气度非凡，魅力四射。

"快给我说说你的英勇壮举吧！"

我觉察到他从来不向我问好。每次见面，感觉他就像是去了趟洗手间回来，重拾刚刚被打断了几分钟的谈话。

他点了一瓶波旁威士忌，我则不情愿地要了一瓶巴黎气泡矿泉水。

我详细向他叙述了出租车上发生的一幕，司机的言行让他乐开了怀。

"你碰到神人了！要是我也打的，可没有那么好的运气碰到脾气如此古怪的司机！"

我对他说自己一开始很难和司机唱反调。尽管跌跌撞撞，但最终还是体会到了自由的快乐。

"你能经历这些，我很欣慰。你知道的，你经常对我提及你的职场人生，还有你在办公室里的压抑感。因为你觉得时时刻刻都在被人非议，遭人监视。"

"是的。在这家公司里，我不能做我自己。我的自由权少得可怜。我就像个囚犯。同事们总要议论我的一切，无论是我经手的事情还是我的举手投足。您瞧，下午开溜的时候，我就享受了一回分公司领导开恩赠送的刻薄点评。诚然，我走得是有点早，但每天晚上我都很晚才下班。我只在今天开溜了，就为这一天他对我横加谴责是极不公平的！他们限制了我的自由。我很压抑。"

他目光敏锐地看着我，抿了一小口波旁威士忌。我闻到了酒香。

"你瞧，当我听到你说'我不能做我自己'时，我想告诉你恰恰相反，他们让你成为你自己,他们甚至在帮你,让你越来越像你自己。让你压抑的是这个……"

我茫然。

"我完全听不懂您在说什么。"

他往后靠了靠扶手椅。

"你跟我提过你的几个同事。我记得他们中的一个,特别傲视群雄的那位……"

"托马斯。"

"对,就是他。照你的描述,他很假。"

"这已经说得很委婉了……"

"假设今晚托马斯就是你,下午四五点就离开办公室,然后在走廊上碰到了上司。"

"不是我们的分管领导,但拉尔歇是分公司负责人。"

"很好,现在情景再现:托马斯破例早早开溜,随即在走廊里碰到了分公司负责人。"

"好吧……"

"你摇身一变,成了一只小老鼠,你目击他俩撞见的好戏发生了……"

"没问题……"

"他们会说些什么呢?"

"嗯……我不知道……呃,瞧,这很滑稽,我想拉尔歇会对托马斯示以友好的……微笑,几乎有些讨好的味道。"

"有意思……你觉得你们的负责人今晚遇到替代你的托马斯会这么反应?"

"嗯……是的,可能是这样的。不管怎么说,我觉着他会这么做。但这也太不公平了,我想事实上有一些私交的东西在里面,并非所有的人都遵守相同的规则……"

"好吧,你的另一位同事叫什么,就是取笑所有人的那位?"

"米盖尔?"

"对,就是他。现在再次情景再现,这一次是拉尔歇与米盖尔的交锋,下午五点离开工作岗位的是米盖尔。会有什么好戏看呢?"

"让我看看……我想……嗯，好吧，我觉得拉尔歇对他的点评和对我的如出一辙！"

"真的吗？"

"他也会说'你下午没事了？'可能说话的语气更加尖酸刻薄。是的，就是这样！他真的会用这种语气去讥讽米盖尔。"

"那米盖尔如何反应？"

"呃……这很难讲……事实上……我想米盖尔会鼓足勇气应战，用类似于'您很了解我啊！'或其他的话语反唇相讥。"

"啊，是吗！那拉尔歇如何接招？"

"他们彼此打趣一会儿，随后各走各的路。"

"有意思，"他说着，把瓶子里的酒一饮而尽，"你怎么看他俩的行为？"

"我不知道，"我答道，正想入非非，"如果这一幕真的上演，或许也有私交的成分在里面吧。确实是这样的。"

"不，阿兰，不是这样的。"

他对侍应生做了个手势，后者神速出现在我们身边。

"再来一瓶波旁威士忌。"

我喝了一口巴黎矿泉水。迪布勒伊靠近我，他的蓝眼睛直视我心，我觉得自己一丝不挂了。

"不是这样的，阿兰，"他接着说，"比你所想的还要……扭曲。托马斯自以为是，但他的工作态度使拉尔歇……有所器重。而米盖尔愚弄大家，拉尔歇知道他自以为比其他人精明百倍，所以拉尔歇跟他闹着玩儿，无非是要告诉他，领导其实比他更胜一筹。而你……"

他打住了。

"我，我可不像他们那样逢场作戏。我乃本色出演，而他也正好利用了我的这个弱点。"

"不，情况比这个还要糟糕。你，阿兰，最能代表你的，坦白地说……是你很拘谨。因为你的拘谨，他会让你更加无法呼吸。至于你抑郁的工作环境，已不算什么了……"

寂静良久，我正慢慢消化他的话。我开始怒火中烧，快要怒形于色了。

他到底要跟我表达什么呢？

"我没有拘谨！根本就没有！我怎能忍受别人剥夺我的自由！"

"看看和计程车司机在一起时发生的一幕吧。你刚才说，你强迫自己和他唱反调，然而他无非只是个你不会再见第二次的陌生人。这些陌生人左右不了你的生活，你的未来，对吧？但你多多少少需要自己……不让人讨厌。你害怕辜负别人和被人拒绝。正因如此，你既不容许自己真情流露，也不会随心所欲。你使出浑身解数来迎合别人对你的期待。你全身心投入。但，阿兰，没有人要求你这样做。"

"可我觉得这最正常不过了！何况，如果人人都努力为他人付出，那么大家的生活都会大为改观。"

"不错，但你不在此列。你不会平静地对自己说：'瞧，今天我要迎合人们的期待。'不，你没有意识到你在强迫自己去迎合别人。你认为，如果你不尽力，人们就不喜欢你了，也不对你有所期待了。你甚至都没有意识到你给自己强加了很多的条条框框。你的人生备受约束，所以，你感觉拘谨。还有……你怨恨他人。"

我惊愕万分。真是当头一棒。我设想过一切来龙去脉唯独忘了这一点。那些过往、那些豪情壮志都一股脑地涌入脑海，我张皇失措，头昏目眩。我原本想强烈抗议迪布勒伊，但内心深处还是隐隐觉得……他有一定的道理。他剥开了我的内心，让我不知何去何从。苟且偷生至今的自己，枉费前半生，方才醒悟自由该为何物，方才意识到自己一直活在别人的阴影里。而他正明明白白地告诉我，我就是这些痛苦的始作俑者。

"你瞧，阿兰，当我们强迫自己不要辜负别人的时候，就会用某种方式去迎合他们对我们的期许，或去尊重他们的习惯，嗯，那么，你该想到这样反而会让某些人对我们百般挑剔，他们会觉得迎合他们的期许是我们应尽的义务。他们觉得这完全合情合理。假如你对上班早退心存内疚，那你的老板会让你更觉惭愧。他甚至无需扮演恶人的角色，就能使你羞愧。他是下意识为之：他既然不能接受你的早退，就不会觉得自己在作恶，而你却在刺激他的神经。你懂吗？"

我无言以对，故保持沉默。有一会儿，我的注意力被他的手做出的细微动作吸引住了，手和杯子在半空中连成了小小的圆形，放入波旁威士忌中的冰块旋转着触碰在了水晶杯子的壁上。

"阿兰，"他接着说，"自由就在我们身上。它只能由我们自己给予。别指望别人会给你自由。"

他的话在我脑中反复回响。

"也许吧。"我最终认同他的观点。

"你知道，有诸多关于二战集中营里幸免于难的人的研究。其中一项指出，活下来的人都有一个共同点：就是他们在心里认为自己是自由的。比如，他们只有一小块面包却要吃上一整天，他们就会告诉自己：'只要我想，我随时都可以吃这块面包。我可以自由选择何时进食。'借助于诸如此类不足挂齿的选择，他们始终拥有自由。可能就是这样的自由感，帮助他们活了下去……"

我专心听他说话，情不自禁地告诉自己，如果我是这些可怜的人，一定会强烈地感到看守我的狱卒们在支配和滥用权力，我是绝不可能发展出如此高尚的精神境界的。

"我怎样才能……呃……让自己更自由呢？"

"没有秘笈，也无捷径可言。但，有一个绝妙办法，就是在某一段时间内做人们一般都会小心避免的事……"

"告诉我，我觉察到从一开始您建议我做的任何事情都是我不喜欢做的。难道我就得这样在我的人生道路上前进吗？"

他开怀大笑。香水味浓郁的老妇人朝我们转过身来。

"比你所以为的还要复杂。但在现实中，我们调整自己远离所有惧怕之事时，绝不会意识到我们惧怕的大多数东西其实只是我们头脑里滋生出来的产物。了解我们所相信的东西错误与否，唯一的办法就是当场验证！因此，有时锻炼一下自己是百利而无一害的。去真实体验困扰我们的事情，即使行为有些过激，却能赢得机会，意识到自己可能也会犯错。"

"为了解决我的问题，这次您会要求我做什么？"

"好的，咱们来看看，"他安然地靠着扶手椅说道，看得出来他喜欢如此安逸地宣布对我的判决，"既然你错误地——以为——如果不按人们的标准行事，他们就不再喜欢你；既然你感到需要迎合他们对你的期待，你就来玩玩

058　DIEU VOYAGE TOUJOURS INCOGNITO

移位游戏吧……"

我说不出话来，脸涨得通红。

"移位？"

"是的，只要你觉得是完全该做的事情，就训练自己来做与之截然相反的。比如，你开始每天上班时都带着这本让你着迷的杂志，直到你确定所有的人都看到你带着它去上班。"

他拿起我进酒吧时反放着的《秘闻》。我彻底凌乱了。

"倘若我如此行事，定会遭大家的质问。"

"啊！只是你的想象，你的想象而已！你瞧，你并不自由……"

"但这会影响我工作上的声誉，我不能这么做！"

"别忘了你曾告诉过我，并一再重复，在公司里，老板们不需要培养职员，他们只看结果。因此他们根本无暇顾及你在读什么。"

"可我做不到，我会……无地自容的！"

"你不必为自己的兴趣感到羞愧。"

"可我不喜欢它。我从不看这种杂志！"

"是的，我知道，没有人会看它。但它们每星期的销量却是成千上万本……而且你对它是有些兴趣的，因为我进来时，你手里正捧着它！"

"实际上……我不知道……只是好奇而已吧。"

"可就是这样的，你有权好奇，这甚至是一个优点。你不必羞愧至此。"

我已想象到同事和领导们看到我带着这本杂志上班时的各种表情了。

"阿兰，"他接着说，"假如有朝一日你不屑于知道人们看到你腋下夹着《秘闻》时的想法，你就自由了。"

我不禁想到，这一日遥遥无期……

"在此之前，任重而道远……"

"除此而外，你每天要犯，假定为……三个错误，三个常规错误。具体来说，我希望你每天没有分寸地行事三次，做什么都好，哪怕是些鸡毛蒜皮的小事。我希望你在某一段时间内不再追求完美，直到你意识到自己还活着。无分寸行事对你毫发无损，而你和他人的关系也未受其破坏。我最后要告诉你的是，每日你至少要有两次拒绝别人的要求，或是跟其唱反调。你看着办吧。"

我一言不发地看着他。他燃起的激情丝毫不受我佯装的无动于衷的影响,他已沉醉在自己的创意中。

"我什么时候开始呢？"

"马上！绝不要延误任何推动我们前进的事情！"

"好极了，既然这样，我想我该走了，不必和您道别，也无须付我消费的账单。"

"无懈可击！这是个好兆头！"

显然他很欣慰。他狡黠的目光闪过，却没能透露些什么。

我起身离开了桌子。

我已经走到酒吧的尽头，准备穿过走廊时，他叫住了我。他声音洪亮，打破了这个地方惯有的寂静，在场的所有人都回过头来，努力想看清他手里究竟挥舞着什么东西。

"阿兰！回来！你忘了拿走杂志！"

9

我讨厌每个星期一早上。这该是人间最正常、最普遍的一种感觉吧。但我憎恨的理由更充分：每周的商务例会定在这一天。每周，我和同事们都照例参会，听领导唠叨目标没有完成，为达成目标你们需要做些什么，你们的决定如何以及会付诸怎样的行动。

我的周末过得激情澎湃，见过迪布勒伊的那个星期里也是斗志昂扬的。开始，我会强迫自己每日数数有哪些小小作为。接着，我果敢地抓住了任何一个可以表现的机会。

在这样的理念指引下，只要经过狭窄的街道，我就会把车开得飞快，尽管会在心里挣扎一番是否应该如此开车，也可能开飞车的原因只是想让自己看起来不像一个开慢车的老头子罢了。我会在屋里稍微闹腾一下，布朗夏尔太太和楼上的邻居也因此依次上门警告。我会挂断力图销售窗户的推销员的电话。我会穿着两只不同颜色的袜子去上班。我在一家小饭馆里点了肥鹅肝，却告诉服务员肉酱口感不错。我还会每天都去对面的小酒馆,在吧台处喝咖啡,人声鼎沸之时,大家指点世界,还提出一目了然的解决方案——为什么政府就没有想到国家经济这一条呢?当然啰,我几乎努力地对一切话题不予苟同。

即使我稍微感觉到了克服惧怕的某种快乐,但这些行为还是让我极不自在。我坚信自己有朝一日终将彻底摆脱惧怕的束缚。

本周一,结束对第一个应聘者的面试,我就赶紧去参加那该死的例会。十一点五分,我迟到了……我拿着活页记事本走进会议室……腋下还夹着一本《秘闻》。所有的招聘顾问都已围坐在圆形会议桌前,就等我来了。

卢克·福斯特里冷冷地看了我一眼。他的左边是格雷古瓦·拉尔歇,他露出英国范儿的微笑,这是他惯用的武器。他深知只有乐观积极方能获得最佳人才。我敢说他一定洗过牙。他的牙齿闪闪发亮,怎么看都像塑料假牙。他一开口,我就忍不住要盯着他的牙齿看,而不是看他的眼睛。

我找到一个空位坐下。大家都转过头来看着我。我把杂志放在桌上,他们一眼就看见了杂志的名称。我避开他们投来的目光。我已无地自容……

我的左手边,托马斯装出一副被《金融时报》的内容吸引的样子,米盖尔在调侃他身旁想要扫一眼《论坛报》的女同事——因为他的蠢话,那个女生不时地发出咯咯的笑声。

"本周的业绩报表……"

拉尔歇喜欢发言时抛出只言片语,留半句在空中,吊足大家的胃口。他站起来,仿佛要在与会者中树立威信,然后接着往下说,总是面带笑容:

"本周的业绩报表是振奋人心的,委托我们招聘的业务量较之上周增加了4%;较之去年的同周增加了7%。以这个比率来说,我要提醒各位,我们的目标是增加11%。当然每个人取得的业绩不尽相同,我要再次祝贺一直遥遥领先的托马斯。"

托马斯欣然接受领导的表扬,满足感在不经意间四处洋溢。他喜欢穿上胜利者的西服,这样会让他看起来酷酷的。事实上,我知道这些恭维会让他像注射了可卡因一样亢奋。

"至于其他人,我要告诉你们一个好消息……"

格雷古瓦·拉尔歇扫视着众人,眼神魅惑。他的片刻沉默使得消息的宣布如戏剧上演。他往下说道：

"首先我要告诉大家，卢克·福斯特里为各位同仁做了很多努力。他用将近一个月的时间分析了我们全部的报表，并极其理性地弄明白了，尽管大家都以同样的方式工作，但为什么你们当中某些人的业绩远胜于他人。他在各方面都核实过，对比了业绩报表，做过统计，还研究了曲线图。他研究的结果再绝妙不过了。我们有了解决方案，每个人都会从日常工作中受益。不过，卢克，我还是让你自己来介绍一下你的研究成果吧！"

我们的部门领导显示出从未有过的一本正经，就在原位开始发言了，声音有几许单调，几许冷静。

"事实上，我仔细查看了你们所有人的日程表，以去年一年的观察来看，我证明了每个顾问面试时所用的平均时间与他的每月业绩是成反比的。每个顾问的业绩平均值是用概率论分析得出的，而非由顾问本人告知。"

会议室里顿时鸦雀无声，人们看着福斯特里，眼神疑惑。

"你能用法语帮我们翻译一下你说的玩意儿吗？"米盖尔笑着说道。

"道理很简单！"拉尔歇立刻接过助理几秒钟前的发言，继续发言，"有些人面试应聘者的时间最长，因此公司给予他们的招聘任务也最少。而且，只要我们思考一下就知道，这是有必然联系的。我们不能一心二用。要是面试应聘者占据你们太多的时间，那么用来招揽生意、推销公司业务的时间就少得可怜，由此导致你们的业绩不尽如人意。这是不可避免的。"

这样的信息输入我们的头脑中时，所有人都安静无声。

"举个例子，"拉尔歇继续说，"托马斯，你们当中的佼佼者，他的平均面试时间为一小时十二分钟，而倒数第一名，阿兰——抱歉，阿兰，平均用时为一小时五十七分钟。你们想想？他用的时间几乎为双倍！"

我靠着扶手椅，看着我面前的桌子，想用这种表情来缓解尴尬气氛。但桌上……除了我的《秘闻》，没有别的东西了。我察觉到其他人目光中隐藏着的分量了。

"我们也许可以减少面试时间，"身为年轻顾问的阿丽斯说，"但是那就降低了招聘成功的几率。我呢，总是想着要给需求企业提供一些保证。倘若新进入企业的应聘者在六个月后无所作为或者辞职，我们必须提供一名备用的应聘者。对不起，托马斯，"她说着转向她的同事，"但我记得正是你的客户们更需要这种保证。而我，还没怎么遇到过。"

托马斯看着她，无话可说，唇边勉强挤出一丝微笑。

"我不想袒护托马斯，他也不需要，"拉尔歇说，"但是替换没有成功上岗的应聘者的代价，和他所带来的业务增益比起来，根本不值一提。"

"可这不是我们的客户的利益！"阿丽斯抱怨道，"长远来看，也不是我们的利益：这会有损公司形象。"

"我向你保证，客户们对我们的要求没有这么高。他们很清楚我们不能控制人的本性。我们是在软科学领域中生存的……没有人能保证选到一个合适的应聘者。"

我们克制自己不要应声。拉尔歇扫视着会议室，眼角已露出笑意。

过了一会儿，大卫，团队里最资深的同事，勇敢地发表了意见：

"这可不太容易控制，我们会遇到面试时间长的时候，如果应聘者不擅长综合表达，我们也无可奈何。而且我们不能打断他们……"

"关于这一点，我也会给大家一个好消息，"得意洋洋的拉尔歇说，"卢克，告诉我们你的第二个研究成果。"

卢克·福斯特里再次继续他的汇报。他说话时看都不看我们一眼，两眼直盯着他的发言稿。

"我对你们说过，托马斯面试的平均时间明显低于那些业务能力不强的顾问们。如果我们更精准地分析这些数字，就会看到平均的后面隐藏着巨大的差距。对那些最后没有被录用的应聘者来说是浪费时间，和他们进行面对面的交流没有意义，还有……"

"换句话说，"沾沾自喜的拉尔歇打断他，"和这些笨蛋周旋，你们只需速战速决，把更多的时间留出来拓展业务。只要你们觉得那家伙或那姑娘不配得到那个职位，就缩短面试时间。继续下去没有任何意义。"

大家默不作声，气氛尴尬。

"不管怎么说，"拉尔歇添枝加叶，笑意勉强，"你们不是要为应聘者提供工作，因此无需顾虑……"

大家的沉默说明这个提议让与会者反感。一些人看着他们周围的人，观其反应；而另一些人，则装作阅读他们的笔记。

"我不完全同意。"

所有的目光齐刷刷地看向我。我一般在会上是不发言的，也从来不表达我的不同意见。我下定决心要做我从没做过的事情了。

"我想，我们公司的利益并非如此：一个不符合今天我们推荐职位的应聘者，也许会符合明天我们推荐的职位。长远来看，我们拥有获胜的所有法宝，我们还可以储备人才，他们会对我们公司钟爱有加，也会对我们绝对放心。

"关于这一点，朋友们，你们不必担心。我一定会让你们所有人放下心来。随着时间渐渐累积——尽管还没到改变的时候——但应聘者会远远多于推荐职位，我们不必在后面追着他们跑。轻拍一下垃圾桶，会有十个应聘者落下来，我们只需弯腰捡一下就可以了。"

与会者中发出一阵冷笑。

我鼓足勇气，继续发言。

"我本人，是与某种职业道德紧紧联系在一起的。我要说的是，我们有一定的道德规范。我们公司不是只为自己招聘员工。我们是一家猎头公司。我们的任务不只是简单地选择应聘者，我认为我们的职责是给那些不符合推荐职位的人们提供建议。这也是我们的一点社会责任。不管怎么说，这正是我喜欢这个职业的地方。"

拉尔歌一直面带微笑地听我发言，但一旦关乎利益，他的表情就会微微改变，嘴角也会露出几近残忍的笑容。

"我的朋友们，我想，阿兰忘记了他是为丹克咨询工作，而非为特蕾莎修女服务。"

他笑了起来，很快，托马斯也跟着笑了，接着是米盖尔。他紧盯着我的时候，眉毛也轻轻皱了起来。

"如果你不相信，"他接着往下说，"看看你工资单下面的那个小空格，你就该知道，能如此付你薪水的绝非慈善机构。"

有人咯咯地笑出声来。

"现在，阿兰，你需要挪挪屁股才对得起这份工资，而不是扮演社工来领取薪水。"

"公司因我而获得利润。我的工资也在大幅上涨，因此我配得上领取这份工资。"

会议室里安静得出奇。同事们全都低头看脚。我感觉气氛异常凝重。拉尔歇显然被我的反应惊到了，因为我平时根本不会这样。何况，我的反应使他极为狼狈。

"不是由你说了算的，"他终于开口了，语气挑衅，可能想到必须要说点什么收场的话来维护他在公司其他人面前的威信，"是由我们来决定你的业绩指标，不是你。到目前为止，你都没有达标。"

会议草草收场。我感到拉尔歇非常恼火，因为会议的发展态势出人意料，他并没有能够完全将方针政策传达给大家。我再一次勇气可嘉地表达了我的不同观点。或许不动声色才是最好，然而我欣然于可以表达自己的信念，没有让人糟践我的价值观。

我匆忙离开会议室，逃进办公室里。我还是宁愿避开和他对面交锋。何况，我谁都不想见。溜出公司前，我等着大家都出去午餐。我蹑手蹑脚地推开门，公司里寂静无声。我溜到走廊上。机织割绒地毯盖过了我的脚步声，丝毫不影响公司内堪忧的平静。

我刚走到托马斯办公室的门前，电话铃声叮铃铃地响彻公司，打破了寂静，我险些惊跳起来。是他的电话在响。对方应该是拨了他的直线号码，因为这个钟点，总机是没有人应答的。铃声一直回响在空无一人的公司里，仿若空旷中的绝望呼唤。

我不知道自己是怎么了：这既不是我的习惯，也不是部门间的常例。但铃声一直在响，我竟鬼使神差地去接了电话。

我推开他办公室的门。一切都收拾得井井有条，一只万宝龙钢笔随意摆放在显眼的位置。空气中弥漫着一股淡淡的香水味。也可能是他剃须后使用的润肤液的味道。我摘下电话听筒，他的电话款式比部门里其他同事的更加考究——难道他和老板商量过吗？不过他也有能力为自己添置一部这样的电话，不为别的，只为脱颖而出，显摆自己而已。

"喂……"

我本要报上自己的名字，告之对方我不是托马斯，但他没有给我机会，而是情绪激动地打断了我的话,声音也立马变得火药味儿十足。

"您的所作所为真是龌龊到了极点。我已经很清楚地告诉过您我还没有辞职,希望您守口如瓶。我知道您给我的经理打过电话了,还对他透露他的行政主任要离职,我还知道您提议找一个替换者……"

"先生,我并非……"

"给我闭嘴!我知道是您干的,因为我只向您这儿寄了简历。您听清楚了吗?只在您这儿!只可能是您干的。您真无耻,迟早会遭报应的。"

10

我走出公司,迎面撞上阿丽斯。看来我的这位同事散会后一直在等我。

"你去用午餐吗?"她冷不妨地问我。

说完她莞尔一笑,但有些担忧。她害怕别人看到她和我在一起吗?

"是的。"我应声。

她停顿了一下,好像希望我来提出一起吃饭的话题,然后说道:

"我们共进午餐如何?"

"好啊。"

"我知道一家不错的小餐馆儿,稍微有点儿远。但我们可以畅所欲言……"

"餐馆叫什么名字?"

"亚瑟小屋。"

"不知道。"

"餐馆很……特别。我不多说了,让你自己去发现它的独特魅力吧……"

"只要不会在那里吃到异形动物的肉,我怎么都行。"

"你们这些美国佬,真是装腔作势……"

我们来到莫里哀街,于街道尽头拐进了一个穹顶过道,然后走进皇家宫殿环花园而建的拱廊。居然能在巴黎闹市的小区里发现这么一个平静的避风港……花园风格简朴,有几分战前校园的感觉。地面泥土上的栗树排成直线,周围的古老建筑承载着历史的演变。拱廊下的冰冷石头也透出几分柔和的味道,我们的脚下是坑坑洼洼、历经沧桑的旧石板,脚踩下去,便有回声。此处乡愁浓浓。时间仿若凝固在两个世纪以前,孩子们穿着从前的校服,向前奔跑;听到课间休息的铃声,他们欢呼雀跃,把麻雀吓得冲上云霄——即使此景再现,我们也不会讶异。

我们爬上花园最北边的几层楼梯,铁护栏做得很精致,摸上去有凹凸不平的感觉。路过一家卖旧音乐盒的商店,玻璃橱窗用深色细木装饰。我们来到了小香榭丽舍街上。两个人很难并排行走在老巴黎这条热闹小街的狭窄人行道上。相对于远在千里之外的免税店以及在世界各地都贩卖相同商品的连锁店而言,这些不计其数的小店,每一家都独具一格。人们惊叹于这里的每扇橱窗装饰另类,陈列的商品货真价实。伞店毗邻猪肉店,而猪肉店的邻居则为帽店,紧跟着是茶店,接着又是一家纯手工制作的珠宝店。餐饮店和鞋店的中间是一家旧书屋,每一家店铺都让人想要驻足欣赏这些精美的商品,还想触摸它们……

"你知道维维安展厅大街吗?"

"完全不知道。"

"那我们去逛一圈儿吧。"

我们穿过车流不息的街道,司机们看起来很恼火,因为开车还没有走路快。我们来到两家店铺的中间,上方是高高的门廊。置身小巷里,头顶是泛黄的旧玻璃和铸铁形成的天花板,几许忧郁,几许湿润。展厅大街里也有几个店铺和餐厅,但气氛远不同于街上。远离人群,远离城市喧嚣,整条大街光线暗淡,沉浸在虔诚的寂静中。偶尔有点声响或者人们说话的声音,在玻璃天棚上徐缓地回响。人们悠然漫步,从容而伤感。

"展厅大街的历史源于十九世纪初。在法国王朝复辟时期曾作为社交沙龙使用。需要与世隔绝、忘却工作中的各种烦恼时,我就会来这里。"

展厅大街的形状类似马铁掌,我们从另一边走出,又重返街道。旁边面包店刚出炉的面包香味扑鼻,我突然觉得很饿。

"我们到了!"阿丽斯指着一家餐厅说道,餐厅门面用灰色的木材精心装饰,是一种很高雅的深灰色。

我们进了一间巴洛克风格的小厅,里面只能容纳二十多人用餐。墙面上，用精美雕刻的木框挂着写有各种人生箴言的装饰画。老板是个四十来岁、头发金黄的小个子男人，粉色的衬衣领上系了一条丝巾，正和两个客人聊得热火朝天。一看见阿丽斯进来，他就停下了。

"招聘官女士！"他语气夸张。要不是她配合地笑了笑，他看起来真像在拍马屁。

"我已经告诉过您不要再这样叫我了，亚瑟。"她笑呵呵地应声。

他吻了她一下。

"今天陪你来的这位英俊王子是谁？"他边说边把我从头到脚地打量了一番，"女士很有品位嘛……带他来亚瑟这里可是很危险的。"

"阿兰是我的同事。"她说话的语气足以让停摆的挂钟恢复正常。

"啊，您也是，您也是干这一行的呢！别想着炒我鱿鱼，我告诉您，我是不能被兼并到公司里的。"

"我只招聘会计。"我回答道。

"啊！"他假装极度悲伤地说，"他只对数字男感兴趣……"

"亚瑟，你有两人座给我们吗？我没有预订……"

"算命的告诉我今天会有贵人光临，于是我留了这张桌子。它就是为你们留的……"

"真棒。"

他很优雅地给我们奉上菜单。阿丽斯把她的那张放下，看都不看一眼。

"你不看看吗？"我问。

"看了也没什么用。"

我看着她，想知道这话里的深层含义，但她只是给了我一个神秘的微笑。

菜单里应有尽有，所有的菜品都让我垂涎欲滴，在这么丰富的精致菜品中进行选择不是易事。当餐厅老板回来取点菜单时，我甚至还没有看完。

"阿丽斯女士？"

"我交给您来点了，亚瑟。"

"啊！我喜欢女士们交给我来做。从今往后，您的事就是我的事了。我那帅气的王子点了吗？"他边说边微微靠近我。

"呃，好吧……我要一份千层西红柿塔，配埃克斯罗勒，还要……"

"不，不，不……"满脸络腮胡的他小声嘀咕。

"您说什么？"

"不，不，您点的这东西，不是身为王子应该点的头盘。让我来点吧。咱们看看……我给您准备一份……羊乳干酪拌苦苣。"

他的敬业精神让我多少有些难堪。

"呃……羊乳干酪是什么？"

亚瑟故作吃惊地松弛下颌、张开嘴巴。他保持了好一会儿这样的神态。

"什么？我的王子在开玩笑，对吗？"

"我的同事是美国人。"阿丽斯说，"他只在法国生活了几个月而已。"

"可他没有口音？"他惊奇地说，"而且他很帅，身材恰到好处，不像美国佬那么魁梧。您不是吃玉米片和巨无霸汉堡长大的吧？"

"他母亲是法国人，但他一直在美国生活。"

"好吧，那得给他上上课了。靠你了，阿丽斯。所有的东西都必须重新来学习。我呢，我来负责普及烹饪知识，"他说道，清楚地咬出最后一个单词的音节，"那咱们就从羊乳干酪开始学习吧。您知道法国有五百多种奶酪……"

"在美国我们也有不少的奶酪。"

"噢，不！"他佯装生气，表情夸张，"瞧瞧，我们说的不是一回事！完全不一样！你们的奶酪不是奶酪，是包装玻璃纸下面的塑料，是撒了盐的香喷喷的明胶状口香糖……哎呀呀！要把一切都教给他！好吧，那么咱们从羊乳干酪说起吧……羊乳干酪是奶酪之王，是王的奶酪……"

"好极了，那么就来一份羊乳干酪拌苦苣吧，"我打断了他的话，几近哀求！"然后，我接着点……"

"我们这里不用链条锁人[①]，我的王子。我们不服劳役……"

"好吧……那么我继续……"

"不，我们也不跟踪任何人[②]，甚至不跟踪那些不买单的人，您知道……"

我往下说，字斟句酌："接着，我要一份勃艮第牛肉炖土豆。"

---

① 法语中"接着"与"用链条锁住"是同一个词。
② 法语中"继续"与"跟踪"是同一个词。

上帝微服出巡时　069

"啊，不！"他很坚持，"千万别点这道菜！这可不是您的风格。您可不能因为勃艮第牛肉降低身份。不，不……不，我会给您呈上……咱们来看看……蘑菇炖火鸡，火鸡用黄酒腌制，配索洛涅的北风菌。"

我感到一丝尴尬。

"我有权选择甜点吗？"

"您拥有一切权利，我的王子……"

"那么我要一份焦糖苹果派。"

"好极了！那咱们就说定了，"他边说边专注地记账，还清晰念出每一个字，"来一份巧克力慕斯。谢谢，祝您好胃口！亚瑟很高兴能让您享受美食。"

他走进厨房。

阿丽斯乐不可支。

"你为何那么高兴？"

"菜单只是做做样子而已。实际上，只有一份菜单，大家点的菜都是一样的。但这样也好，因为所有的食品都是新鲜的。每一道可口小菜都是莱昂精心烹调的。"她指着一个高个子黑人对我说，透过厨房的玻璃窗，我们隐隐看见他的身影。

"我饿死了。"

"上菜很快。这是仅有一份菜单的好处……他们有很多熟客。但某次的一位德国游客不在此列，他很反感亚瑟的小把戏。他先是大吵大闹，然后骂骂咧咧地扬长而去……"

亚瑟很快又出来了，我们的两份头盘随他的手臂在空中旋转。

"羊乳干酪拌苦苣来了。"

我打算好好说道说道我的头盘，当……

"阿丽斯。"我轻声叫她。

一看到盘子里的东西时，我突然极度反胃。

"怎么了？"

"阿丽斯，"我接着低声说道，"我的奶酪变质了……发霉了。好脏。"

她静静地看了我几秒，然后哈哈大笑。

"可这很正常！"

"我的奶酪腐烂了,这很正常吗?"

"我们就是这么吃的,它……"

"你希望我吃烂奶酪?……"

我觉得这似乎是迪布勒伊强加给我的一个任务。

"它没有腐烂,只是长霉了……"

"长霉和腐烂没有区别……"

"不!这些霉是益生菌。我向你发誓它们是可以食用的,不会带来危险。而且,假如没有这些霉菌,这种奶酪就淡而无味了。"

"你在开玩笑吧。"

"不!我保证它们可以食用!你看。"

她用叉戳了几块"霉菌",送入……嘴里,咀嚼然后……面带微笑地咽了下去。

"真恶心!"

"但起码要尝尝吧!"

"我才不尝呢!"

我专挑苦苣的叶子吃,小心翼翼地拣出没有沾过霉菌的、屈指可数的几片。

亚瑟来收我们的盘子,面有愠色。

"我不能让莱昂看到您的盘子。要是他看到你们这样不尊重他做的头盘,一定会热泪盈眶的。我了解他,他会闷闷不乐……"

他端着我们的盘子进了厨房。阿丽斯把手臂放在桌上,轻轻靠近我。

"你知道,开会时,你真让我大吃一惊。我从未想过你会和拉尔歇针锋相对,你在冒险……"

"我也不知道自己怎么了,但不管怎么说,我说的是真心话:我坚信忽视那些暂不符合招聘职位的应聘者不会给公司带来什么好处。"

她紧紧盯了我一会儿。以前我从未注意过她如此美丽。淡褐色的头发从颈背后扎了起来,露出细长的脖子,玉颈生香。蓝眼睛温柔、自信,闪烁着智慧的光芒。她气质优雅。

"是的,我只是越来越确信拉尔歇、丹克和其他高层在蓄谋做出不利于公司发展的决定……"

"他们为什么要这么做？"

"这主要取决于金融市场，总的来说，取决于股市。"

"你是想说，取决于我们的股东们。"

"某种程度上是这样的。"

"我看不出有什么不同：公司经营得好，对我们的股东也好。"

"不，这取决于……"

"这取决于什么？"

"取决于他们当股东的目的。你知道，我们的股东中什么人都有：散户、银行，还有投资基金公司……"

"所以呢？"

"你以为大多数股东会关注我们公司的正常发展吗？他们只关心一件事，确切地说是两件：股票持续上涨，还有每年分得红利。"

"这也是可以理解的……资本主义的规律就是这样，投资一家公司且敢于承担风险的人，在公司运作良好的情况下，就会获得最大利润。这也是他们承担风险的回报，正因如此，公司才得以发展。你知道股票可以体现企业的发展成功与否，到了那个时候，承担的风险就不那么大了，很多人都想上船分得一碗羹。至于红利，从来都是在股东之间瓜分完毕的。要分得红利，公司就要正常运作……"

"理论上是这样，但实际程序是乱套的。现在很少有股东会担心公司的长期发展并为此投资了。更何况，多数时候，他们并不真正了解这家公司……他们要么抄底，在股票涨停之后抛售一空；要么长期持有股票，以便左右公司的决定。还有，相信我，他们绝不是为了公司的稳定发展，只是为了能够在作为公司股东的那几年里获得公司分给的巨额红利，无视公司在未来的发展中可能资金短缺，也无视巨额分红会将公司置于险境。"

"而你，你认为丹克和他的帮凶们上演的这一幕，是牺牲公司利益却使股东们从中受益吗？"

"是的。"

"这家公司是丹克成立的。这是他的公司，我难以想象他会把公司糟践玩完。"

"其实这已经不是他的公司了。他让公司上市后，就只拥有百分之八的股权，这和把公司卖了没有什么两样。"

"是的，可他还是高层，所以他对公司还是有感情的……"

阿丽斯表情诡异。

"你知道他不是感情用事的人。不，我认为他留在高层是他和两个大股东商议的结果，那两个大股东在公司上市时注入了资金。"

亚瑟把热气腾腾、香气扑鼻的火鸡放下，我们食欲大开。然后他离开我们去招呼餐馆的另一位熟客了。

"伯爵夫人，为您效劳！"

"我可怜的亚瑟，"那位女士说，"我的身世扑朔迷离，祖先不过是农民、平民和下人……更何况，你知道贵族制在一九七〇年就被废除了……"

"的确，可亚瑟在二〇〇三年重建了贵族制！"

黄酒腌制的火鸡味道可口。无论哪个美国人都会因这样的菜品而长居法国。就算是一个激进的爱国者，尝了一口这样的菜品后，也会背叛他的祖国。

"你认识托纳洛吗？"阿丽斯尝了一口火鸡，准备再吃一口。

"就是我来公司前辞职的那个小伙子吗？"

"是的，他可是招聘顾问里的佼佼者。这家伙能力超强，是一个异常出色的生意人。他知道自己的价值，曾试着和领导协商，要求加薪。"

"如果我没记错的话，他们并没有同意。"

"是的，但他泰然处之。他准备好了一份材料向他们证明，如果不给他加薪，他的辞职会让他们损失惨重，而加薪不过是九牛一毛。他计算了一切成本，包括：招聘、培养替换者，还要付其薪水，而且此人不一定能胜任工作，等等。事实上，这是没有悬念的：给托纳洛加薪不会像让他走人那样让公司损失惨重。然而，他们却让他辞职了。你知道为什么？"

"碍于面子？不想推翻他们已经做出的决定？"

"才不是呢。他们冷漠地向他解释：要是给他加薪，就会出现在设置好的账目上，股价也会受到影响。而雇用他的接班人的费用只会出现在'自由职业者酬金'和'培训费用'的账目上，这些账目是不会动摇股价的。"

"一派胡言。"

"培训机构的情况也好不到哪里。以前培训要到晚六点才结束，而今一到五点，人就所剩无几了。"

"为什么会这样？"

"你想知道告诉客人的理由还是真正的理由呢？"

"两个都说说吧……"

"从学习的角度来讲，这很重要，客户先生。我们的研究表明，稍微减少时间反而能学到更多，而且可以使实习生更好地消化学到的东西……"

"而真相是？"

"培训的老师有任务：要在五点五分打电话招揽新客户。你知道的，到了六点，他们就联系不上了……"

我饮了一小口葡萄酒。

"噢，他们在暗箱操作。我偶然得知我们的一位同事向一位应聘者的公司告密，他告诉其公司，该员工会在辞职前走人……"

"啊……你不知道这事儿啊？"

"此话怎讲？"

"你没来的那天，丹克受邀参加每周的商业例会。他暗示很多大买卖如此这般就成了。"

"你在开玩笑吗？"

"绝对没有。"

"我们的总裁，马克·丹克，让他的顾问们……做这样的事？无耻至极！"

"他没有明显地要求我们这样做，但让我们明白了这种伎俩是可以运用的。"

我看着玻璃窗外灰色的天空。开始下雨了。

"可你知道，尽管我们推心置腹，畅所欲言，而我还是备觉沮丧。我，需要相信我的工作。这样可以让我每天早上起床的时候，感觉到我的工作是可以促成某些事情的，即使不直接关乎高尚情操，但至少，我要能够感受到认真工作带来的满足感。如果草率行事，只考虑让那些对公司不闻不问的股东们发家致富，那么工作就毫无意义了。我，我需要我的工作有意义。"

"你是理想主义者,阿兰。"

"可能吧,是的。"

"真好,但你生不逢时,我们与一群玩世不恭的人为伍,若想离伍,自己也要学会游戏人生。"

"我……我不同意。说得更明白些,我拒绝接受这样的观点,否则辛苦不值一提。我无法认可的观点是:活着只为了吃喝玩乐。这样的人生了无意义。"

"我的小火鸡味道不错吧?"亚瑟问,眼睛却看向我们的盘子,随后因他的菜大受欢迎而流露出满足感。

"我不准您这样放肆[1]。"阿丽斯佯装生气地说。

他笑着走开了。

"我,"我继续,"我需要一份对别人有意义的工作,哪怕这工作改变不了世界。我想在每天晚上睡觉时对自己说,我没有浪费光阴,我贡献了自己的光和热。"

"要知道,你得明白一个道理:你改变不了世界。"

我放下餐叉,连黄酒腌制的火鸡也不想吃了。

我看见亚瑟正忙着亲吻客人。他生活在自己构造的世界里。

"不,我相信我们中的每个人都可以改变世界。只要不退缩、不放弃坚持,更不要任人嘲笑他的价值观。不然,我们就是在助纣为虐了。"

"我同意,可这些话未免过于冠冕堂皇,没有什么实际意义。问题不在于你历尽艰险在公司里呈现正义凛然的形象,而是你坏了别人的好事儿。"

我看着阿丽斯。有些滑稽的是,我觉察到,虽然她在试图证明我的努力全是徒劳,但内心深处还是认为我说得在理。也许她的希望早已破灭,只是想要重新点燃而已。

我思绪万千,目光游离在餐馆华丽的墙壁上,最终停留在亚瑟挂在墙上的一幅画上,那是甘地的一句至理名言:

"欲变世界,先变自身。"

---

[1] 法语中"火鸡"也有"蠢女人"的意思。

11

"别人当然不能改变自己!"

伊夫·迪布勒伊靠在宽大的扶手椅里,脚搭在写字台上。我喜欢皮革和旧书混在一起的味道,这味道让我想起见到他的第二天,一整天里,我就是在这里对他吐露心声的。夜空柔和的光线穿过他花园里栽种的参天大树,渗进了这间书房,渲染出浓浓的英伦风。迪布勒伊摇着波旁威士忌里的冰块,习惯使然。

"我坚信,"他往下说道,"任何改变都应该来自个人的内心,与外界无关。组织、政府、新雇主、工会或是新的合作伙伴都不能够改变你的命运。政治也不例外:每次人们为改变命运而寄希望于某人时,真会改变吗?想想一九八一年当选的密特朗,一九九五年的希拉克,还有二〇〇八年的奥巴马……结果每次人们都希望破灭。事后他们认为是自己看错了人,没有做出恰当的选择。而问题实际不在那儿。真相是,除了自己,无人能改变你的命运。所以做人要有担当。"

"听好了,我认为甘地的思想超越了改变个人顾虑和期望。我想他胜在指出人们往往想在社会上看到的别人的变化。他可能也想说光是揭露、批评不算什么,自己走完旅程,最终成为众人膜拜的对象,更为艰难。"

"是的,我懂,这个观念备受瞩目。但并非因为老板的无理要求,我就得调整自己的心态去适应,这无济于事;也不是因为老板又尊重我了……"

"从某种程度上说,会有改变。倘若你还在忍受着老板对你的不敬,那么别指望他会改变自己;你要学会让他尊重你。看看你能改变自己些什么来赢得别人的尊重:也许改变人际关系的定位、说话的语气以及宣布业绩的方式……也许是不让人横加议论……更何况,不是每个进行人身攻击的坏经理都去抨击他的每个部下,他们不是随机选择攻击对象的。"

"如果他们攻击了某个人,大家还是不会说是由他们造成的!"

"不,我不是说这个,当然这不是他的错,甚至都不能说是由他无意引起的。不是的,我只是说他的言行方式,而这种方式会引起别人的攻击。攻击的人会觉得伤害了此人，就达到了对其产生负面影响的目的，而对其他人不一定行得通。"

"真可怕。"

"是的。"

"那……是什么让人如此难堪呢？"

"很复杂，也许有好多原因，但是最能说明问题的可能是他缺乏自信。如果这个人不能充分肯定自己，那么他的内心深处就会暴露出缺点，让某些心术不正的人立刻抓住把柄。他们只需抓住他的七寸就可以了。"

我迫切需要呼吸。

"可以透透气吗？"

他起身把窗户完全打开。空气温润，连那几棵高大的树木也透出几分阴凉，传递至整间书房，我们呼吸得到夏日夜晚静谧的清新气味。梧桐叶缝中，鸟鸣啁啾，百年雪松的粗大树枝随风轻轻摇曳。

"我自问：倘若……我觉得……自己也许有些缺乏自信……实际上，不是因为我不喜欢自己，非也，何况，我认为……很正常，但当别人责备、批评我的时候，我很容易控制不住情绪……"

"我和你的观点一致。下次我让你完成一件培养自尊和自信的任务，你的内心会变得更加强大。"

我寻思要是保持沉默该多好……

"言归正传，我相信每个人能够在改变自己的过程中改变了领导看他的眼光及对他的态度，但这不会改变公司里的事态发展……"

"就算是需要能说会道，但我还是相信能够说服领导们改变对某些观点的看法，虽然你对他们一直心有怨恨。你绝对可以影响他们，你也会进步不少。"

"我没有试过，不知道行不行……"

"你这么说是因为你还不知道如何着手，这也没什么。还有，你知道，当我们真的不适应某种状况时，我们也可以更换一下工作环境……要是你知道有多少人不满意他们的工作，怨声载道却始终待在岗位上，你就明白我说的意思了。人类害怕改变，拒绝新鲜事物，常常倾向于选择待在他熟悉的环境里，哪怕氛围沉闷，也不愿为了他所不熟知的新环境而离开。

"这就是柏拉图的洞穴论！柏拉图描写道：某些人出生在光线微弱的山洞里，从未走出去。这个洞穴就是他们的全部世界，尽管洞穴阴暗，但于他们而言却是熟悉而安心的。由于不了解外面的世界，他们执意留在洞穴里，自认为洞外世道险恶。从那时起，他们就与那个未知世界绝缘了，而那个世界其实阳光普照、美好幸福、自由自在……

"当今的很多人就生活在柏拉图的洞穴中，他们对此毫无知觉。面对未知事物，他们惊慌失措，拒绝所有与他们息息相关的改变。他们有想法、有计划、有梦想，但从未去实现，困惑于诸多没有来由的惧怕，因手铐束缚而不能大展拳脚。可只有他们自己才可以解除手铐，但惧怕左右着他们，他们从未克服过。

"我，我以为，生活本身就是改变和变化。守株待兔没有任何意义，只有死人才不会动……我们不仅要兴致勃勃地接受改变，还要自己创造改变、适应变化，并不断前进。"

迪布勒伊给自己倒了少许波旁威士忌，放入冰块，冰块在酒里漂浮着，碰撞着他的玻璃杯，发出悦耳的响声。我吸了口气。外面透进来的空气带来几许清新。

"至于改变，我由衷希望自己能改变一个习惯——吸烟。但我做不到，这是我的情况。您能帮帮我吗？"

"要看具体情况。能给我再多说说……为什么你想戒烟呢？"

"为了一个人尽皆知的理由：香烟有害身体，正缓慢地谋杀人类。"

"好。那么你戒不了的原因是什么呢？"

"好吧，老实说我喜欢吸烟。很难戒掉我们喜欢的东西，尤其在承受压力的时候，我很想吸烟，这能让我缓解压力。"

"很好，那么想想，还有另一种优质、惬意的产品，它的解压作用更胜一筹。只要你想，就可以得到。想想吧。"

"好的。"

"若真如此，你会轻易戒烟吗？"

"呃……是的……"

"你的回答不太肯定！"

"我不知道……"

"想象着，你有一件神器：它能为你解忧，当你需要的时候，还能让你放松精神。香烟能给你带来更多的东西吗？"

"呃……不能。"

"既然如此，你不能戒掉的原因是什么？"

我凭空想象着有一个神奇宝贝，随时哄我开心，让我放松。但倘若真的戒烟，我会郁郁寡欢。可，是什么缘由呢？到底因为什么？我隐隐觉得答案似乎无法言说，在它浮出水面之前我需要长久思考，方能顿悟。

"自由。"

"自由？"

"是的，就是自由。我想戒烟，是因为承受着某种社会压力，从这个意义上说，我觉得戒烟并不是我真正的选择。一旦戒烟，我就没有自由可言。"

"没有自由可言？"

"我讨厌所有吸烟的人。大家都对我说'你必须戒烟'，因此我戒烟的时候，就觉得是压力所致，自己要听从于他人的意愿。"

他的脸上闪过一丝笑意。

"很好。和平时一样，我会把接下来的安排寄给你。你应该从信中得知。"

我感到后背有风，便转过了身。卡特琳娜早已轻轻打开书房的门，溜了进来。她安静地坐在房间的角落里，对我微微一笑。

和她对视的瞬间，我的眼睛往下看去。写字台上放着一大本灰色的笔记本。本子倒放着，我还是看到封面上分明写着我的名字，手写体，字母间隔较大，黑色墨水字迹，下面还划了一根横线，那横线是飞快而用力划过的。迪布勒伊的这一整本笔记本都与我有关吗？是他要考验我的各种测试清单吗？上面记录了我们会面的情形吗？

"好吧，"迪布勒伊继续说道，"我们来稍微总结一下吧，以便明了你具体进展到了哪一步。你已学会摆明你不予苟同的立场，学会表达想法、意愿，还学会在与人的交往中克服自卑。"

"总的说来，是这样的。"

"现在，回到我们刚才所说的事情上，你需要学会与人融洽相处。这是最起码的。我们不是形单影只地活着，我们一定是和他人关联，甚至是与他人互动的。有时我们做得不是很好。为了赢得别人的欣赏、尊重，学会与人融洽相处，有些道理是必须要懂得的。"

他的话语让我很不舒服。

"与人融洽相处，我不需要使用技巧。我想做我自己，而不是为了维持良好关系必须去说些、做些非同寻常的事情。"

他看着我，愣住了。

"既然这样，你为什么要学习语言？"

"我不明白……"

"是的，你说法语，或说英语，不是吗？为什么你要学习这些语言呢？"

"这不一样……"

"怎么不一样？你又不是一生下来就会说这两门语言……你学习并了解它们的规则，现在你用它们来表情达意。难道你说这两门语言的时候，就不是你自己了吗？"

"当然不是这样。"

"你确定？要自自然然的话，你可能更情愿用拟声词来表达，抑或咆哮着让别人明白你的意图……"

"可我学语言的时候还是一个孩子。这是另一回事。"

"那么，这是否就意味着我们在某一年纪前所学的是与'我们'一体的，而过了这个年纪之后所学的就是人为的，在运用所学的过程中，我们就不再是自己了呢？"

"我不知道。可当我不做那些本能为之的事情时，我会觉得不自然。"

"你想我对你说什么呢？"

"说什么？"

"这还是抵触变化！这就是孩子和成人最大的区别：孩子拼命想改变，而成年人则以不变应万变。"

"可能吧。"

"我告诉你我的感受……"

他微微凑了过来,语重心长。

"当我们对变化熟视无睹时,就离死亡越来越近了……"

我不知说什么好。卡特琳娜咳了起来。屋外,鸟儿长鸣,仿若嗤笑不绝。

"我发现了一件恼人的事,"他接着说下去,"大多数人在二十岁或二十五岁左右时就不再愿意改变言行了。你知道这个年龄对应生物学上的什么阶段吗?"

"不知道。"

"这是大脑停止发育的年龄。"

"那么,到了这个年龄我们,也必然不想改变些什么了,所以也是顺其自然的……"

"是的,可是故事不会就此停留。长久以来,人们一直以为神经元数目正不可逆转地减少,直至生命结束。但最近的研究表明,成年人的神经元是可以再生的。"

"您在给我打气,可我开始有老去的感觉了……"

"说得再具体些,这个再生的过程可能在不同因素的作用下突然发生,这些因素之中就有……学习。简单地说,如果我们不断地学习、进步,就会永葆青春。身体和思想紧密相连。我有证据,你想听吗?"

"想。"

"卫生部的官方数据显示:大部分人的健康状况在退休时会突然下降。依你看是什么原因呢?工作时,他们要么情非得已,要么自觉自愿地学会适应工作环境,至少要有些改变,免得被人说倚老卖老。一旦退休,他们就不再为此努力了。他们一成不变,循规蹈矩,身体状况也就大不如前了……"

"这下该高兴了……"

"活着只需要生活,也就是说要行动、要改变。我认识一位老太太,八十一岁高龄时,她开始学钢琴。难以置信!大家都知道,要真正地弹奏钢琴是需要多年学习的,可八十一岁的她认为还是值得用几年的光阴来学会演奏一样乐器!我敢打赌:她会长命百岁。

"要是你想永葆青春,就要不停地改变、学习和探索,切忌循规蹈矩,切忌精通熟悉之后不思进取。"

"好吧，说到人际关系，您想告诉我什么呢？"

他看着我，嘴角微露笑容，心满意足。

"来吧，我要告诉你一个秘诀，它能让你和任何人打交道。哪怕此人的文化背景与你不同，一旦你和他交流后，他立刻就想和你联系，听你说话，尊重你的观点。即使你与他的观点有分歧，他也会真诚待你。"

此等美事让人心生向往……

他在写字台上拿了一张乳白色的纸，抓了一支钢笔，笔杆的黑漆映出周围的光线。他开始写字，动作挥洒自如，金笔尖在纸上沙沙作响。他把纸递给我。墨迹未干，字体闪闪发光，倒像是纸张不让墨水浸透进去，因为这个秘密不是写给它的。

"融入那个人的世界，他会对你打开心扉。"

我反复阅读，浮想联翩。显然，我喜欢这句话，措辞优雅而意义深远。

"您能说得具体点儿吗？"

他莞尔一笑。

"要是我们只停留在精神层面上讨论，我会换一种方式来说这话。我可能会对你说出'人若懂我，需我懂人'这样的话。但我们已有所超越，我们不能以简单的精神交流来总结两个人的沟通，还要从其他角度来看待这个问题……"

"从其他角度？"

"是的，尤其就感情而言：你对另一个人的感觉，对方通常会在不知不觉中感受得到。举一个例子，你不喜欢对方，即使你在和他接触时表现得滴水不漏，可他还是会隐隐觉察得到。"

"有可能这样……"

"我们的想法，别人也是可以感知得到的。"

"您说的是谈话时我们头脑里想的东西吗？"

"是的，而且他们不一定是故意为之……举个例子：办公室的例会。大多数时候，开会时，有人提问，但他并不是真的想要得到答复。"

"怎么说？"

"他可能只是想表现他的提问很科学……或是想在其他与会者面前为难

发言人，也可能想证明他对会议主题很感兴趣，或是想在队伍里出风头……"

"是这样的，这的确让我想起很多事情！"

"经常是对方透过问题洞悉到你的想法。如果有人想方设法地要为难我们，我们的感觉是非常强烈的，不是吗？即使他说话时深藏不露，但我们还是可以实事求是地指责他。"

"那是当然……"

"我想在精神……层面上，也会产生一些反应，虽然难以言喻。"

"好吧，具体来说，您的圣谕是要我做什么呢？"

"融入他人的世界，但你先要酝酿走进他的世界的想法。要关注他，还要能站在他的立场来体会事物：心甘情愿地如他所思，如他所信，甚而如他所言，如他所行……当你能体会至此，就可以准确无误地感知他的感受，并真正理解他了。你和对方都会觉得彼此心有灵犀，话语投机。随后，你当然可以做回自己。你们两人会在以后的沟通里受益匪浅。你会看到对方也在努力地了解你。他开始关注你的世界，竭力呵护你们的和谐关系，并付诸行动。"

"您说的这些，我感觉怪怪的。您别忘了我原来是学财会的，您知道，这绝非偶然：我是很理性的……"

"好吧，我会让你自己来感知我所说的这些。我们来做个试验，就以我刚刚说过的一个特征为例。我需要稍微准备一下，"他边说边起身，"事实上，我要去找两把椅子。靠在扶手椅里让我们缩手缩脚，什么也做不了。"

他走出书房，卡特琳娜紧跟其后。他们在走廊上走远了。我觉得自己分裂了：一个我，被关乎人际关系的些许神秘因素深深吸引，翘首以待；另一个我，真实自然，还在心存疑问。

我的目光突然停留在那本笔记本上。笔记本……真想拿到它……看一眼……听不到他们的脚步声了。他们应该进了另一间房间……要么现在就去拿，要么永无机会。要快！我跳了起来。脚下的木地板嘎吱作响。我停下……地板不发声了……我绕到写字台那里，刚伸手……说话声！脚步声！……他们回来了！见鬼！我急忙坐回到扶手椅里，但地板嘎吱响得厉害，他们肯定听到动静了……别再坐着了。快点，假装看看……书柜和书本吧。

他们进来了。我专注地看着书架。

"咱们把椅子放在那儿吧!"

我转过身,他们把两把椅子对放着,椅子的间距不到一米。

"来,你坐那儿。"他指着一把椅子对我说。

我坐下了。他停顿片刻,然后也坐了下来。

"我要,"他继续说道,"你告诉我,我这样坐在你对面,你是什么感觉?"

"我什么感觉?哦,没什么特别的……感觉不错。"

"那么,现在闭上眼睛。"

我听从他的安排,却寻思他会对我做什么。

"几秒钟后,你再睁开双眼,我希望你聆听自己的心声,告诉我你的所想。好了,睁开双眼。"

他仍坐在椅子上,但已变换了姿势。两只手放在膝盖上,刚才他不是这样的。我一眼就看出了。我的心声?……怪怪的,却难以言喻。

"我会说这很奇怪。"

"较之先前,你感觉更好还是更糟?"

"您到底要听我说什么?"

"是这样的,当你和不熟悉的人同乘电梯时,通常你会感觉和他交流起来很拘束,如果你们是在大街上说话就好一些,不是吗?"

"确实……"

"这就是我要说的。我要你告诉我,随着我的姿势的变换,你和我沟通起来是否惬意?"

"明白了,这下清晰了。"

"那么,我再来问你:我变换姿势后,倘若你还得硬着头皮和我说话,你的感觉是更好还是更不自在呢?"

"坦白说,更不自在。"

"好的。再闭上眼睛……好了……现在睁开。"

他又换了姿势。手捧着下巴,肘杵在大腿上。

"我觉得,怎么说呢……你在观察我。感觉不好。"

"好的。闭上双眼……你可以看了。"

"感觉好多了！"

他两手的前臂放在大腿上，懒洋洋地坐在椅子上。

"我们再来。"

接下去他变换了十来个姿势。有两三次，我明显感觉比其他的姿势让我感到舒服。

"卡特琳娜？"他转过身对她说。

"很清楚，"她对我说，"您每次说您感觉好的时候是伊夫的姿势与您的一致的时候。只要他的体态不同于您的，您就很拘束了。"

"您是说，每次我感觉良好，都是因为他的姿势与我的一样吗？"

我因此下意识地看看自己在椅子上的姿态。

"是这样的。"

"这试验让人发疯！"

"不是吗？"

"人人都如此。"

"是的。"

"具体说来，"卡特琳娜补充道，"这是大多数人的情形，并非所有。也有例外的。"

"别总是找碴儿，卡特琳娜！例外情形无济于事……"

"但是您如何解释这一现象呢？"我问道。

"一些美国的研究者曾证实过，这是个自然现象。事实上，我认为他们最初是为了证明两个人沟通无阻，证明此二人心有灵犀，在不知不觉地保持体态一致，最终，他们发现彼此姿势相似。而且，所有人都可以看到这个现象。比如……我们看到一对恋人在餐厅里，经常会看到他们的体态完全一致，他们要么肘杵在桌上，手捧着头，上半身靠前或靠后，手要么放在膝盖上，要么摆弄着餐刀架……"

"很诡异……"

"这些研究者随后证明了，如果反向进行这个过程，人们可以再次创造这一现象：假如我们自觉自愿地与另一个人保持态度一致，那么很快就会感觉与对方待在一起是惬意的。因此这在很大程度上有利于互相沟通。要想如此顺畅地交流,就要应用技巧来付诸行动:要真心实意地认可对方的世界。"

"毫无疑问,这让人心烦意乱——您还会发现我对此有些抵触——如果一定先要研究对方的体态再去迎合的话,我们就毫无自然性可言了!"

他喜形于色。

"你要我对你说什么呢?"

"说什么?"

"你很自然地付诸行动了……"

"绝对没有!"

"是的,我向你保证。"

"看看吧!五分钟前,我对这一切毫无概念!"

他笑容满面。

"如果你要和一个两三岁的小孩子交流,你会怎么做呢?"

"我不是每天都想和小孩交流。"

"想想最近的一次。"

"嗯……我和门房的儿子说过话,可能是两周前。我让他给我讲讲在托儿所的一整天里他做了什么……"

回答迪布勒伊的过程中,我意识到真相是令人吃惊的,那些画面在我的记忆里竟是鲜活的:和小马可说话,我要蹲得和他的个头一般高,我自然而然地轻言细语,用最简单、最接近他所熟知的单词和他说话。我不费吹灰之力就自然而然地和他交流起来。我是真的很想让他告诉我法国的托儿所是什么样的。

"你知道最难以置信的是什么吗?"

"您说吧。"

"当我们成功地建立并维系了如此高质量的交流瞬间时,双方都会在不知不觉中努力维系这个弥足珍贵的瞬间。比方说,他们会在肢体语言上步调一致,假如一个人稍微变化了一下姿势,另一个也会不自觉地紧随其后。"

"您是想说,如果我一直在看对方的姿势,随后我变化一下自己的姿势,他也会跟着我,像我一样变换姿势?"

"是的。"

"这真的很奇怪!"

"但你心里要清楚：最重要的是与他人交往的意愿，必须是真诚的。"

"您的这些想法真的很特别！"

我兴奋异常，缘于自己刚刚探索到的一切。我觉得迄今为止，我与别人交往过程里的这些细节，是见所未见，闻所未闻。我惊奇地发现，除了语言，还有很多我们甚至都没有意识到的细节发生，很多由我们的肢体传达的信息。而迪布勒伊又提及了其他层面的交流……

我努力想了解更多的东西，而他告诉我，今天我见识到的已经足够。他们把我送至门口，夜幕降临。

我告别卡特琳娜。一直以来我都无法摸清她的脾性，以及她和他的关系。她属于那种沉默寡言的人，仿若披了罗纱，神秘莫测。

我走出城堡，朝花园的栅栏刚走了几步，眼睛的余光扫视着待在角落里的思大林。这时，迪布勒伊叫住了我。

"阿兰！"

我转过身。

"回来！我差点忘了交待你下一个任务了。"

我愣住了。不，我不……过去。

我又回去了，再跟着他穿过城堡的大厅，我们的脚步声在冰冷的大理石上回响。我们进入一间我没有到过的屋子。浓浓的英伦老式俱乐部风格。旧书柜靠着每面墙壁，高至饰有线脚的天花板。两盏枝状吊灯，每盏有十来个灯泡，躲在橘黄色的灯罩下，温暖柔和的灯光，照着成千上万册旧书。几把桃花心木的梯子背靠着书柜。地上，几块伊朗地毯盖住了斜纹套环方格木地板的大部分。几把宽大的深色皮纹安乐椅和一对软垫桥牌椅随意摆放着。一个大大的切斯特菲尔德沙发放在屋里正中的位置。

迪布勒伊取了一本厚厚的书。卡特琳娜待在门口，目不转睛地看着我们。

"随便说个0到1000内的数字。"

"一个数字？为什么？"

"我告诉你了，说个数字！"

"328。"

"328……咱们来看看，看看……"

上帝微服出巡时

他打开书，翻着页码，显然是在找标有我说的那个数字的页码。

"就是这页了。很好。那么，现在再告诉我另一个……0到20内的数字。"

"可您这是在做什么？"

"告诉我数字！"

"好吧，12。"

我凑近了看，是本字典，他的指头在那一页的单词上滑动。

"10，11，12'木偶'。不错，你不太有运气选中一个，诸如副词之类的词。"

"好吧，您一定要告诉我为何这样做。"

"很简单。你曾经告诉我，你的公司里有两个领导？"

"是的，我有一个顶头上司，还有他那常常直接参与我们事务的老板。"

"好极了。那么，去见他们两个。你要找借口和他们说话，你的任务是引他们说出'木偶'这个词。"

"这不是痴心妄想吗？"

"你要严格遵守以下规定：自己不要说出这个单词，当然也不要指着示意这个词的照片或东西。"

"可这样做有什么用呢？"

"加油！"

我慢慢走出城堡，久久站立在台阶上凝视星空。巴黎难得一见繁星闪烁，光明之城早已灯火辉煌，衬得夜空暗淡几许。

我有些懊恼，不知道他交待我的任务意义何在。要是在过去，我绝对是反感听从他的命令的，因为每次我都非常艰难地去执行，可每次也总能明白他的用意。而这次，我困惑了……我讨厌他避而不答，假装完全没有听到！他好像有点拿乔的样子，手里捏着我付诸行动的承诺，孜孜不倦地说服我去行动……而且，这个游戏要何时才能结束？当然，他似乎是出于真心地在为我改变一些事情，让我在生活的道路上继续"前进"，尽管感觉他交待的任务一个比一个难，但他应该还算宅心仁厚吧。然而，他真的宅心仁厚吗？他关心我一定有具体的理由，并有所回报。但理由是什么呢？

我又想到了那本笔记本。关乎我的一切的笔记本，里面的内容也许会回答我的困惑……它的存在证明我的境况不佳。是什么让一个与我毫不相干的人来关注我、指点我、甚至支配我的言行？对此，我不能再等闲视之。这一切的一切牢牢束缚着我，只因我要遵守那个他让我幸免于难的承诺。我瞬间后背发凉。

没能在迪布勒伊离开书房的那几分钟里好好看看这本笔记本，我备觉遗憾。这番失误真让人捶胸顿足！我错过了一个也许不再出现的机会。我一定要想办法拿到它……某个深夜再次潜入城堡？天气炎热，书房的窗户可能会一直开着……

链子的声音突然让我回到现实。思大林拖着身后沉重的链条朝我猛冲过来，正好在它向我发起进攻的那一刹那，我跳到一旁，它狂吠不止，两眼通红，獠牙浸满了口水。思大林回答了我的问题：深夜，我还是不要潜入城堡，千万不要。夜晚是属于它的。终于，它筋疲力尽了。它才是花园的主人。

卡特琳娜坐在切斯特菲尔德沙发上。迪布勒伊提议她吸一支蒙特克里斯托雪茄，她照旧拒绝了。

"那么，你觉得他怎样？"他拿着雪茄的切头器问道。

卡特琳娜的眼睛慢慢移向离她最近的枝状吊灯，她在沉思，要好好想想怎么回答这个问题。

"坦白说，还不错。但到了最后，我觉得他有点懊恼。其实我自己也没有明白你交待给他的最后一个任务有何意义。"

"引他的上司们说出他抽到的那个词？"

"是的。"

他擦了一支大大的火柴，火花随即迸出。他用火柴点燃雪茄，再把雪茄匀速地移近嘴巴，朝上面悠悠吸了一口。第一口喷出的缭绕烟雾轻轻散开，房间里弥漫着蒙特克里斯托雪茄特有的味道。他靠在宽大的扶手椅里，跷起一只腿时，沙发的皮革也跟着嘎吱作响。

"给阿兰指出如何行动，去与人融洽交流，是远远不够的，这也是他的困惑所在。他不是要用这种方式去赢得工作上的什么，尽管这也是他寄予厚望的。不管怎么说，某种东西限制了他。"

"是什么?"

"他太习惯于承受……现在,他逐渐学会了抗拒、反对。这样很好,但还不够,远远不够。会抗拒,并因此而获得。要做到这一点,就得有先决条件。"

"先决条件?"

"培养他的信心,他本可以拥有的。"

"你是想说,在他的内心深处,并不确信可以从上司们那儿得到什么,即使他有意运用与人沟通的最佳技巧,也会一无所获……"

"的确如此!"

"我明白了。"

"甚至可以说,这一点是最重要的。如果我们在心底深处相信自己可以左右别人的决定,最终,我们是可以达到目的的。即使行事方式有些反常,我们也会攻克难关……相反,如果我们不相信自己,一遇到困难就会停滞不前,甚至将困难视为行事无用的佐证。"

他叼着雪茄。

"所以你让他很有娱乐精神地引上司们说出一个确切的词,只是想让他明白自己是可以左右他们的?"

"你终于大彻大悟了。我要他相信,他是可以左右别人的。"

"有意思……"

卡特琳娜突然抬起头,她脑海中掠过一个念头。

"其实你没有抽到这个词,对吗?你之所以选择'木偶'这个单词是想让阿兰在不知不觉中扮演拎木偶的那个角色,对吗?"

迪布勒伊笑而不答。

"伊戈尔,你真牛……"

他深深地吸了一口雪茄。

12

丹克咨询公司的总裁，马克·丹克，高大魁梧。他身高一米九，体重九十六公斤，算是法国猎头界一个叱咤风云的人物。

他出生在外省的一个小镇上，地处博若莱地区的中心地带。从父辈到子辈，丹克家族世代从事牛肉批发，而当地人却不太欣赏他们一家，将他们的家族生意视为必要的麻烦。此家族是有钱大户，远富于周遭的饲养户，饲养户们常常觉得此家族赚的是他们的血汗钱，因为这家人不需要像他们一样经历沧桑，忍受牛肉价格逐年下跌的行情。

学校里，小马克与坐在角落里的孩子们打成一片。虽然贵为村里首富的儿子，却遭人排挤，而他并没有感慨自己的命运，反而变得咄咄逼人。只要别人稍微议论他，他就会大打出手。

与之相反，他的母亲则承受了更多的东西。丈夫因别人的羡慕而沾沾自喜，她却忍受着所有的非议。她的社交生活缩影为对视村里遇到的妇人们的仇富目光，以及听闻颇有深意的诸多隐讳言辞。多年的隐忍和辛酸让她终于忍无可忍，于是彻底放弃了家族历经几代建立起来的产业，移到城里定居，远离流言蜚语。丹克一家迁入里昂的新居，而丹克先生每日不得不走几公里路回到村里。经历了搬家风波的马克将此次迁移视为妥协，更看不起离去的父亲。

母亲的满足感只持续了一段时间：某天，她失望了。就在那天，她意识到新邻居们将她和家人视为农民，他们中不乏白领、干部，有的甚至就在办公室里工作。马克情愿被人妒忌，也不愿被人看轻。他承受着人们的蔑视，也立下报仇的决心。

他顺利取得业士学位证书，随后在二十岁那年获得贸易专员认证。他做农产品销售做了将近十年的光景，毫无疑问，他的基因里自带谈判技能，他是具有一定天赋的。他换了三四家公司，每跳槽一次，工资就有一番上涨；每次都上演同样的剧情，误使招聘顾问以为他的离职会为其所在的公司带来种种损失。他把责任归咎于自己身上，尽管严格意义上说不全是他的错，但他有时还真放纵自己。

他很快便推断出招聘顾问们根本就不知道他们在做什么，他们很容易上当受骗。某天，他当时的老板透露出聘用他时支付给招聘顾问们的酬金数额时，马克不相信自己的耳朵。完成一笔交易获得的酬金在他看来简直是天文数字，而且已经接近父亲的全部家产。照他看来，征服一家应聘者们假想的优质公司更容易些，而征服一个如奶牛般健壮的农场主才有难度，尤其是在农场主本人很清楚自己实力的情况下。

六个月后，马克自谋生路了。短期的招聘技巧培训后，他在里昂市中心租了一个单间作为办公地点，立了块写着"马克·丹克，招聘顾问"的招牌。他特别留意自己选择应聘者的直觉比任何一种培训的技巧都要重要得多。随后的事实证明他很少看走眼。这是天性。他接触不同的人，不同的公司；他接触不同的应聘者，他知道哪些人适合提供的职位。

第一批客户是最难搞定的。没有对照，他很难取信于人。当有人让他注意一下自己的信誉时，他会莫名其妙地百般挑衅。很快，他钻进了自己编织的谎言里，编造出一批大名鼎鼎的客户，还指名道姓地说出某些中小型企业的名称，拒绝与它们签订合同，理由是这些企业小得不足以为它们提供服务。谎言让他颇为受益，他搞定了第一份合同，接着拿到了其他合同，事业如日中天。

新工作让他如鱼得水。那些神情倨傲的小资客户从前不与他的家庭往来，而现在却要依靠他谋得工作。他享受着受人尊敬的感觉，却又担惊受怕。这些人的命运现在任由他摆布，他本想掌控这座城市的整个招聘市场，因为没有什么比客户们对他日益增长的依赖更让他来劲了。

他的新贵身份仍未能抚平那颗曾经受伤的心。他心里有种力量一直在激励他勇往直前，敦促他更拼命地拓展业务。他因此更游刃有余，且在招聘界树立起了威信。他成了工作狂，勤勉工作，以稳固在公司里的地位。

一年后，他已雇用了三个招聘顾问，这让他获得极大的安慰，却又不甚满足。他愈战愈勇，半年后，他在巴黎设了办事处。巴黎乃是首都，贵为至尊，他很快也迁至巴黎，同时将公司命名为"丹克咨询"。随后的几年里，平均每三个月他就在外省成立一家分公司。

他用员工人数来衡量自己的成功。他强迫自己拥有更多的职员。他极有成就感地"壮大着他的羊群"。他用农民们说的话来比喻他的团队，不经意间就暴露了他小心隐藏的家世。这就仿若他的个人价值是与听命于他的员工人数的，或者说他的权力全仰仗他的团队的规模。而且，他从来都有机会告诉人们他的员工数目，尤其是当他对陌生人介绍自己的时候。

公司的快速成功促使他在国外成立了分公司。他在欧洲某国首都成立第一家国外子公司时，觉得自己有了征服者的灵魂。

两年后，他终于在招聘界称霸一方，连交易用词也显示了他作为男性的雄心壮志。他决定让公司上市。

13

那天上午，我照旧腋下夹着《秘闻》进了办公室。一周以来，每天我都如此开始工作。起初，同事们的目光明显看向那本杂志，如今却熟视无睹。可我并未完全放松，仍会觉得有些拘束，即使这种感觉与日俱减。我得承认，我的人际关系没有改变，用迪布勒伊的话来说，我可能还需要些时间来做到真正的身心"自由"。

在家里，我一如既往地生活着，并没有努力改变生活方式。言下之意就是我照旧发出声响，因此布朗夏尔太太几乎每日登门拜访。我不再像从前一样躲着她，但每次她的到来还是会让我莫名恼火。我觉得她在肆意骚扰。几番隐忍后，我终于将愤怒公开化了，我把门微微打开，提示她已经影响到我了。但她得寸进尺，把着门，像要强行挤进屋一样。她眉头紧锁，目光凶悍，鬼吼鬼叫地教训我要守规矩。

刚跨进公司，和另一部门的两个同事等电梯时，我就收到一条短信。瞄了一眼手机，是迪布勒伊发来的信息。我打开短信。

"赶快抽支烟。"

这是什么破短信？他竟然要我抽支烟？

电梯门开了，同事们冲了进去。

"别等我了。"我对他们说。

为什么迪布勒伊要我抽烟？我不需要完成任务，不要继续了吗？我回到街上，点燃一支香烟。他该不会是老了吧……我吸着烟，朝各色路人看去，他们大多匆匆赶去上班。突然，我看见人群中有一个人一直站着，长得很像弗拉蒂。我弯腰想看清楚是否真是他立于人潮中，他却转身离去。

"弗拉蒂！弗拉蒂！"

此人从我的视线中消失了。

我浑身不自在……几乎可以肯定就是他。他跟踪我？为何如此？难道是迪布勒伊要他来看看我是否言出必行？荒唐……总之，他到底想干什么？或者是我该仔细想想，找到他关心我的理由……

我回到办公大楼的大厅里，胃拧在了一起。

我上到工作的楼层，经过部门主管卢克·福斯特里的办公室门口。他已经在工作了，也就是说，他应该是减少了晨跑的时间。让人诧异的是，他的门竟是开着的。平时他喜欢把自己关在办公室里，尽量避开他团队的成员们，和团队沟通会浪费他的时间。他需要安静，不想在上班时间里与人接触。

门既然开着，就不要错过机会。我要完成任务……勇敢点。要让他说出我抽到的那个词难如登天，因为这世上没有比他更沉默寡言的人了。

我走了进去，跟他打了声招呼。等我走到离他不到一米的距离时，他的眼睛才离开文件，看了我一眼，甚至都没有晃晃脑袋。我们握了下手，他笑都不笑，嘴皮子都懒得动。

我想到了迪布勒伊那个闻名遐迩的秘笈，开始没话找话。融入我不喜欢的世界何其艰难……

"今天早上，公司股票价格已高达128欧。单日股价上涨0.2%，一周内上涨了将近1%。"

"是的。"

他显然表现出只在重大时日才流露出的兴致，我就得往下说，激情澎湃地说下去，让他觉得我对这个话题饶有兴趣。要是他在兴趣范围内找到契合点，会向我袒露心扉的。

"难以想象的是，公司的股票在年初就上涨了14%，而我们的季度业绩则上升了23%，不太匹配。"

"是的。"

"人们看来是低估这只股票了。"

"正是。"

"说到底，它并没有体现出公司真正的价值。"

"是的。"

还要战斗……绞尽脑汁地说下去，可已经无话可说了。

"真是可惜……既然我们的业绩不俗，股票的涨幅理应吻合业绩上升的比率。"

他甚至不屑于接话了，却又看了看我，仿若没有明白我竟然在和他侃这些无聊的事情。

我觉得有些尴尬，但就那么一点点而已。不管怎么说，他已经相信我是《秘闻》的忠实读者了。我不会令他失望，继续战斗吧。

"可这只股票是优质股，它应该会赢利。"

他皱紧眉头，而我还在激情昂扬地往下说。

"如果我是股民，一定把钱全押在这只股票上。"

他面有愠色了，继而……神情凝重，一直沉默不语。好吧，那就改变一下战略，问他问题吧。

"您怎样解释公司业绩和股价的差距？"

他沉默片刻，仍旧是无动于衷的姿态，也许他需要拿出力量和勇气来和一个乡巴佬打交道。

"产生差距有好几个原因。首先，金融市场更关心的是公司的前景，而非过往的业绩。"

"可前景是乐观的，拉尔歇每周一早上都对我们反复念叨这一点。"

"还有，人们的心理作用也会干扰股市。"

他轻蔑地说出"心理"这个词。

"心理作用？"

他想让我明白什么意思，却又不乐于担任教授的角色。

"恐惧，谣言，还有渔人。"

"渔人？"

"《回声报》经济专栏的记者，他不相信我们公司蓬勃发展，报上刊登的所有文章都反复强调这一点。这在股民中一石激起千层浪,因为他的观点很受追捧。我也在寻思他为何如此。"

"假如有人在幕后操纵呢?也许渔人是这个人的……我们是怎么说那个词的?"

"我不明白谁会关注这个。"

见鬼,你就不能回答问题吗?

"我们的股票因渔人对公司的抨击而受影响,而他本人却对这只股票没什么兴趣。"

"如何知道?"

"如果不是这样的话,那就是有人在操纵他,让他在报上抨击我们。渔人只是他们的……"

我装出要想出那个词来表达的样子,附带着手势,表明我大脑短路了。

"我可不懂厚黑学。"

"啊!真烦人,我讨厌想不起我要说的那个词!如果某人被另一人操控,我们是怎么说的?我们说他是另一人的……"

"听着,阿兰,我还有事要做。"

"别啊,您就告诉我一下这个词呗!如果我找不到这个词,今天会很难熬的……"

"专心做你的事,一切都会好起来的。"

"可这个词呼之欲出……"

"那就把它吐了吧,但别在我办公室里吐。"

他竟然也懂幽默,我却笑不出来。好吧,赶快,我得引他回答问题。

"您就告诉我这个词呗,我保证立马走人。"

"傀儡。"

我错愕地看着他。

"不,不是这个词……是另一个。"

"您真的让我忍无可忍。"

"给我说说它的同义词呗。"

"东西,是另一人的东西,您觉得这个词可以吗?"

"不是，也不是这个。"

"好吧，您还真是乐此不疲。"

"还能说说另一个同义词吗……"

"我还有事要做，阿兰。"

"求求您啦……"

"再见，阿兰。"

他语气坚决，又埋头去看文件，再也不搭理我。

我走出他的办公室，挫败感油然而生。我彻底被打败了。局面已不可挽回。事实上，我的错误可能就是太过热情。为了"融入他的世界"，不只话题投其所好，也许还该投其说话的风格：严肃、理性、言简意赅。如果我由此切入，不是会更好吗……那我是不是也要让他多说话呢？不一定吧。但不管怎样，我都离成功不远了。

我刚在办公室里坐下，阿丽斯就来找我，就她与某位客户协商的内容来征求一下我的意见。我们待在一起不过十多分钟，我就听见走廊上传来福斯特里的脚步声，他是第一次走到我门前。他往里迈了一步，探出脑袋，依然面无表情。

"木偶！"

他走开了。

阿丽斯看着我。我的头儿如此羞辱我，她忿忿不平。

而我却欣喜若狂。

14

要和格雷古瓦·拉尔歇一起完成的任务更为艰巨。倘若福斯特里不喜欢低智商聊天的话，拉尔歇这个人，一旦主题偏离他说话的目的，他就会置之不理。他的每分每秒都为成功留着。

然而，又有隙可趁。放下领导的架子时，他也会时不时地聊些鸡毛蒜皮的小事，假如他认为这样有助于激发员工工作动力的话。一个全面发展的员工工作时是绝对有效率的。说到底，这可是为了他自己的利益。

因此，我不费吹灰之力就让他聊起了他的小家庭，立刻就知道了他家人的娱乐活动以及他和孩子们的旅行，"木偶"极为自然地多次出现在谈话中。

终于摆布了顶头上司，我喜不自禁。

那一整天里，我收到了迪布勒伊发来的五条短信，每次都要我下楼去街上的人行道上吸支烟，而我不明就里。

那一天是在阿丽斯的办公室里结束的，她再次告诉我，因为公司运作不佳，她忧心忡忡。托马斯走的时候跟我们打了声招呼，在我们眼皮下轻轻晃动着他刚买的最新款的黑莓手机。我突然失控。

"今天我接待了一个应聘者，印象不俗，"我说道，"这家伙很出彩。"

"啊，是吗？"

每次只要他在场而大家恭维别人时，他的微笑就会流露出些许不自然，仿若另一个人的存在会突然危及他的价值一般。

"这家伙曾经做过财务总监，卓尔不群，尤其是他的……穿衣风格！极具品位！"

阿丽斯看着我，有点吃惊我会说出这样的话来。

"他拿出一支钢笔来做笔记，"我接着说，"那笔真不是盖的！猜猜是什么牌子……"

"万宝龙？"他说。

他自己用的是该品牌的钢笔。宝贝儿，别做梦了。

"猜错了，再猜猜。"

"你说吧，告诉我他用的是什么牌子的钢笔？"他苦笑着说道。

"是都彭。笔尖是黄金的！你们想想，一支都彭钢笔！"

我说话时瞳孔放大，与我的言语配合无间。他的微笑很僵硬，而阿丽斯的表情则告诉我她已经看穿我的小伎俩了。

"真的是都彭？"她假装半信半疑地问道。

"真的。"

"哇！这家伙……"

"当然……我们不是每天都见得到这号人物的。"

"他代表着成功人士的形象。照我看,谋得一个高薪职位对他来说不成问题。"

我寻思着在托马斯看出我们的破绽之前,还能编些什么……

"我相信每个女孩子都会为他疯狂。"

"理所当然。"

好吧,就到此为止吧,有点儿言重了……而托马斯的表情还是那么僵硬。他炫耀某些东西的价值是为了提升他个人的魅力。他对我们的话语深信不疑,甚至没有看出破绽。我们的所言与他的世界观之间画上了等号。

他祝愿我们有一个美妙的夜晚,然后与我们告辞。我们期盼他能走远一些,因为我们忍不住要爆笑了。

快到晚上八点时,我匆忙离开了办公室。来到人行道上,我不禁留意周围。好像没有人在窥伺我下班。我钻进地铁车厢里,三十秒后又不得不从里面出来。迪布勒伊要我抽支烟。我困惑于时间的巧合……再次扫视周围,夜已深,商业区的行人渐渐稀少,没发现什么异常状况。

三分钟后,我又来到地下乘坐地铁。我决定跟随别人的肢体语言,到目前为止,我都没有尝试过此种方法。我愿意融入另一人的世界,尝试他思考的方式,了解他关心的事情,体会他的价值观。

列车驶进车站,车轮戛然而止,声音刺耳得如同粉笔划过黑板。长凳上,一个流浪汉在半梦半醒间低声嘟哝,无人能懂。他的四周弥漫着浓浓的酒精味道。车厢在我眼前一节节驶过,瞬间停止,寥寥无几的乘客被抖动了一下,但他们习以为常,泰然自若。我进了车厢。迪布勒伊承诺过,我可以与态度及文化截然不同的人建立起联系。我瞟了一眼那几个坐着的乘客,然后目光锁定在一个身着运动衫、黑色皮夹克,身材魁梧的黑人身上。他的夹克没有拉起拉链,里面穿了一件看似网眼纹路的T恤,隐约可见发达的胸肌。我在他对面坐下,然后调整我的姿势,显出一副和他一样的无精打采的神情。我追寻他的目光,而他却茫然凝望。我努力去体会他能感知的东西,以便顺利融入到他的世界里。不是那么简单。我的西服真的让我有点放不开……我解开领带,随后努力想象我和他穿着同样的衣服,脖子上戴着同样粗的金链条。很奇怪的感觉。他变换了姿势,我立刻跟上。我需要保持联系……

我紧紧盯着他。几秒钟后，他双臂在胸前交叉，我跟着照做。我自问需要多少时间来真正地和他建立起联系，随后他也会在不经意间跟随我的动作。我很想体验……他伸长了双腿，我等了一会儿，然后照做。我不习惯躺在地铁里，但终于发现这样很好玩儿。此外，我也从未努力地站在与我不同的人的立场上，与他言行如一，并体会这样做的结果会是什么。他把双手放在大腿上。我紧跟。他往前方看，我就坐在他的前面，没觉得他真的在看着我。他面无表情，我也努力地做出相同的表情。我就这样一直做着他的动作，我们动作一致，配合完美。他的目光深不可测，可我感到有某种东西在让我们靠近。他肯定觉得我们很投缘。他挺直肩膀，笔直地坐在座椅上，我也跟上。这时他朝我移近，他的目光死盯着我，直直的，显然是要与我搭讪，我已预感到他要说话了。我赢了，我终于能够建立联系，能够让一个陌生人对我打开心扉，甚至都不用和他说话。肢体潜意识的力量，其优势胜过语言。这真是太神奇了，令人匪夷所思。他开口了，眼神阴暗，说话时带着浓浓的非洲口音：

"喂！你他妈的一直在要我吗？"

15

那天早上，我照例参加轻松的每周例会，却未料到会经历人生中最难堪的一个小时。那一个小时，可能是我最……受益的一次改变。生活就是如此，我们很少意识到每分每秒的如坐针毡，却有隐形的作用：助我们成长。天使乔装成巫婆，给我们送来美妙的礼物，而礼物却被小心翼翼地藏在丑陋的包装纸里。

无论失败、病痛，还是每日的变故，我们并不总是很想接受这份礼物。拆开后看到它隐藏着的内容，我们也熟视无睹：我们该心甘情愿，拿出勇气来接受吗？或是恰恰相反，根本就不管不顾，反正也没什么要紧？生活需要我更多地倾听我的心声和美好憧憬吗？生活要我下定决心崭露头角，炫耀它给予我的才能吗？生活要我不再接受违背我的价值观的一切吗？若真如此，我需要学会什么呢？

考验突现时，我们常常以愤怒或绝望应对，义正辞严地拒绝对我们的不公。然而，我们因愤怒而失聪，因绝望而盲目。我们本可以变得强大，却错过机会。于是打击和失败接踵而至。不是造物弄人，只是生活需要万象更新。

会议室里早已人满为患。阿丽斯身旁还有一个空位，她肯定是为我留的。参会人数比平常多了许多。每月一次，整个招聘处的人员都要参会，而不是只有我们部门。我把《秘闻》扔在桌上，淡定自若地坐下。最后一个到会也很爽：我有被人翘首以盼的感觉。

"看托马斯。"阿丽斯在我耳旁轻语。

我在与会者中寻找托马斯，终于看到他在哪里。

"怎么啦？"

"仔细看看。"

我往前凑了凑，以便更仔细地观察他，但除了他惯有的骄傲而冷淡的神情外，没发现异样。就在我看他的时候，我简直不敢相信自己的眼睛，他把钢笔放在桌上，就那么随手一放，可钢笔倾斜的角度却是大家都看得到的。一支崭新的都彭钢笔。

身边的阿丽斯用手捂住鼻子和嘴巴，努力克制自己不笑出声来。

"早上好，各位！"

中气十足的声音让我险些惊跳起来。马克·丹克，我们的总裁，受邀参加每周例会。我进来时都没有注意到他。会议室里一片沉寂。

"我不会打扰大家很长时间，你们各有安排，"他说，"但我想让大家做一个新的评估测试，这是我刚刚在奥地利出差期间发现的，也就是在这个国家，我们成立了公司的第十八个分部。我知道大家精通业务，已具备十八般武艺，可我个人执意要推荐给大家的评估测试是完全不同的。"

我们的好奇心作祟。他又发现了什么？

"我们都知道，"他接着说，"评估应聘者性格的难度甚过评估他的能力。大家都是来自各行各业，你们为这些工作单位招聘，因此你们懂得提问，以便知道应聘者是否具备必要的素质来胜任提供的职位。相反，应聘真正具备的能力与其所标榜的不那么容易区分。我甚至都不用说他的缺点，你们经手的百分之九十的应聘者肯定会告诉你们他们追求完美、热衷工作，不是吗？……

在他假想的优点和事实的缺点之间，我们很难判断出他对工作的热爱到底是什么样子。通过提问可以判断他的基本性格是否能胜任诸多需要有担当的工作，特别是身居中层的职位。我把这种能力叫做自信。招聘时，自信让人难以衡量。我认识不少人，他们经历过多次招聘面试，久经沙场后他们表情自信。而事实上，如果你们把他们交到企业里做事，面对第一个稍微为难一下他们的同事时，他们就黔驴技穷了。面试时我们一定要用专业的水准去审视应聘者，不然会让他在同事面前窘态百出。"

"你所言极是。可很多时候，生活中缺乏自信的人，面对招聘者时也无自信可言。"

与会者们窃窃私语。刚刚发言的是一个年轻的招聘顾问，刚来公司，分到我们竞争对手的部门里工作，他们部门里，都是以"你"相称的。

当然，我们其他的招聘顾问也在私下以"你"相称，可上司对这种假惺惺的套近乎从不买账。套近乎的确很虚伪，可马克·丹克抵触的却是别的：他更看重的是员工对他的尊重。

"先生，我们不熟吧？"

这是他遇到类似情况时惯用的台词。我靠近阿丽斯。

"他知道他在说什么吗……"

她噗嗤一笑。福斯特里向我们投来冰冷的目光。

丹克故意绕开招聘顾问的话，继续发言："我向你们推荐的测试是必须演示给大家看的，因为测试需要至少三人来完成。不一定非得是招聘顾问，实际上，你们谁都可以来参与。"他冷笑着说。

我们的好奇心膨胀到了极点。我们暗自思忖会是什么测试。他又说话了："真正拥有自信的人不屑于其他人看他的目光，此测试就是建立在这一原则上。这是人类固有的特性。这个特性符合他一直深信不疑的价值观和自身能力。因此不可能受到外界批评的干扰。相反地，违反惯例或是假装出来的自信不可能抗拒敌对的氛围，这个人会招架不住的……我说的够多了。与其长篇大论，不如给大家好好演示一下！我需要一个愿意上来测试的人……"

他的目光掠过整个会场，一丝难以琢磨的微笑掠过嘴角。所有员工要么看着地板，要么目光迷茫。

"理想人选是招聘处懂财会的人员,因为我需要算数很好的人来配合。"

与会者中,一半员工松了口气,而另一半则绷紧了神经。气氛愈加凝重。他慢条斯理地考虑着,把等待强加给我们,我猜他是个追求变态乐趣的人吧。

"有谁毛遂自荐?"

肯定没人会接受这样的邀请,因为不知道自己会被怎样捉弄。

"好吧,你们是逼我来选志愿者了……"

我想纳粹也不过如此:欲加之罪,何患无辞。

"咱们看看,看看是谁……"

我努力表现得不屑一顾,眼睛看着《秘闻》的封面。安吉丽娜·朱莉真的因为哺乳而导致乳房生病吗?让人想入非非的话题……我们听得到苍蝇在会议室上空盘旋的声音。气氛令人窒息。我感到丹克阴沉的目光朝我看来。

"格林曼先生。"

厄运落到我身上了……我怒火中烧。一定要抗争到底,别气馁。每次他都要让我在大庭广众下参与他那无聊的测试。是报复吗?拉尔歇也许早已把上次商业例会上我们的争执讲给他听了。他可能想让我有自知之明,让我引以为戒,让我面壁思过?冷静。别让步,别让他得意。

"来吧,阿兰。"

好的,来吧。他叫我的小名,也许是在哄骗我,让我放松警惕。我更要严加防范。我起身,朝他走去。所有的目光都聚焦在我身上。他们几秒钟前还胆战心惊,现在却百般好奇。他们全都在看戏,甚至是坐在圆形剧场里观看……我看着丹克。凯撒大帝,将要死去的人向你致敬(角斗士在进行拼死搏斗前向皇帝说的话)……不,我没有角斗士的灵魂。

他给我指了指椅子,离他两米远,面对与会者。我坐下,拼命装出不屑而自信的表情,不容易啊……

"看看我们怎么来开始吧,"他对与会者们说道,"首先,要明确告知应聘者,这只是个游戏,我们对他所说的并不是真相:只是测试而已。告诉对方这一点很重要,免得引起不必要的麻烦。现在媒体就是这样抨击我们的……"

说这样的话,是要对我做什么呢?我觉得不会很悲催……我要全力以赴地应战,绝不妥协……

上帝微服出巡时 103

"我要做的事,"他往下说,"就是让格林曼先生做一些极其简单的心算。"

心算?还好,我原本以为比这个还要糟糕。我能应付。

"我让他计算的时候,"他继续,"你们要对他说话……老实说……是让他不太受用的批评、谴责……简而言之,你们的目的就是要干扰他的心算,说些你们想到的关于他的、又让他不太受用的话。我知道你们中的某些人跟他不太熟,甚至一点儿都不了解他,阿兰·格林曼。但无关紧要。不管怎样,再次声明,千万别告诉他真相,只是说些气话,瓦解他的斗志而已。"

如此痴心妄想是为何?难不成我还要被众人拳打脚踢吗?

"我不知道这样测试的好处是什么。"我不予苟同。

"效果是显著的:真正拥有自信的应聘者,不会因为非议而受丝毫干扰。"

我总算明白了,丹克早已从我身上看到能让他大放异彩的理想主题了。这个无赖肯定早已觉察到我很容易情绪失控。他几乎可以踩在我头上,得意洋洋地顺利演示他的测试,全公司职员都会为之震惊。我不该做冤大头……真的不要做。我根本赢不了他,只会输得一败涂地……快,随便找个借口,溜之大吉。

"丹克先生,这种测试对我来说,很难在招聘面试时使用……这不太……道德。"

"只要我们毫无隐瞒地告诉应聘者测试的方法和目的,就不会产生任何问题。何况,应聘者也是自由选择来进行测试与否。"

"没有人会接受。"

"格林曼先生,您是招聘顾问,不是吗?"

我讨厌人们问我他们已经知道答案的问题,只是要我肯定他们所说的话。

我一直盯着他。

"所以您应该知道,应聘者们竭尽全力地要谋得一个高薪职位。"

赶紧,说点别的。快……或者……直言不讳。

"我不想参加这种测试。"我说着站了起来。

与会者们开始窃窃私语。我居然有勇气与丹克抗衡,我为自己骄傲。在几个星期前,这是绝对不可能的。

我朝座位的方向刚迈出几步，他就叫住了我：

"格林曼先生，您知道法国劳动法对工作中严重过失的定义吗？"

我背对着他，一时僵住了。我没有回答。会议室里突然鸦雀无声。气氛凝重，我无话可说。

"严重过失，"他用恶心的声调说下去，"被定义为职员企图损害雇主的形象。拒绝参与这个测试就是在损害我的声誉，因为您破坏了我在为此而来的团队面前的演示……您不想这样，对吗，格林曼先生？"

我无言以对，虽背对着他，却已面红耳赤。

不需要描述……我完全清楚严重过失的后果：没有解雇补贴，没有解雇的预先通知，更别提带薪假期的津贴了……我得立刻滚蛋，一无所有。

"对吗，格林曼先生？"

我觉得身体定在地上一动不动，像两吨重的水泥。大脑一片空白。

"您想清楚了吗，格林曼先生？"

我还有选择吗？可怕……至极。我一开始就不该拒绝，那么也不会丢脸丢到家了……要脱身，就只有去做他那愚蠢的测试了。我一定要克制自己，放下尊严。来吧……来吧……我莫名其妙地……转过身去。所有的目光都盯着我。我走到那把椅子前，看都不看丹克一眼，安静地坐下，眼睛定定地看着地上的一个圆点。我面颊绯红，耳朵嗡嗡作响。必须振作起来。快，忘记耻辱，集中精神，全力以赴。集中精力。呼吸。是的。就这样。呼吸……平静。

他先是不急不缓，然后开始像打机关枪一样一句接一句地念出计算口令。

"9×12？"

别急着回答。我可不是他的学生。

"108。"

"14+17？"

"31。"

"23-8？"

我尽力放慢回答的节奏。我需要集中精神，恢复体力。绝对必要。禅宗之宗旨。

"15。"

他向与会者们做出夸张的手势要他们来批斗我。我依然不看那些人的目光。我听到轻咳，烦人的嘈杂声，可……没有任何人说话。他一下站了起来，面对着他们。

"现在，轮到你们了！你们必须说出脑海里想到的格林曼先生……不好的方面来。"

我又变回"先生"了。

"安静，"他对与会者们说，"我提醒大家，一定不要说出真相。何况，我们大家都知道阿兰有很多优点。这只是一个游戏，只是测试而已。不要紧张！"

好吧，来吧，现在我是阿兰了。干脆说我是他的哥们儿好了，而且我只有优点。阴险的上司……可怜的无赖。

"你真糟糕！"

第一个批评开始了。

"$8 \times 9?$"丹克赶紧问道。

"72。"

"$47 \times 2?$"

"94。"

"再来，再来。"他打着夸张的手势对大家说道。

他怂恿我的同事们，像将军激励他的队伍走出战壕去迎战敌人的炮火一样。

"你不会计算！"

第二个批评。

"$38 \div 2?$"

我屏住呼吸想要阻止他拼命强加给我的压力。

"19。"

"继续！继续！"

我觉得他像是在对推着抛锚汽车行走的人们大叫大嚷，目的是让他们推到可以发动引擎的速度。

"你不好！"

到目前为止，我对这些批评充耳不闻。他们在说假话，同事们比我还要为难……

"13×4？"

"52。"

"你不专业！"

"37+28？"

"你回答得很慢！"

"65。"

"再快些！别紧张！"他朝大家叫嚷。

"拖沓的家伙！"

"19×3？"

"你做事磨磨叽叽的！"

"太慢了！"

"57。"

"根本不会计算！"

丹克此时得意地笑了。

"64-18？"

"人品很差！"

"你不会计算！"

"不厚道！"

批评声此起彼伏。

我得专心听丹克的问题。忘了他们。别理会他们说什么。

"46。"

"平庸之辈！"

"胆小鬼！"

"反应迟钝！"

"慢了！"

机器超速运转。所有人同时冲我鬼吼鬼叫。丹克赢了。

"23+18？"

"你算不出来！"

别听他们的。想着数字。除了数字，没有别的了。23，18。

"你无能！"

"慢多了！"

会议室里居心叵测的笑声不绝于耳……

"磨叽的家伙！"

"蠢材！"

"算数狗屁不通！"

"你没有机会了，你完蛋了！"

"该死的家伙！"

他们全都成了受到刺激的野兽，张牙舞爪。

"23＋18？"丹克又说了一遍，笑容满面。

"42，不对……"

他笑得更得意了。

"算错了！"

"你不会计算！"

"41。"

"12＋14？"

"你算不出来。"

"你无能！"

"可怜的家伙！"

12＋14，12，14。

"24。26！"

"你越来越无知了！"

"8×9？"

"坏蛋！"

"62。不……8×9，72。"

"你不知道乘法表吗？你很虚伪！"

我完全六神无主了。集中注意力。忘记我听到的。

"4×7？"

"什么都不懂的家伙！"

"你算不出来！"

"你不会！"

"你一事无成！"

"4×7？"丹克重复道。

"无能的家伙！"

"20……8。"

"算错了！"

"你狗屁不通！"

"大傻瓜！"

"大坏蛋！"

"3×2？"

"啊，啊，啊！他不会计算！"

"笨蛋！"

"麻烦的家伙！"

"懦夫！"

"3×2！"

笑声此起彼伏，可怕至极。某些人已笑得前俯后仰。我完全不知道他在说什么了。

"2×2？"

"他不知道2的乘法表！"

"笨！笨！笨！"

"差劲的家伙！"

"没有天分！"

"2×2？"丹克眉飞色舞地重复道。

"呃……"

"2×2？"丹克幸灾乐祸地问。

"糊涂虫！"

丹克突然停止，一下站了起来，让与会者们闭嘴。

"好了，可以了，够了！"

"饭桶！"

"停，可以了，可以了……"

我早已天旋地转，精神恍惚。我感觉非常、非常糟糕。丹克突然有所察觉，瞬间严肃起来。他意识到完全是自己导致场面失控的，也知道会引起什么样的后果。

"结束了，"他说，"大家有点过了……适可而止就好……但我们看到的是，我们在面对一个内心非常强大的人……我们可以让自己变得强大的……不是吗？好，我提议大家给阿兰掌声，为他的勇气喝彩。他经受住了艰难的考验！"

与会者们终结了鬼魂附身的状态，看起来狼狈而尴尬，他们的掌声稀稀落落。我看到阿丽斯眼里噙满泪水。

"我的朋友，好样的！你通过了。"他说。我正要离去时，他猛拍了一下我的后背。

16

我趁机溜回办公室，什么也不做，就等着下班。没有人敢指责我。我来到街上，上了左边的人行道，疾步行走在街头，却不知该去往何方。我需要释放压力。

这次不堪的经历彻底改变了我的人生，我满心怨恨丹克。从今天起，遇到同事们的时候，我要怎样去面对他们的目光？这个无赖当众羞辱了我，他会为此付出惨重代价。我一定要让他知道，如此作弄别人，他会后悔的。

测试的确证明了我缺乏自信，却一反常态地使我强大起来：场面混乱，丹克负有责任。从法律上来说，我无疑会让他忧心忡忡，他应当知晓。千万别惹我……

我收到迪布勒伊的一条短信，然后点燃一支烟，这是他命令我做的。他肯定会帮助我报仇雪恨。可要是他能不再命令我动不动就吸烟该多好啊！吸烟，在我深思熟虑时是很爽的，在我承受痛苦的时候却不爽……

我游荡在巴黎的街道上，反复思量复仇计划。山雨欲来风满楼，厚厚的黑色云层飞速飘过天空。空气闷热，电闪雷鸣，暴雨将至。我快速行走，额头已有汗滴沁出。是因为太用力行走还是愤愤不平？我当然可以起诉他来获得名誉损失的赔偿，可接下来呢？此番遭人蹂躏，如何继续工作？办公室里的氛围让人窒息。我在场的时候，同事们绝对不敢来挑衅了……我要在这样的环境下长久隐忍吗？徒劳无益。

愤怒慢慢退却，取而代之的是辛酸和沮丧。我已山穷水尽。奥黛丽弃我而去的那天，我都没有颓废至此。她是我生命中的一颗流星，给我捎来快乐后就消失在夜色中。倘若她告诉我决定分手的原因；倘若她打我骂我……我都可以接受，可以自责，或者我会觉得她对我不公平，坦然放手……可是她不加解释地突然离去，让我无法翻过此页，无法放手。她的离去让我痛不欲生。一日不见，思之如狂。想到她的浅浅一笑，足以让我哭泣。另一个我已随她而去了。我的身体思念她的身体，我的心灵备觉孤单。

下雨了，烟雨蒙蒙，触景伤情。我还在行走，步伐缓慢。我不想回家。身后是卢浮宫，但我没走里沃利大街，而是进了杜伊勒里公园。暴雨让人们落荒而逃，里面空无一人。我躲在树下，踩到泛滥成灾的泥土上，几片树叶早早凋零，随风飘落。雨水从树叶里一滴滴落下，树木仿若极不情愿让雨水淋湿，因为它们淡淡的木香也被雨水冲走了。我终于在仅有的一个树墩上坐下。命运有时是不公平的。我的童年也许解释了我为什么缺乏自信。不是我的过错，而我却在承受。缺乏自信还不够，还让我被人践踏，我被再次折磨。生活并不眷顾饱受磨难的人们，它让他们承受着双倍的痛苦。

就这样坐了许久，我已融入自然世界里，渐渐地，我被这个地方的氛围吸引了。

我终于起身，本能地朝迪布勒伊所住的小区走去。他是唯一能安抚我的人。

雨水沿着我的脸庞和脖颈流淌。我觉得它是要把我的委屈洗净，连我遭受的耻辱也冲刷殆尽。

夜幕降临时，我已走到他宅邸的栅栏前。窗户紧闭，四周静悄悄，一片沉寂。我立刻断定迪布勒伊不在家。通常他会对我传递一种能量，即使不曾见面，我也能感到他的存在，仿佛他的光晕能够穿越墙壁一样。我按了可视电话。

下人告知我主人出去了。不知道他何时回来。

"卡特琳娜呢？"

"先生，主人不在的时候，她从不在这儿。"

我在小区里溜达了一圈儿，借故不回家，最终在街角顾客寥寥无几的一家小酒馆里随便吃了点儿东西。未能与迪布勒伊会面，多少有些让人失望。我脑中掠过一个想法：假使他也是利用我的弱点来折磨我的坏人呢？不管怎样，我遇到了他，绝处逢生，即使他已完全看穿我的脆弱……这一切再次让我思考他关注我、帮助我的缘由。为什么他要做这些事情？我真的想了解更深，但怎么才能知道？无计可施。

我想到了一样东西。笔记本。里面肯定有答案。可要如何进去又不让他那只该死的狗咬到我呢？应该会有对付办法的……我结了账，买了一份堆在柜台上出售的《回声报》，往城堡方向走去，这次我待在对面的人行道上。我坐在路边的长凳上，打开报纸。四排树木横在我和栅栏之间。我理所当然地认为从那儿既能观察城堡动静又不会被人发现。我想检验一下……我扫了一遍《回声报》，认真阅读有关大中型企业的报道，它们都有相同的野心：提升本企业在股市的价值。我时不时地抬起眼睛看看城堡。没有动静。真是望穿秋水，度日如年啊。将近九点三十分，一楼的灯光亮了。很快，隔壁房间的灯也亮了。我看不到迪布勒伊书房里的窗户，它在另一边，面朝花园。我一直看着，却不见人影。我又读报，但眼睛的余光瞟向窗户。大约半个小时的光景，还亮着。我得找找别的文章来读。正好看到记者渔人写的一篇文章，他又一次质疑丹克咨询的运作策略。他写道："领导缺乏远见。"公司让人如此评论是可悲的，但我却很乐意阅读公司的负面新闻……

漫长的等待。天越来越暗了。车辆渐渐稀少。下午的一场雨淋湿了空气，街上的椴树香气四溢，我终于在长凳上躺下，把报纸当作枕头。我的眼睛不曾离开过城堡。城堡出奇地安静，连远处摩托车不时提速的声音也不会惊扰到它。

十点整，我远远地听到轻微的声响，立刻辨出声音来源：是栅栏旁小门电子锁的声音。细看，却不见有人。但我确定听到电子锁特有的声响……

进屋的门突然开了。我坐了起来，想站起来仔细瞧瞧，又怕被人发现。最好保持这个姿势吧。几秒钟内没有动静，随后，台阶上出现了四个人的身影。他们关上身后的门，然后穿过花园。他们跨过从里面自动打开的小栅栏。是下人们，他们只聊了几句，就散了。其中一人穿过马路，朝我这边走来。我的心跳加速。他看到我了吗？不会吧……我得保持不动。要是他朝我走来，我就闭上眼睛装睡。不管怎样，傍晚时我就来了，他们告诉我迪布勒伊不在，所以我在长凳上等他等得睡着了是合乎情理的。要是他那时就回来了，那就说我去吃饭了，所以错过……我眯起眼睛，一直看着那个下人。他上了人行道后，往左边走，在公交车站的候车亭那里停下。我放松了……继续耐心观察城堡，又是风平浪静。七分钟后，一辆公交车驶来。我看着那人上了车。我有痉挛的感觉。很长时间里，这个地方又恢复了死气沉沉的状态。我身体不适，快要支撑不住了。我最终站起来了，就在这时，一束强烈的灯光照亮了城堡前的花园，如同黑暗大厅里的聚光灯。我趴到长凳上，疼痛难忍。门突然打开，迪布勒伊的身影出现在门口。思大林立马高兴地狂吠起来。主人朝它走去，我听到说话声，看见狗在摇尾巴。迪布勒伊凑近它，片刻之后，思大林围着他跳来跳去。它自由了。此时十点三十分。

狗抬起前爪，迪布勒伊捏着它的脖子，样子十足亲热。他们就这样打闹了几分钟，随后主人进屋了，关了外面的灯，花园又变黑了，狗朝城堡的另一头跑去。

我站起来，全身疼痛，走到公交车站那里，看了一眼时刻表：原本十点十分到达的公交车被告知将在十三分到达，迟到了三分钟。

仆人们离开城堡后，思大林获得自由前，有十七分钟的空隙。十七分钟。这点时间够进入屋里吗？也许够吧……可屋里没有其他下人了吗？怎样进入花园？随后潜入城堡易如反掌，因为窗户在这个季节经常是开着的，但如何能溜进城堡主人的书房又不被发现呢？如此行事非常冒险。我还要收集一下其它信息。

我坐地铁回到住处。刚到家里不过五分钟，布朗夏尔太太突然来访。她怎么这么晚了还来打扰房客？我自问没有惊扰到她……

我不知道是不是因为从早上就开始怨恨丹克的缘故，生平第一次，我对房东怒目相向。她一开始大为吃惊，但丝毫没有退让，反而歇斯底里地要我尊重邻里关系。她的恶劣是无敌的：不管是什么、不管是谁都不能与之抗衡！

17

伊夫·迪布勒伊爽朗的笑声不绝于耳。他一直笑。就连平时无动于衷的卡特琳娜也笑得直不起腰来。我刚给他们讲了地铁上的一幕，我尝试和那个魁梧的黑人保持体态一致，结果失败。

"我没觉着有什么好笑的，就因为你们，我差点儿完蛋了。"

他们没有应声，还在捧腹不止。

"坦白说，该是我来嘲笑你们的！你们的玩意儿根本没有发挥作用！"

两次狂笑的间歇，他用非洲人的口音模仿我对他们说过的话：

"你他妈的一直在耍我吗？"

他们又一次狂笑不止，难以自持。我被感染了，也笑得前俯后仰。

我们身处城堡花园旁的露台上，舒舒服服地坐在宽大的柚木扶手椅里。天气不错，比前一天还要晴朗。夕阳在这幢房子的雕刻石上留下了一抹金褐色。石头积累了一整天的热量开始慢慢散出，一大丛附墙生长的攀援蔷薇也逸出淡淡的花香。

我喜欢这个放松的时刻，因为前一天晚上把我折腾得够呛：就为起来吸支烟，我被吵醒了三次……

我给自己加了些橙汁，费力地微微抬起硕大而精致的水晶长颈玻璃瓶，里面的冰块叮当作响。我们早早吃了晚餐，吃的是味道清淡的泰国菜，由城堡里的厨师料理，菜摆在装饰考究的餐桌上。最为惊艳的是，桌子中间的银盘里装着堆成金字塔状的各味香料。

"事实上，"认真起来的迪布勒伊说，"你犯了两个致命错误。首先，如果我们要与对方保持体态一致并跟随他的动作前，需要给他留点时间，这样他不至于觉得你在效仿他。其次，事实上也是至关重要的一点，你在与别人体态一致时像是在应用技巧，可这并不是技巧！最根本、最重要的是接纳、探索对方的思想。只有你打心眼里想要融入、体会他的世界，设身处地地去感知他的所想，从他的角度去看待世界时，这样做才行得通。这个时候，如果你的愿望是真诚的，体态和对方一致就如同魔力发挥作用，它帮助你向对方靠近，使你能够与之建立联系，而对方也想和你保持关系，于是他接着也会不知不觉地跟随你的动作。但最后，这只是结果，不会成为目的。"

"是的，可我们要体验的这种现象，您得承认确实匪夷所思！"

"当然。"

"好吧，我还试了别的，这一招多少还是行得通的：我想顶头上司所想，于是和他建立了联系，就是卢克·福斯特里。那家伙冷血，过于理性，不怎么喜欢聊天……"

"干得漂亮。"

"您为何这么说？"

"若要融入别人的世界，就得要选择一个完全不同于自己的人，这样才有意义。如此旅行，意义深远……我告诉过你普鲁斯特对此是怎么说的吗？"

"法国作家马塞尔·普鲁斯特？不，我不记得了。"

迪布勒伊背诵道：

"真正的发现之旅不只是为了寻找全新的景色，也是为了拥有全新的目光。"

卡特琳娜赞赏地点头。

一只鸟儿停歇在桌子边沿，似乎想与我们一起分享刚盛在精美盘子里的点心。用鸟儿的目光看待世界，何其滑稽。此时此景，各具特性的动物们的体验也该是天壤之别吧？

迪布勒伊拿起一小片鲑鱼土司，鸟儿飞走了。

"与对方感同身受，"我接着说，"可他的世界并非我所钟情，不一定会有效果。对于我来说，和福斯特里过招举步维艰。我不像他那样热衷于数字、业绩的进展或是公司股票的行情。我强迫自己去聊这些话题，但毫无疑问，我不是缺乏信心就是不够真诚。说到底，我并未觉得他向我敞开了心扉……"

"我理解你不喜欢数字,可我说的不是要你装出热衷于别人的爱好和他经手的事情。不是这样的。原则是:你关注对方这个人,然后试着体会他能在数字中找到的乐趣。这完全是两码事……如此,当你和他的动作保持一致,当你了解他的价值观,当你分担他的忧虑,你便会站在他的立场上体验他的内心世界。"

"好吧。您是想说,我不需要去关注数字,但要追随他的感受,同时告诫自己:'瞧瞧,这有什么结果?关注数字,我们会感觉到什么?'是这样的吗?"

"一点儿也不错!若真如此,你就要乐于体验未知的新鲜事物……此时便会水到渠成,奇迹发生,你们双方身心合一。"

我伸手拿了一块吐司。精心熏烤的薄薄鲑鱼片放在面包皮上,鲜奶油作为点缀,上面插着一小块淋了柠檬汁的芦笋,口感丰满而醇厚。

"还是会有死角,不是所有人都吃这一套。"

"是的,在执行的过程中也会遇到障碍。"

"若要对方敞开心扉,就要真心实意地关注他的为人,那就不可能去关注他的……对手们。"

"恰恰相反,这可是战胜他的敌人们的绝妙方法!拥抱对手,使其窒息。"

"如若厌恶或忍让对方,我们绝不会与他感同身受。"

"的确,可了解他对我们如此言行的原因是融入他世界的唯一方法。一旦我们站在他的立场上,如果只会一味忍受或排斥别人,就无济于事。我们影响不了他。可在他的立场上,能发现他如此行为的原因。倘若他是一个施刑者,那就用他的职业角度去看待局面,你将会明白是什么促使他去施刑。这是你阻止他的唯一希望。拒人千里,无法将其改变。"

"也是……"

"排斥某人,或只是不同意他的观点,就会让他关闭心扉,坚持己见。如果你不同意他的观点,他为何要听你说话呢?"

"所言极是……"

"如果你努力——有时不太顺畅——用他的眼光去看事物,你就会明白他思考及言行的原因。倘若他感受到了别人的理解,而非否定的评价,他或许会听到你的心声,改变立场。"

"应该不会每次都通行无阻吧……"

"当然,但背道而驰永远无法企及。"

"我明白您想说什么了。"

"通常来说,你越想征服某人,他就越百般抵触。你越要他改变想法,他就越冥顽不化。何况,物理学家们早就深谙此理了……"

"物理学家?物理学家和人际关系有何相干?"

"这是力学定律。艾萨克·牛顿证明了当你对物体突然施加作用力时,它也对你产生了反作用力。"

"是的,这个,我还模糊地记得一些……"

"那么,人际关系也是一样的:当你拼命对付某人的时候,如同你向他传递了一种影响、推动他的力量。他有所领悟,并把这股力量反推给你。你推他,他反推你。"

"好吧,那要怎么解决呢?如您所言,我们越想征服对方,就越征服不了,对吗?如果这是真的,那我们究竟要怎样做呢?"

"我们不推,而是拉……"

"同意……具体点儿,解决方法是什么?"

"推,是从我们的立场出发,强加给对方的作用力。拉,则是从对方的立场出发,逐渐与他合二为一。你看,我们的思维还是停留在体态一致上。做到这一步,我们也就融入了对方的世界,至此,他方能改变。可我们的出发点一直都没有变,没有设身处地地去了解对方。"

"你推他,他反推你……"

我低声念叨着迪布勒伊的话,想到每次我都信心满满,最后却是枉费力气。

"而且,逆向行事也是如此。你拼命摆脱冒犯你的人,越避之不及,对方就越得寸进尺。"

这让我想到和布朗夏尔太太之间的过节:我越是抗拒她的声讨和骚扰,她就越不善罢甘休。上一次,我真的动怒了,几乎当着她的面摔了门,她却反推开门,愈发歇斯底里地批斗我……

我向迪布勒伊讲述了那一幕。他安静而专注地听我说完，然后我看到他的眼睛大放异彩。他刚刚一定生出了一个让他引以为豪的想法。

"您找到解决的办法啦？"

"你要做的就是……"

他把他的想法对我和盘托出。

他愈是详细解释，我的脸色就愈发苍白。他也许觉得需要用具体的指令来打消我的疑虑。要我做这样的事，他就变得不可理喻。他要我做的真的难以接受。以前我就很讨厌他指定的好几个任务，但最终还是妥协了。而这一次，老实说，根本不可能去做。真是不敢去想他要我做的事，我快要昏厥过去了。

"不，打住吧。您应该知道我绝对不会去做的。"

我求助地看向卡特琳娜。她也如我一样左右为难。

"你知道你没有选择。"

"您没有运用您的原则。我越是抵抗，您就越不把作用力的关系当回事儿……"

"确实。"

"难道您不觉得过分吗？行我所言，非我所行……"

"对此我有合理的解释。"

"是什么？"

"我的朋友，我有权要求你。既然我有权力，为何我要觉得自己过分呢？"

他对此番言论颇为满意，且面带微笑。他把酒杯放到嘴唇边呷了一口干白，葡萄酒是刚刚开瓶的，杯壁上有一层薄薄的气泡。我喝了点儿橙汁。真后悔告诉他我的邻里关系。是我引起的，之后我却懊恼于他强加给我的解决方案。我可能有点儿轻度受虐倾向……

大雪松的粗大树枝纹丝不动，好像屏住了呼吸。柔和的夜色向我们袭来。高大的梧桐俯瞰着我们，它们的高度足以庇佑我们。不经意间，我的目光停留在卡特琳娜身上，突然傻眼了。它在那儿，她的膝盖上。她一只手拿着它，另一只手拿着铅笔，那本笔记本……

她可能突然撞上我的目光，抑或是无意为之，因为她把另一只手也放在笔记本上，像是要盖住一样。

我脑中闪过一个想法。如果我只是要求看看笔记本呢？不管怎样，我没必要去设想会有什么结果。他们也许会同意的……也可能只是我一厢情愿。

我极力表现出视而不见的样子。

"我看见这本笔记本上有我的名字。我能看看吗？"我边说边朝卡特琳娜伸过手去，"我本来就很好奇……"

她愣住了，没有回答我的问题，却去寻找迪布勒伊的目光。

"千万别看！"后者斩钉截铁地说。

我坚持己见，要么就成了，要么永远别想。别放弃。

"如果上面记录的是我的事情，我看看也很正常啊……"

"导演会在电影上映时给观众看剧本吗？"

"可我在里面不是观众，我是其中一名领衔主演，对我来说……"

"正因如此，我们在表演前的最后一分钟告诉这个演员他要演什么，他才会卖命表演！他的表演也更自然。"

"而我只有提前准备，才能更胜一筹。"

"阿兰，你人生的剧本还没有写好。"

这句话像是停留在半空中，久久不落。卡特琳娜看着她的脚。

我不喜欢这个模棱两可的答案。要表达什么？没有人可以预先知晓命运吗？或者是迪布勒伊，他正在书写着我的人生剧本？想到这儿，我的后背一阵发凉。

我的眼睛本能地看向公馆的正面。二楼，书房的窗户大大敞开着。窗户下，有雕饰图案的檐口延伸至整幢楼房。角落里，石制檐槽直降地面。爬上檐口不是难事，再从那儿翻上书房的窗户……

我又拿了一片鲑鱼吐司。

"说到权力和淫威，我在职场上可是深受其害……"

我对他讲述了前一天马克·丹克亲临的会议以及他的心算测试。他全神贯注地听着。我知道自己可能会被又一次指派完成艰险任务，可我已做好准备去声讨总裁，我需要迪布勒伊给我启发。他不仅有丹克的权威，而且极具天资。

"我要报仇雪恨。"

"可在整件事情里，你怨恨的是谁呢？"

"我觉得很清楚了,不是吗?"
"回答我。"
"您以为呢?"
"是我在提问。"
"当然是丹克喽!"

他慢慢靠近我,眼睛直视我的内心,那眼神足以让一个亢奋的战士偃旗息鼓。

"阿兰,你真的在怨恨谁?"

我真的被他问住了,不得不重新思考这个原本张口就答的问题。我要问问自己的内心,我的真实想法到底是什么。如果我怨恨的不是丹克,那到底是什么呢?迪布勒伊仍然盯着我,眼睛没有离开过。他的眼睛是……我灵魂的一面镜子。我在里面看到了答案,突然一切都明了了。我低声说:

"我知道了。是我屈服于他的淫威……是我没有赢得他那卑鄙的测试。"

花园的寂静让我觉得压抑。的确,我怨恨的是自己,怨恨一而再再而三地遭人蹂躏,但是我仍然要把这个责任算到丹克的头上。我对他恨之入骨。

"都是因为他,一切因他而起。不管用什么办法,我都要报复他。只要我一想起……"

"啊!报仇,又是报仇!整整十年,但凡有人不成全自己,我就只会想到报仇!那我要报复多少次?看到我的敌人们痛苦不堪时,我要幸灾乐祸多少次?让他们为自己的行为买单时,我要窃喜多少次?……直到有那么一天,我发现这一切全是枉然,了无意义,特别是……我在为难自己。"

"您为难自己?"

"当人们周密安排报复计划的时候,你会看到,他们理所当然地会传递出一种跃跃欲试的能量,然而这种能量是负面的、极具破坏性的,能让他们跌至低谷的。他们一直耿耿于怀,不能成熟……何况,还会滋生其他……"

"是什么呢?"

"倘若我们报复某人,是因为他为难过我们。报复时,我们绝对要以牙还牙,对吗?最终我们会像他一样,用他对付我们的招数。"

"那是当然……"

"所以赢家还是他：他把整人秘笈成功传授给了我们，即使不是有意为之。他把我们推进苦海，他也置身其中……"

我从未想过这一点。坦白说，他的分析……让人困惑。要是我伤害到了丹克，就说明他还在左右我……何其恐怖！尽管我一直盼着这一天，却又不能暗暗地报仇雪耻……

"你知道，"他继续说，"这个世上的战争终有减少的时候，那就是人们放下仇恨的时候。看看巴以战争吧。每个阵营的人们一心想为被敌人杀害的兄弟、表妹或是叔叔报仇雪耻，于是战争延续，每天带来更多的杀戮……报仇。报仇永无止境，既然我们不能让这些深陷痛苦的男女们忘记逝去的亲人，就让他们放下……仇恨吧。"

身处城堡花园这个风平浪静的避风港中，提及战争让人感觉怪异，甚至不合时宜。花园的气息沁人心脾，参天大树遮风挡雨，这种梦寐以求的平静已让我忘却近在咫尺的喧嚣城市。

但事不关己高高挂起……中东地区若能放下战争，自然是好事；而原谅丹克，想都别想……

"您说人们拼命报复是在为难自己，我同意。可忍气吞声，就我个人而言，也是在为难自己！"

"你的愤怒产生了一种能量，一种力量。你可以将其重新定位，并加以利用，让它助你一臂之力。而报复留给你的只有摧毁。"

"您的话很动听，可我具体要怎么做？"

"首先你必须说出心声，要么告诉此人你怎么看待他对你所做的事情，要么写成文字。"

"写成文字？"

"是的，比如你可以给他写封信，发自肺腑地说出你所有的怨恨，然后把这封信扔进塞纳河里任其浸湿，或是将其烧毁。"

我觉得他好像回避了什么东西……

"这有什么用？"

"过滤为难过你的积怨。必须让它们离你而去，你懂吗？这样你才会进入到第二个阶段。只要你还在愤愤不平，你就只会想着报复，你会停滞不前。

上帝微服出巡时

你周密计划,念念不忘你的怨恨,那就前进不了。你的情绪干扰着你;必须将其释放。写成文字,你就释然了。"

"第二个阶段是什么?"

"第二个阶段,是利用因恨而生的力量来做事,比如去实现你从未敢做的事情。做些积极的事情,其实会让你大有裨益。"

他描述的画面让我浮想联翩。我一直想改变公司的状况,想身体力行地去提些建议,而不是一再感慨公司的恶性发展,更不是和阿丽斯反复悲叹。

我要亲自会会马克·丹克。他在前一天发生的那一幕里走错了一步棋,这让他面对我时谨言慎行。我要利用这一点:他不会一下子回绝我的想法,他会强迫自己倾听我的发言,对此我有信心。我要让他看到我写的东西,让他听到我的想法。我想用文字和语言来检验一下他的反应。完事之后,我会损失什么呢?

突然我又愁眉不展了。为什么丹克要任由一个毫无自信的人来摆布呢?他那么强势,现在应该很看不起我吧……

我把想法和疑虑都对迪布勒伊和盘托出。

"显然,自信为我们在职场中走得平顺起到了推波助澜的作用。"

我不知道说什么好。

"您对我承诺过,会让我拥有自信。"

他一言不发地看了我一阵,然后端起一杯水,杯子是水晶高脚杯,精美绝伦。他把杯子举到藏红花堆成的金字塔上方,慢慢倾斜。我始终看着精雕细刻的水晶杯,里面的水澄清透亮。

"所有的人都有与生俱来的自信,"他说道,"随后我们接受来自父母、保姆、老师的点评……"

一滴水滴落在金字塔塔尖上,宛如放大镜,过分放大这种名贵香料的每一颗橘红色微粒。水滴似乎不想离去,随后寻寻觅觅,方见道路,沿坡加速而下,直落到金字塔底部。

"若是运气不佳,"他往下说,"他们全都会批评、指责,让我们重视自己的不足、错误以及失败,于是无助感和自我批评就深深印在我们的思维习惯中。"

迪布勒伊再次慢慢地摇晃杯子，第二滴水落在同一地方，它也不忍离去，最终走了第一滴水走过的路。第三滴水也是如此，但比第二滴水快速。几秒钟后，一条沟壑的形状已经出现，水滴们急速滚落，每落下一滴水，沟壑就深了一些。

"久而久之，一丁点笨拙的言行会让我们难堪，无关紧要的失败会让我们质疑自己，毫无意义的批评会让我们乱了阵脚，丢了分寸。大脑习惯于消极应对，每经历一次，神经元之间的联系就加强一次。"

毫无疑问，我的情况就很典型，他所说的一切都对应我的人生经历。所以我是生活的牺牲者，被父亲们遗弃，被母亲镇压——她从来都不觉得我好。还有，直至今日，虽已成年，我依然在为这个不能选择的童年付出代价。父母亲早已不在人世，而我却还在承受着他们教育的负面影响。当我意识到绝望会让我的自信丧失殆尽时，我开始感到彷徨无助……

"可以摆脱这个魔咒吗？"我问道。

"其实，人生不会就此作罢，可也很难摆脱。要付诸努力……"

他歪着头，在金字塔塔尖上滴了一滴水，他朝水滴吹气，改变它滚落的方向。水滴缓慢地流出一条直达底部的沟渠来。

"尤其，"他继续说道，"我们会即刻强迫自己记住付出的努力。因为我们的思维极其依赖习惯，就算是这些习惯使人受累，也可忽略不计。"

他在小山丘的顶上再滴了一滴水，水滴沿着原来的沟壑迅速滚落。

"你必须要做的，"他说道，"是……"

他继续像刚才一样吹气，刚滴落在塔尖上的水滴不得不重新取道，逐渐滚落出新的沟渠。一会儿，他停止吹气，滴下的水滴却依然沿用这条新的道路。

"……是改变思维习惯。一有负面情绪就想想让人提升境界的东西，直到新的神经元的联系产生、加强、占据主导。这不是一朝一夕就可以做到的事情。"

我的眼睛从未离开艳丽的橘红色金字塔，现在水滴在上面滚出了两条深深的沟渠。

"我们不必消除思维的坏习惯，"他说，"但可以加进新的习惯，使其植入脑中。你知道，我们不能改变别人。我们只是给他们指出道路，然后让他们走这条路。"

我寻思自己到底有多么缺乏自信……有朝一日，我能否自信满满，从容应对各种批评？我能否把这股内心力量锻炼得无懈可击？因为欺负我的人只会从弱者下手。

"那么，鉴于我的问题，您有什么提议吗？"

他放下水杯，给自己又倒了一点干白，随后平静地往后靠着扶手椅。他呷了一口酒。

"首先，你得知道，我要交给你一个你需要在……一百天内完成的任务。"

"一百天！"

并非完成任务的期限让我惧怕，而是如此漫长的时间里，总被迪布勒伊呼来唤去……

"是的，一百天。我刚刚给你解释过：我们不会即刻就能拥有新的思维习惯。假如你在一周内完成我指派的任务，对你起不了任何作用，毫无意义。只有长久地不断重复，才会在你身上发挥作用。"

"是什么任务？"

"很简单，可对你来说是新鲜的。每天晚上，你用两分钟来回顾刚刚逝去的一天，记下三件你已经完成并且引以为荣的事情，不管是在哪里完成的。"

"我不确定是否每天都会有精彩表现……"

"不是要你有精彩表现，不是的。可以是些微不足道的事情，不一定要在办公室里。可能是你忙忙碌碌时，扶一个盲人过马路；可能是你告诉商贩他算错账，多找了你零钱；或是你对某人说了你认为他好的地方。你看，这完全可以是些鸡毛蒜皮的事情，只要能让你为自己骄傲就可以了。何况，不一定非要你去做什么：你可以满足于自己的反应方式，以及感受到的东西。在通常会让你生气的状况下，你从容以对，便足以骄傲……"

"我明白了……"

又有几许失落。原本以为他会给我指派一个更为重要、更加复杂的任务……

"可是……您真的认为这样会帮助我锻炼自信吗？这任务好像简单极了……"

"啊！我清楚地看到你不是纯正的美国人！你掩藏不了身上的法国血统

……法国人都会觉得，一个主意一定要很复杂，否则他们就会认为想法单一！也许就因为这样，这个国家里的一切事情都极其复杂。在这里，法国人喜欢动脑筋！"

他的话让我想起他的口音，我从不知道他来自何方。

"其实，"他接着说，"没有让你瞬间拥有自信的秘笈。你应该把我指派给你的任务视为一个小小的雪球。我从山顶推它，要是你一直陪着它滚落，它可能会越滚越大，而最终你会积极面对人生，你的变化如雪球一样滚滚而来。"

我深信：自信是平衡我诸多事情的关键。锻炼自信会让我拥有阳光人生。

"这个任务，"他继续说道，"会让你意识到你所做的好事，你随时都会拥有成就感。渐渐地，你就学会了重视自己的优点、价值观以及所有让你成为好人的事情。你会慢慢感受到自己的价值，直至你确信不疑。从那时起，任何攻击、批评、谴责都不足以击倒你。它们离你远去，你甚至可以大度地原谅、同情你的敌人……"

我仍不能想象自己会去怜悯马克·丹克。或许这也就意味着路漫漫其修远兮，吾将上下而求索……

迪布勒伊起身。

"走吧，我送送你。天晚了。"

我告别卡特琳娜，她像看实验室里的动物一样看着我。她跟着他。我们从花园绕过城堡。黑夜来临，城堡里平添了几许神秘。

"修缮如此规模的房屋和花园很费事吧？我明白您为什么有很多下人了。"

"没有他们的确很难维护。"

"可要是我家里有这么多人，我会觉得不自在。他们白天黑夜都在吗？"

"不。他们全部会在十点离开。晚上只有我一个人看着这地方！"

我们靠近那棵大雪松，低矮的树枝像是在暗处抚摸着地面，长长的枝条上针叶密布，柔和的夜色中松香阵阵。

我们一言不发地一直走到高耸的黑色栅栏前，弥漫在城堡里的平静让人不安，却无法逾越栅栏。

思大林虽躺着，却死盯着我，也许伺机来撕咬我。我突然看到它身后不只一个窝，而是四个，排成一条直线。

"您养了四条狗？"

"不，是思大林自己有四个窝。每天它会择窝而憩。除了它自己，没有人能知道它会睡哪个窝。它很可能是个偏执狂……"

有时我真觉得自己进了一家疯人院。

我转向迪布勒伊。街道路灯的光线照得他面色惨白。

"我还想知道一件事。"我说，寂静就此打破。

"什么事？"

"您关心我，我心怀感激，但是我想拥有……自由。您何时收回我的承诺，对我放手？"

"你会拥有自由的。"

"告诉我是什么时候。我想知道期限。"

"你准备好了的时候，就知道了。"

"别玩欲擒故纵的游戏了。我现在就想知道什么时候结束。不管怎么说，我还是主要当事人……"

"你没有当事，而是被牵连了。"

"您看，您还在玩文字游戏。当事和牵连，不就是一回事儿吗，难道不是吗？"

"不，完全不是一回事。"

"好吧，咱看看照您的理解有什么区别？"

"是肥肉摊煎蛋。"

"可您在说什么？"

"大家都知道，瞧瞧！肥肉摊煎蛋里，鸡在当事，猪则是被牵连了。"

18

先生：

给您写信是想告知您，我对几天前发生在自己身上的事情极度不满，您竟然在公司招聘处的成员面前，对我进行测试。我尊重您的职位，需要告诉您我对此次测试的感觉：我恨您，您是个混蛋，混蛋，混蛋，混蛋。我恨您，我咒骂您，我憎恨像您一样的人，您是个可怜虫，无赖，还是个该死的笨蛋。

感谢您的关注，顺致敬意。

阿兰·格林曼

19

晚九点，我推开楼房的门，手里拿着信。满街的椴树香气漂浮在夜晚的空气中。我下了台阶，走到埃蒂安的跟前。他靠墙而坐，看着天空，似在沉思。

"今晚气候温和。"

"我的孩子，就该是这样的天气。"

我沿着人行道边行走，然后把信扔进经过的第一个下水道口中。"好啦，寄去他家里吧。"

我静默地行走在巴黎街上，一直走到地铁站那里。蒙马特的优势就是高居山丘，所以人们会觉得虽是在巴黎却非身处城市。城市将人们吸入，大都市的噪音和污染将其掩埋，人们看不清城市的外围。不，在蒙马特，正好相反，天空总是与我们相伴左右，我们自由呼吸。蒙马特高地仿若一座村庄，峰回路转时，我们会隐约看见下面的城市，遥不可及，沉沉坠落，于是突然会觉得云层近在咫尺，而巴黎的喧闹却远隔千里。

九点四十分，我来到迪布勒伊的家门口，找到那把熟悉的长凳。连今晚已有三个晚上我在他的宅邸前暗暗观察。我终于不再躺着了，而是小心翼翼地戴了一顶遮到眉毛的无边软帽，从远处看不易被人认出。

刚坐到长凳上，这个地盘主人的黑色加长奔驰车就出现在了街道上。它停在栅栏前，弗拉蒂急急忙忙地下了车，绕着车子转了一圈，然后打开后车门。我看见一个妙龄女郎从车上下来，紧接是迪布勒伊，他拦腰搂住女子。这是一位棕发女郎，短发下面露出光滑细腻的颈背。短裙，长腿美人。她的步态妩媚动人，但许是高跟鞋的缘故，步履……微微有些踉跄？她靠着迪布勒伊的脖子。我听到她的笑声，醉意十足，应该豪饮了不少吧……

他们走进城堡，上了几级台阶，随即消失在房子里。从窗户可以看到房间的灯被一盏盏打开了，接着，像前几天一样，我听到小门振动器的声响。十点零一分。我一直盯着大门，等待着下人们出来。五十五秒钟后他们出现了。和前几天一样，将近二十秒的时间里不见动静。人行道上同样的告别仪式，散开之前聊上几句。乘公交车的那个下人穿过马路。十点零九分，公交车抵达，比正常时间提前了一分钟。现在极为关键：迪布勒伊会在多久后放开思大林？我十指紧扣，但愿他能遵守和前几天一样的时间表：十点三十分准时放狗。

我的视线游离在城堡大门和手表之间，每分每秒，我翘首以盼，却又忧心如焚。十点十八分，门厅的灯亮了，我的心抽紧了，紧张地等待着他来开门。我一直盯着。没有动静。接着另一盏灯亮了，这一次是书房里的灯，我如释重负。十点二十一分。十二分钟前公交车就走了。我放松了警惕。没发生什么。十点二十四分。还是没发生什么。十点二十八分。没有动静。十点三十分。现在我竟然期待着相反的事情发生：迪布勒伊尽快出现。我计划要来的那天之所以淡定自若，是因为他守时地放开了思大林。门打开的时候是十点三十一分。我松了口气。迪布勒伊接连三天在同一时刻放狗，时间也就相差一分钟左右。习惯使然。

第二天我没有去打探。那天是星期五，可能所有的安排到了周末会有所变化。我只需计算好平时的时间就行了。

我等待一切结束，然后起来去乘地铁。默默行走时，我看着地面，思绪纷扰。手机响了一声，我回过神来。有条短信。是他发来的。即使红袖添香，他也没有把我遗忘……我拿出他指示我吸的烟，边走边点。其实我更想呼吸夜晚浸透着街上树木湿润的温柔空气。不想吸烟时，他却命令我吸，我开始反感了。

我反复回想这一天发生的事情。今天我有什么可骄傲的呢？来看看……一定要有三件……引以为荣的事情。那么，首先，我骄傲于能勇敢地在晚六点走出办公室。从前，即使早已无事可做，我还是得和大家一起待到七点。还有……想想，哦，对了，我骄傲于在地铁上给一位孕妇让了座位。最后，我骄傲于刚才做了一个不容更改的决定，就是不再去没完没了地打探迪布勒伊的那本笔记本：星期一晚上，准确地说是七十二小时后，我会知道里面的内容。

20

接下来的那个夜晚辗转难眠。我被四次抽烟命令吵醒。最难以忍受的那次是在凌晨五点钟。为了在房间里闻不到烟味，我走到窗旁吸烟，迷迷糊糊，冷得冻僵了。烟味令我作呕。迪布勒伊命令我每日要吸足足三十多支香烟，我开始厌倦了。我终于对惩罚我的任务短信反感了。吃饭时，我惊奇地发现自己吃得越来越快了，生怕被吸烟的任务打断。讨厌的手机短信铃声嗡的响起时，我立刻就想恶心呕吐，之后我的手极不情愿地伸进口袋里拿出这包该死的香烟。

因为是星期六，我睡到十一点，补个觉，昨晚上睡很晚。淋浴完后，我精神抖擞地饮着咖啡，吃着刚在小烤箱里加热的维也纳式点心，这是我前一天就买好的。热气腾腾的羊角面包香味飘荡在整个屋子里。要在平时，这会刺激到我的食欲的。

星期六一直是我喜欢的日子。就这放松的一天，预示着另一天，第二天，也同样如此。而今天却很特别。我害怕。这种隐匿的惧怕随时袭来，哪怕毫无头绪，它依然隐隐存在，让我的胃拧成一团。我选择今天对布朗夏尔太太执行迪布勒伊指派的任务。我的确需要摆脱她，而且越早越好。一个小时后，我就不会再去想她了。可是，从现在起的一个小时里，我必须鼓足勇气……

所以，咀嚼羊角面包的时候，我惴惴不安，只有咖啡的热度传送至喉咙之时，我才稍微放松了一下。我饮完最后一滴咖啡，并非咖啡味道醇厚让我欲罢不能，而是我欲将决定命运的时刻向后推迟。

我终于起身，光着脚丫穿过房间朝小音响走去。我差点拔出一直插在上面的耳机，随后改了主意。我特别不想给她留下一个合理控诉的理由，而且我根本不需要音乐，可还是觉得要它来增加氛围。我甚至还要调皮点儿……脱掉衣服。看看，看看……我能放什么……不，不是这首……不是这首……好啦：回放"性手枪乐队"从前的贝斯手演唱的《我的路》。弗兰克·辛纳屈[①]写的歌被重新演绎，由重金属摇滚乐手们翻唱，我拿了耳机，耳塞很大，包住耳

---

① 弗兰克·辛纳屈（1915-1998），美国传奇巨星，被誉为"白人爵士歌王"。

朵，足以让人与世隔绝，让人觉得世上唯我独在。我戴上耳机。席德·维瑟斯[1]粗犷的嗓音从耳机里传出。

第一段却是出奇的平静。我调大音量，扭动身体，把耳机线拿在手里，就像歌手拿着麦克风的线一样。突然电吉他猛然奏响，我开始随节奏摇摆，光脚丫直跺地板。歌手的声音从四处传出，仿若是要把歌曲吐出。忘了邻居，再次调大音量。更来劲。任音乐播放吧。闭上双眼。来吧。与音乐融为一体。音乐在我心里，身体里。摇摆，跳跃，舞蹈。畅快淋漓。放下所有。跳起来，感受一切……

显然，这般折腾也有几分钟了，后来我发现伴奏没有跟着节拍……一下又一下的敲击声不是耳机里传来的，尽管我已融入音乐，可仍然知道敲击声从何而来……

我扯下耳机，竖起耳朵听屋里的动静，心烦意乱。耳朵还在嗡嗡地响，我刚刚让它们受累了。

敲门声突然再次响起，声音越发急促。她不是敲，而是砸了。

"格林曼先生！"

决定命运的时刻真的来临了……

"你推他，他反推你……逆向行事也是如此，"迪布勒伊说过，"你越避之不及，对方就越得寸进尺……"

"格林曼先生！开开门！"

我僵住了，瞬间疑虑重重。如果迪布勒伊错了呢？

敲门声越来越急。她怎么可以这么讨厌？我本该热舞时从地板上蹦起五六次。她应该从自己屋里听不到什么大的声响……她的确是想毁掉我的生活。怎么会有这么龌龊的女人！

我怒不可遏，一下子脱了羊毛套衫，再脱了T恤。我光着上半身，光着脚丫，只穿着牛仔裤。

"格林曼先生，我知道您在家里！"

我向门口走了一步，随即停下。心跳加速。

来吧。

---

[1] 席德·维瑟斯（1957-1979），上世纪70年代英国朋克乐队"性手枪"的贝斯手。

我脱下牛仔裤,把它扔到地板上。迪布勒伊真的疯了……

"开门!"

她的声音蛮横而愤怒。我走了几步,离开那扇门。我恐惧万分。

现在。

屏住呼吸,我让衬裤一直滑到地板,然后将其扔到角落里。赤身裸体应对如此局面,可怕至极。

"格林曼先生,我知道您听到我说话了!"

加油。

我伸手去拉门把手。不能相信自己正在做什么。我已然不是我了。

按下门把手时,她又猛敲了三次。我感觉自己正奔赴刑场。我往里拉开门。才微微开了一点,凉快的穿堂风就拂过睾丸,仿若提醒自己是全裸出镜的。百般折磨。

那句话。一定要把那句话说出来。还要愉快地说出。来吧,现在退却已为时太晚。

我打开房门。

"布朗夏尔太太,真高兴见到您!"

这分明是她人生中的致命一击。她一袭黑衣,灰白头发盘成发髻。她肯定使劲靠在门上,以便猛烈敲击,因为门打开的时候,她险些摔倒。她往后退了一下,瞬间凝固了。她怒目圆瞪,面红耳赤,张口结舌。

"请进,欢迎您的大驾光临!"

她呆若木鸡,嘴巴张着,面对赤裸的我,竟说不出一句话来。

在我的邻居老太太面前一丝不挂是何其残忍,而她的反应却让我欢欣鼓舞。我还想再调皮一点儿。

"请进,您来和我喝一杯吧!"

"我……我……不了……可是……先……先……先生……我……可是……我……"

她如泥塑木雕般一动不动,脸色绯红,结结巴巴地挤出几个听不懂的词,眼睛一直看着我的生殖器。

她用了几分钟的时间来理清思绪,含糊不清地道了歉,后退着离去了。

她再也没有回来控诉噪音。

上帝微服出巡时

21

星期天，清晨六点。短信铃声把我从睡梦中惊醒。没有比在睡梦中被吵醒更让人难受的了。我疲惫不堪。这是夜里的第三条短信。可怜。筋疲力尽了。我甚至都没有力气起床。我躺了很久，强迫自己睁着眼睛，拼命不让自己再睡着。他的短信如同噩梦！

我艰难地坐在床上。没有睡好，头脑昏昏沉沉。我受不了不分白天黑夜地随时随刻都得吸烟了。苦难遥遥无期。我懊恼地朝床头柜转过头去。

世上唯有这包烟壳红白相间的香烟让人惧怕。丑陋，难闻。

我伸手抓到它，从里面抽出一支烟来。没有勇气起身走到窗子边，活该受烟味折磨。我把烟头和烟灰弹在纸巾里，这样睡着时也闻不到烟头残留的难闻味道。

我抓到火柴盒。极小的盒子，饰有埃菲尔铁塔的图案。第一根火柴在我麻木的手指间断成两截。第二根窸窣作响，擦出渺小的火焰，还散发出独特的气味。这是我在迫不得已吸烟前唯一拥有的短暂快乐。我用火柴点烟。火苗舔舐着烟头，我吸了一口。烟头红了，一团烟雾被吞入口中，进入到颚、舌头、喉咙里，味道苦涩而浓烈。非常浓烈。我迅速吐出这团难闻的烟雾，口中残存着浓烈的味道，闻而生畏，令人作呕。

吸进第二口烟。烟雾波及我的气管，肺热了。咳嗽。干咳使舌头上的味道更加刺鼻。我想哭。不能再这样继续下去了。不能了。已经超出了我的承受范围。停止。可怜……

我诚惶诚恐地看看周围，寻找可以释放压力的东西，目光最终落在帮助那个卑鄙家伙传递消息的东西上：我的手机。迪布勒伊的短信……迪布勒伊！我紧张地伸手抓到电话。按电话键盘，扫了一眼收到的短信。眼睛刺痛，难以阅读。我最终找到发短信的电话号码，犹豫了几秒钟后，我按了绿色的拨出键。手机拨出那个号码。心跳，我把电话放在耳边等待着。沉默，接着是嘟声。响了两次。三次。他接电话了。

"你好。"

迪布勒伊的声音。

"我是阿兰。"

"我知道。"

"我……我受不了了。不要再随时给我发短信了。我……我快要崩溃了。"

沉默。他不做声。

"求求您别让我吸烟了。我一点儿都不想吸烟了,您听到了吗?我受够了您要我吸烟。别让我吸了……"

再次沉默。至少他理解我的处境吧?

"求求您……"

他打破沉默,声音异常平静:"好的。既然你这么要求,那就别再吸烟了。"

我还没有说谢谢,他就挂了电话。

如释重负,我心花怒放。深呼吸。空气珍贵而轻盈。清晨六点,我再次沉沉睡去,连做梦都在微笑!

满心欢喜,却要抑制。放手享受。我转向床头柜,这是生命里最后一支烟。

22

我期待会一会马克·丹克,迪布勒伊一开始却拒绝帮我准备这次会面。"我不了解你的公司,你想要我教你对他说什么呢?"他回绝道。我再三坚持,他才为我指点迷津。

"对你来说,难在哪里?"他问我。

"这家伙很虚伪,动不动就对职员横加指责。如果别人有求于他,或者指明公司运作不良,他从不正面回应,而是反唇相讥……"

"我明白了……那么当他无理指责你和同事们的时候,你们怎么办?"

"我们没有任由他横加指责,而是努力向他证明这些不公正的责备是错误的……"

"因此,你们拼命为自己辩解,对吗?"

"是的，当然要辩解。"

"所以，累的是你们！"

"我不明白……"

"面对不合理的指责，尤其不要辩解，否则就钻进了圈套！"

"也许吧，可是您要我们怎么做呢？"

他莞尔一笑。

"折磨他。"

"真滑稽。"

"我没有开玩笑……"

"您只是忘了一个小细节……"

"什么？"

"我不想丢掉工作。"

"像中世纪时宗教裁判所的法官们一样行事吧。当他们准备惩罚某人、执行残忍的酷刑时，会说什么？"

"我不知道……"

"我们要让他经受提问的考验。"

"经受提问的考验？"

"是的。"

"可这和我的老板有什么关系？"

"面对横加指责，问他问题，以此来折磨他……"

"具体说，是……"

"与其为自己辩解，不如对他提问，迫使他为自己辩解！一刻不停地问。由他说出为何横加指责，而不是由你证明他的指责是无理取闹！换言之，累他。"

"我懂了……"

"让他防守。问他是什么允许他这样指责，别让他躲在综述后面：深度挖掘，要求他详细解释，要求他用事实说话。倘若他是个伪君子，那么他会丑态百出……你知道为什么吗？"

"您说。"

"这里面最绝妙的是：你根本不需要挑衅。如果你干得漂亮，轻而易举就将他拿下，你对他说话的语气听起来也格外尊敬。简而言之，你迫使他为自己绝对……无懈可击的指责而辩解。"

"听起来不错……"

"如果你干得漂亮，以后会耳根清净的……"

我和马克·丹克的秘书通了电话，约了会面时间。他的秘书，因为——很少见到——公司的秘书是个男人，恰恰又是个年轻有为的英国人，叫安德鲁。聘用他时，所有人都大吃一惊。丹克分明是个大男子主义的人，我们情愿想象他挑选一个妙龄女郎，穿着超短裙，袒胸露肩，极富挑逗，听他使唤，经验丰富，这样既能伺候好他，又蠢得可以满足他作为雄性动物的征服欲。

可是他对秘书的选择绝非偶然：我猜这与他的农民出身和自学成才的经历有很大关系。这位英国秘书陪他应酬，举手投足间优雅大方、文质彬彬、卓尔不群，完全弥补了老板形象上的不足。他就像是用以点缀蛋糕的樱桃，说话言简意赅，英国口音纯正：天生就是用"阁下"称呼的阶层。他一出现，老板立显尊贵。美中不足的是他说话时会犯几个阴阳词性的错误，却不减魅力。

那天早上，我故意迟到了五分钟，这五分钟的时间足以向丹克传递一个信号：我不会任由他摆布。安德鲁接待了我。

"我得让您稍等一会儿，"他说，口音浓重，"丹克先生还没有准备好接见您。"

正常……他用时间更长的迟到来回应我。在法国，时间是权力的象征。

安德鲁让我坐在红色的皮沙发上，沙发上方是洁白无瑕的墙壁。办公室很大，的确可以有会客区域。另一边，是年轻英国人的办公桌，铺了一层与沙发相配的红色皮革，整理得井然有序。没有一张乱放的纸。

"您想来杯咖啡吗？"

他的问话让我多少有些吃惊，他应该是从白金汉宫里走出的人，昂首阔步，只会为客人呈上装在中国瓷器里的茶水，而此时出现却不合时宜。

"不，谢谢……哦，好吧，我想来杯……"

安德鲁恭敬地听着，然后朝办公室的一个角落走去，那里放着最新款的圆底不锈钢咖啡壶。咖啡流到杯子里的时候,咖啡壶响了一会儿。一滴咖啡不巧溅到干净的不锈钢壶面上。安德鲁立刻拿出抹布擦去咖啡印迹,那动作迅速得如同壁虎一伸舌头就捉到蚊子一样。不锈钢咖啡壶瞬间锃亮如新。

随后他谨慎地把杯子放在我面前的茶几上。茶杯是正红色的,精致漂亮,设计却略显浮夸。

"请用。"他说完悄然离去。

"谢谢。"

安德鲁坐到办公桌前,专心阅读文件。他笔直地坐在扶手椅上,头颅高昂,只有眼睛会垂下阅读文件。现在他的眼睑呈半闭状态,不时拿起一支黑漆钢笔在文件的边缘写点儿什么,之后放下文件,准确无误地放在同一位置,与桌边成直角。

漫长的几分钟后,隔在我们中间的丹克办公室的门突然打开,像侦察兵用肩一下把门撞开似的,连同总裁也被撞进了屋子中间。

"这份报告是谁写的?"他大声训斥道。

"总裁先生,是阿丽斯写的。"

处事不惊的安德鲁答道。老板的暴怒并没有在他平静的脸上引起一丝变化。他堪比詹姆斯·邦德,就算身边所有的东西都爆炸了,他连一绺头发也不会轻轻扬起。

"可这是不可能的!她犯的错误比她的屁股还大!交给我这蹩脚的报告之前,让她好好读读记录!"

他把文件扔了,纸张散落在秘书的办公桌上。秘书拾起文件,片刻之后,办公桌又井井有条了。

我不知说什么好。

丹克朝我转过身来,对我伸出手,他瞬间平静,面带微笑。

"您好,阿兰。"

我跟他进了他的殿堂。场地宽阔,屋子中央放了一张庞大的三角办公桌,桌角对着访客。他坐到桌后,给我指了指对面的扶手椅。他的举止与众不同,让人不悦。

窗户半敞着,街道的喧嚣却很遥远,仿若他不允许喧嚣进入大楼的最后一层似的。我们可以从房顶上看到协和广场上方尖碑的最高点,远处,是凯旋门的顶端。轻风拂面,颇为凉爽,却没有香气。是纯粹的空气。

"景色很美,不是吗?"他看着始终望向窗外的我说道。

"是的,景色不错。只可惜歌剧院街没有树木,"我回应道,打破了沉闷气氛,"要是楼下有绿色树木,就会芳香四溢……"

"这是巴黎唯一一条没有树木的街道。您知道为什么吗?"

"不知道。"

"奥斯曼应拿破仑三世的要求,不在这条街上栽种树木,因为设计歌剧院的建筑师如此要求,建筑师不想有东西妨碍人们从杜伊勒里宫①欣赏他的作品。建筑的美感是不应该受到任何遮挡的。"

一只苍蝇飞进屋里,围着我们旋转。

"您想见我。"他说。

"是的,感谢您的接见。"

"不客气。我能为您做什么呢?"

"好吧,我想让您知道,我们可以改善公司里的一些事情。"

他微皱眉头。

"改善?"

我说服他的策略就是融入他的世界,拥护他追求"效率"、"赢利"的价值观。他的嘴里只有这两个词。他所有的决定都以此为基准。我会拼命证明我提出的要求正是效力于他的价值观的。

"是的,既为大家谋取福利,又可增加公司赢利。"

"这两件事很少兼容。"他微笑着说道。

他重磅出击了。

"除了感觉良好的职员会如鱼得水……"

苍蝇停歇在办公桌上,他用手背驱赶。

"要是您在我们公司里感觉不好,阿兰……"

---

① 亨利二世去世后,其遗孀卡特琳·德·美第奇撤出卢浮宫后另建的新宫,位于卢浮宫以西250米远。

"我没有这样说。"

"别激动。"

"我没有激动。"我说，尽力表现得平和，可心里已经想把他扔到窗外去了。

也许他是故意曲解我的话，然后打败我呢？

不要回答。用问题来折磨他，问题。

"可是，"我反问，"我觉得职员感觉良好会如鱼得水，而您却以为我在公司里感觉不好，这二者之间有什么关系呢？"

他沉默了三秒钟。

"我觉得这是明摆着的事，不是吗？"

"不，您把我的话理解成什么了？"我问道，努力使语气变得诚恳。

"那么……业绩不好，就不要找其他原因了……"

"可我的……"

别为自己辩解。提问。心平气和地提问……

"谁业绩不好？"我再次反问。

他面露愠色。苍蝇停在他的钢笔上。他又在拍苍蝇了。随后换了话题。

"好吧，那么您告诉我：据您看来，我们能够改善的事情是什么呢？"

我赢了第一局……

"是这样的，首先，我认为应该在我们部门招聘第二个女助手，缓解凡妮莎的工作。她一直很忙，我们觉得她在超负荷工作。因此这个人可以替我们打报告。我算过，我们这些热衷工作的顾问们用将近百分之二十的时间来打面试应聘者的报告，鉴于我们的平均小时工资率，这对部门来说根本无法赢利。要是有第二个助手，她可以用速记法记下我们想写在报告中的东西，重新起草，随后将报告打出来。我们可以利用这个时间来做一些只有我们才能做的真正有用的事。"

"不，所有的顾问都要打报告，这是规定。"

"而我质疑的就是这个规定……"

"如果安排合理的话，打报告不会占用很长时间。"

"可是这份工作让一个工资率更低的人来做才算合理。顾问最好利用他的时间来为公司赢利。"

"说到点子上了,在你们部门招聘一个额外人员会降低部门的赢利。"

"恰恰相反,我……"

别辩解……对他提问。

"此人凭什么降低赢利呢?"我问道。

"这显然会增加部门的工资总额。"

"可是既然顾问们腾出时间来争取新客户又维护了老客户,他们就会增加业务数量。最终我们是赢家……"

"我不认为这样会增加业务数量。"

"您为什么这么想?"

"大家都懂得一个道理,越闲越懒。"

提问。保持心平气和……

"大家?大家是谁?"

他用了几秒钟来寻找字句,眼睛从左看到右。

"不管怎么说,我,我就是知道。"

"那……您从何而知?"

苍蝇停在他的鼻子上,他粗暴地驱赶它。

"我明明就知道!"

"啊……您有类似经历吗?"

"是的……我还……没有经历过,但是我很清楚会发生什么。"

为了不给他机会指责我无理取闹,我努力装出老实巴交的样子,都快成乡巴佬了……

"如果……没有经历,您怎么知道呢?"

假如我没有看错的话……好像他的额头已经沁出几滴汗珠,无论如何,他的回答差强人意。

"您刚才说的越闲越懒,"我乘胜追击,"是什么意思?"

"我,这不一样,"他还没有回复就爆发了,"听着,阿兰,我觉得您太猖狂了!"

我们终于到了这一步……我要慢慢折磨他。

上帝微服出巡时　139

"猖狂？"我说，随即平静地往后靠向扶手椅，"可是那一天，您在所有人面前说我缺乏自信……"

他愣住了。一朵云飘来挡住太阳，办公室突然不见天日。远处，一辆救护车疾速行驶，鸣笛响彻街巷。

他终于有了呼吸。

"听着，阿兰，言归正传。您要求调整人事安排：等你们部门的业绩达标了，我们再来重新谈论招聘新助理的事情！"

"是的，当然，当然，"我回答道，深受启发，"可是……如果只有招聘了这名助理之后我们才能达到目标呢？"

他神情倨傲。

"您是鼠目寸光。我，用公司发展的战略眼光来看待问题。我无法增加工资总额……您没有考虑到所有的因素，您不能理解……"

"我确实很难站在公司的策略角度上来看待问题，因为公司的职员也并不了解……但是您知道，我是个乐天派。我认为，整个公司都需要做出改变才能发展。难道不该想想吗？"

"阿兰，您忘了一件事。非常重要。我们公司现在上市了。市场盯着我们。我们不能胡作非为。"

"招聘助理是帮助公司发展，这是胡作非为吗？"

苍蝇在我们周围盘旋。丹克拿起放在办公桌上的一只玻璃杯，把里面的液体朝一株绿色植物泼去，杯子还留在手里。

"市场只会根据现有结果来预测未来。投资者们不会等着去了解招聘助理带来的长远好处。如果我们发放更多的薪水，股票就会下跌。这是连锁反应。人们用放大镜观察着我们。他在看着我们。"他边说边指向一张报纸。

我看见丹克视为眼中钉的记者——渔人，报上是他的照片，文章报道了我们公司的股票，还附上标题：虽有潜力，仍需努力。

苍蝇停在桌上，丹克眼疾手快地用杯子将其罩住，苍蝇被关进了监狱。他脸上闪过一丝变态的微笑。

"我觉得我们的确是股市的奴隶……倘若后退一点点，会有什么影响呢？不外乎公司的股票短期内上涨或下跌。我们可以听之任之，不好吗？"

"您这样说是因为您未持有公司股票！"

"可即使是像您一样持有股票，归根结底最重要的是，如果公司发展得好，股票早晚都会跟着上涨……"

"是的，可我们不能让股票下跌，即使短期下跌也不行。"

"为什么？"

"因为会有被公开出价收购的风险，您学过经济，应该了解。不是吗？我们的股票只有上涨，才能避免被另一家公司收购，上涨时，想要收购我们的公司就要付出昂贵代价来买进必要数量的股票才能控制我们。正因如此，股票在股市里必须不停地上涨，甚至上涨的速度还要超过我们的竞争对手。"

"既然存在这样的风险，何苦还要上市呢？"

"为了让公司快速发展。如您所知，一家公司上了市，就可筹集到所有想成为股东的人的资金。如此一来，便为项目提供了资金。"

"是的，所以接下来公司就不能为其良性发展做出合理决策了，因为必须要维持股票的上涨行情，事与愿违……"

"我们要应对的正是这些担心。"

"可我们失去了自由！福斯特里说过，今年我们不能在布鲁塞尔开设分公司，原因是去年的赢利不得不作为红利分给股东们，他们可不想减少投资次年应得的收入。"

"是的，可这是另一回事儿，与股票的行情没有关系。这只是股东们的要求。"

"为什么？如果我们为了公司的发展把钱用在刀刃上，虽然今年没有赢利，可明年就有了，不是吗？"

"我们有两位重量级股东，他们要求公司每年赢利12%，以股息的形式返给他们一半以上的赢利。这是正常的：红利就是股东们的报酬，是他们为公司投资应得的。"

"可如果他们的要求不利于公司的发展，他们大可耐心等待一两年，不是吗？"

"不会等，他们看不到我们的难处。他们为公司投资，不一定是长远打算。他们想尽快获得投资的回报，这是他们的权利。"

"可是这样会又一次逼我们做出不利于公司的决定……"

"就是这样。我们没有选择：真正的衣食父母是股东们。"

"如果他们的目的只是短期投资，那么毫无疑问，短期内他们也会重抛股票，他们根本不在乎公司的长期发展……"

"这就是赌博。"

"赌博？可这不是赌博，而是事实！来公司里上班的是活生生的人！他们及其家人的生活部分地指望公司的良性发展。您竟然说这是赌博？"

"那您希望我说什么？"

"所以，说得简单点，我们不仅是股市的奴隶，还要满足股东们的荒唐要求，而他们却有可能半途而废……您不觉得我们在瞎折腾吗？显然，我看不出上市的任何好处。不管怎样，无需上市您也可以发展公司，不过是每年再次投资上一年的赢利而已。"

"是的，可不会这么快。"

快，快……我为之愕然。理解不了这种追求速度的偏执。为何总是这么火急火燎的？更何况，这能带来什么呢？赶路的人都死光了？

"只是后退一步而已，快速发展能有什么好？"

"会趁对手们安营扎寨和我们持久对抗前一统天下。"

"否则呢？"

"否则就会增加和他们瓜分市场的难度，我们的业务进展也会受到阻碍。"

"可是我们用踏实的良性发展来改善服务的质量，就会拥有新客户，不是吗？"

沉默。至少丹克问过自己这个问题了？

"那是极其漫长的过程。"

"但……有何不可？我不认为这会妨碍我们踏踏实实地做好工作。"

他抬头望天。

"说到时间，此时您正占用着我的时间……我还有别的事，我的时间不是浪费在高谈阔论的……"

他开始整理办公桌上堆积成山的文件，不再看我一眼。

"我觉得，"我没话找话，"后退一步……总是有用的，问问……股东们的感受也未尝不可……"

"感受？"

"是的，我们为何拼命，这会带来……"

苍蝇在倒扣的玻璃杯里打转。

"不需要从他们那里寻找感受，不需要。您认为生活需要感觉，是这样吗？最强大和最精明的人不需要为此发愁，就是这样。只有他们拥有权力和金钱。而一旦我们拥有权力和金钱，也可以实现生活里的全部梦想。这不复杂，格林曼。其余的，全是夸夸其谈。"

我看着他，陷入沉思。怎能相信只需一秒钟的时间就可以变得富有、强大，坐享完美人生？谁会因为开上保时捷就自欺欺人地以为自己是幸福的？

"我可怜的阿兰，"他继续，"您绝对不会知道何时适于把握权力！"

我的确觉得自己在热衷权力的人面前是个天外来客……我甚至还有些好奇。何况，迪布勒伊不是要我站在不同人的立场上去感受他们真正体会到的东西吗？

"当您做到的时候……您感觉到……强大？"

"是的。"

"那么……要是您做不到的时候……会感觉……"

丹克脸红了，我想仰天大笑，却没有刻意为之。现在我脑海中浮现的画面是一个生意人叱咤商界却难掩生活里的性无能。

"好吧，不管怎样，"他往下说道，"关于助理，答复是不增加。您还有别的事儿吗？"

我给他讲了其他想法，却没有一个征得他的同意。我并不因此而诧异，现在我明白他的职责和"赌博"的规则了。

这次，我还有最后一个要求解释的——请求。

"我在报纸上看到公司铺天盖地的招聘启事。"

"是的，的确如此。"他说道，难掩得意洋洋的神情。

"可是，目前他们没有给我指定更多的招聘任务……这是怎么回事？"

"别担心，很正常。"

"很正常，此话怎讲？"

"相信我，我向您保证，其他同事也和您一样，您没有受到不公正待遇。任务是平均分配的。到此为止吧，阿兰，我得和您告辞了，我还有工作……"

他说到做到，言毕就拿起办公桌上的一份文件。我却没有要走的意思。

"可为什么没有给我指派更多的任务呢？没有道理。"

"啊……阿兰，您总想打破沙锅问到底……您应该知道像我们这样规模的公司，是不会四处张扬公司决策的。也就是说，不是因为我们刊登了招聘启事，就真的会有职位提供……"

"您是说我们刊登的是……虚假招聘？提供虚假职位？"

"虚假，虚假，您的话过了！"

"可为什么要这么做？"

"看来，您完全没有战略眼光，格林曼。我已经浪费了一个小时来跟您解释，对我们而言，股票日益上涨是决定公司生死攸关的关键。您应该知道市场不仅仅对公司实际的业绩有反应！也会有一部分心理因素。您想想吧，看到丹克咨询刊登在报纸上的招聘启事，对于投资者们来说是有安慰作用的。"

我转不过弯来。

"可这不诚实！"

"必须出奇制胜。"

"您为了顾及公司颜面而刊登虚假招聘，让股票上涨？可……应聘者们要怎么办呢？"

"严格说来，他们毫发无损！"

"可是他们花了时间寄出履历表，写了求职信……"

他叹气却不做答。

"还有，"我继续说道，"他们越是申请了有难度的职位，精神状态和信心受到的打击就越大！"

他抬头望天。

"阿兰，您想去为失业者服务的组织里工作吗？"

我瞬间不敢说话了，刚刚听到的一切让我备感震惊。就此而言，我不能理解他竟能无视他人的命运，就算他们只是陌生人……

我终于站起来，转身离去。无论如何，我没有得到什么。也不必留在这里。他的决策缘于不符事实的逻辑,也不会因为发自肺腑想要改善的意愿而改变。

我走出两步,停下了。我如此诧异于他竟可以这样对待生命,他几分钟前对我描述的人生理念和我想要拥有纯洁心灵的愿望一样毫无意义。

他怒形于色,眼睛仍然盯着文件,又专心阅读了。

"丹克先生,这一切……真的让您……感觉幸福吗?"

他神情怪诞,仍旧默不作声,仍在阅读文件。给我的时间已经过了。可能这也是生平第一次有人问他这个问题。我好奇地看着他,也许融入了一丝怜悯。我再次离开,沉默地走过宽敞的办公室,厚厚的机织割绒地毯盖住了我的脚步声。我走到门口,转身关门。他一直在看文件,可能已经把我遗忘。而我觉得他的目光是呆滞的,表情也是奇怪的,许是在沉思吧。之后,他的手慢慢地靠近玻璃杯,将其轻轻抬起。

苍蝇随即飞出窗户,仓皇而逃。

23

当天晚上,我乘坐公交车去往城堡。心里很矛盾:读到迪布勒伊笔记本里写的东西,这个念想呼之欲出。我深信可以从笔记本里了解到他关注我的更多原因;还有就是惧怕,惧怕深夜潜入到一个白天就让人过目不忘的地方,惧怕被抓个正着……

尽管晚点,公交车上依然人满为患。一个小老太坐在我的右边,一个小胡子则坐在对面的座位上。我的脚踩在塑料袋上,里面装着在街角肉店里买的一只大大的羊后腿。十多分钟后,生肉难闻的味道渗进公交车内部的热流中。刚开始时,这股味道淡淡的,但转眼变得浓烈,实在令人作呕。小老太偷偷瞄了我几眼,公然转朝另一边去。小胡子则茫然凝望着我,眼里还是流露出了一丝反感。我差点起身换位,随即又改变了主意:这只羊后腿就是我平日里带着的《秘闻》……我无需介意别人的目光。生活是奇妙的:每时每刻都给予我们机会成长。

于是我仍坐在座位上，尽量放松，努力摆脱羞愧感。不管怎么说，带羊后腿坐车是允许的……

我为自己做出的决定而自豪，同时想起每天一定要记下三件引以为荣的事情。看看，看看……今天可以记下什么呢？和丹克的会面，那是当然！虽然一无所获，可我仍鼓起勇气去面对他，他攻击我时我居然做到了不为自己辩解。我甚至觉得迪布勒伊建议的提问攻略对他多少有些困扰。我有可骄傲的东西。

小胡子现在一脸狐疑地盯着我的塑料袋，也许在绞尽脑汁地想里面会装着什么。可能他会猜测我拖着几块尸体漫游巴黎……

我在城堡前的那一站下了车，想把最后几百米的距离走完。公交车很快离去，引擎的声音也随之远去，小区再次恢复平静。空气温润，街上树木淡淡的芳香也若隐若现地漂浮在空气中，树木仿若等待着夜晚的降临，以便呼出微弱的气息。我边走边想接下来的任务，反复推敲每一分钟要做的事情。

九点三十八分。我会在二十二分钟后实施第一个行动。我穿了深色运动服，方便行动，在暗处也不会被人发现。

离城堡越来越近，惧怕也渐渐袭来，我开始怀疑自己。历经千辛万苦也要读到这本笔记本，这样做对吗？我肯定不会被抓住吗？冒这样的险不是真的疯了吧？惧怕让我诚惶诚恐，但还有另一种更强烈的惧怕，更让人忧心：我敢肯定迪布勒伊对我隐瞒了什么。否则，他为何闪烁其词？他平时可是心直口快的！为何不回答我的问题？我一定要弄清究竟，从此不再胡思乱想，安稳度日……

九点四十七分，我抵达行动现场。离关键时刻还有十三分钟。我在街道对面的长凳上坐下，把塑料袋放在身旁。小区空无一人。盛夏时节，大多数住户必定远走高飞，酣畅度假。我做深呼吸来缓解压力。

他的府邸正面阴暗无光。最近处的路灯光线微弱，在惨白夜色中，更显阴森。闹鬼的城堡。只有对着楼房的大厅窗户里灯火明亮。

九点五十二分。我起身。胃拧成一团，我慢悠悠地斜穿过马路。现在我必须待在门口旁边，没有藏身之处，不知会不会被路边的行人发现。

九点五十八分。不要再耽搁了。围着花园的栅栏绕了一圈后，我停下佯装系鞋带，随后返回。十点。没有动静。我开始数门上振动器发出声响的秒数。我急速行走，心跳也随之加速，我看看周围，确定只有自己一人。不到十秒,我已站在黑色大门的前面。我急忙从口袋里掏出一小块长方形的金属片,这是前两天在巴黎市政厅百货公司的木工专柜买到的。我侧耳倾听:无人。推门,门微微开了。我蹲下,把东西放在对着门框的地上。它在侧面难以立稳,我松开门,心抽紧了,看着门轻轻关上。它撞到长方形金属片上,金属摩擦时发出特别的声音,不太像平时听到的关门声。我再次推门,长长地舒了口气,门开了。长方形金属片的厚度足以阻止锁舌在锁横头处啮合。我再次松开门,走了几步,确定没有旁人出现,于是穿过马路。还没有坐到长凳上,就听到台阶上的说话声了。下人们离开了屋子。他们来到街上,似乎没发现什么异常。好极了。他们很快就散了,其中一人像往常那样朝公交车站走去。十点零六分。目前,一切进展顺利。公交车四分钟后就会抵达。

一位妇人牵着狗出现在对面的人行道上。我远远地看到她点着的烟头在暗处勾勒出弧形。她的伙伴,一条气喘吁吁的小京巴,慢腾腾地跟在身后,每走二十公分,就停下用鼻子嗅嗅味道,浅黄褐色的长毛到地面拂去了灰尘。妇人吸了口烟,烟头红了,她耐心地等着小狗,后者正欣喜若狂地嗅着路上的东西。

十点零九分,公交车即刻就到。散步的妇人妨碍我潜入城堡了。运气不佳……小区里唯一登场的女住户该挪挪地方,让我一个人待着……

现在她走到公馆的栅栏旁,不时催促她的狗。狗正嗅着人行道上有特殊气味的地方。她轻轻提了提遛狗的绳子。从远处看,她像是在拖着一把扫帚。北京犬根本不睬主人,用力靠在地上,把生气的小脑袋藏进前爪下,赖在地上不走了。嘴里叼着烟的女主人妥协了。

十点十一分。公交车迟到了。那个下人一直在等车。我也一样。可即使公交车现在到了,妇人也得花至少足足五分钟的时间让她的小狗让开道路。留给我的时间不多了。我要把任务往后推迟……

我正想着羊后腿的味道可能还会保留到第二天,就听到公交车引擎的嘟嘟声。公交车靠站的一刹那,奇迹发生了。妇人双手抱起狗,朝公交车跑去。北京犬的头轻轻摇动,像极了七十年代人们放在汽车后窗的塑料狗在摇晃着脑袋。她准时上了公交车。车门在其身后关闭,公交车即刻启动了。

我还没有回过神来……所以还有选择,但要当机立断。十点十三分。

十七分钟后,迪布勒伊会来放他的看门犬……我应该有时间。行动吧。

我猛地站起,穿过马路。门口停留片刻,全身心清醒。按了一下门,如我所料,它开了。我溜到里面。思大林立刻起身,狂吠着朝我扑来。我轻轻闪开,我知道链子在哪个地方会紧紧拽住它。我把手伸进塑料袋里,指头滑过冰冷而黏腻的羊肉,使劲抓住它。终于一把抓住大骨头,把它从袋子里拿出,挥舞着,如同耍弄着一根粗木棍。我蹲下示意它安静,伸出胳膊,把肉给它递去。思大林立马不叫了,一口叼住羊肉,满是口水的獠牙撕咬着生肉。我轻言细语地表扬了它两三句。我敢打赌它肯定会接受这份难以抗拒的礼物,还会跟我混熟。就算是条狗,也可收买。我匆忙把袋子揉成一团装进口袋里,随后在裤子上擦了擦弄脏的手。

不能沿着城堡的墙角走,否则路过开灯房间的窗户时会被发现的。于是我钻进花园边的灌木丛里,神速地绕着园子跑了一圈。

总算到了另一边,我跑得气喘吁吁,可眼前的景象却让我傻眼了:二楼没有一扇窗户开着,没有人在意温暖夜晚紧闭窗户可能导致室内温度增高。只有一楼开了几扇窗户,其中就有大厅的。这样可冒险多了……十点十九分。还有十一分钟。去碰碰运气吧。

我钻出灌木丛,就这样无遮无拦地奔跑着穿过花园,一直跑到房子那里,心跳。靠近了,听到音乐……迪布勒伊在听钢琴曲。拉赫玛尼诺夫的奏鸣曲。他把音量调得很大……我有救了。

我喘了会儿气,胃拧作一团,我溜进屋内。

香气袭人,空气中漂浮着女人的香水味,倾倒众生。一种……魅惑的……香水,今夜,城堡的主人有佳人作伴……

铿锵有力的钢琴声传到大理石地面的大厅里,我置身其中。巨大的枝状吊灯并未打开,它的水晶流苏却从各个方位反射着外面的微弱光线。客厅的门应该是开着的,因为大理石地面上投射了一束光线,像一个长长的黄色带状物,如同影院的聚光灯只是照亮舞台放映电影的地方一样。

难度系数提高,穿过大厅上楼梯时我会被发现的……我该放弃吗?千辛万苦,目标近在眼前。

就在此时,怪事发生了:钢琴走音,紧跟着一句听不懂的咒骂。是迪布勒伊的声音。停顿两秒后，音乐重新奏响。原来他不是在听曲，而是在弹琴！这倒是我未曾想到的。

香水……

她也许是客人，也许会看见我……可他在为佳人奏乐，她一定是看着他的。身为唯一的听众，只会注视弹奏钢琴的人。

要冒冒这个险……

我没怎么想就迈出了步伐，本能使然，或许是勾人魂魄的香水所致，我亟不可待地想见见香水的主人。

心抽紧。我蹑手蹑脚地朝楼梯走去，每一步都逼近险象环生又让人欲罢不能的客厅入口，门开着。拉赫玛尼诺夫跌宕起伏的音乐，千头万绪，又激昂澎湃，响彻城堡，每个音符的跳跃都直击我的心底深处。我慢慢往前移，每走近一公分，客厅的能见范围就大一些，我心跳加速，他有力的双手在琴键上奏出了激情昂扬的旋律，震撼人心。

装饰线脚的天花板高高在上，下方的客厅气派宽敞，面积很大，气氛热烈。颜色艳丽的大尺寸波斯地毯覆盖着斜纹套环方格木地板。高高的木书柜贴着墙面，见证了几个世纪的变迁，里面尽是深色皮革包装的古书。

我缓慢前行，目光所及之处暂时无人出现。红色天鹅绒沙发，和床一样宽的靠背椅，金黄色的螺形托脚几，托脚雕饰图纹极其丰富，高高的巴洛克风格镜面，历代主人的巨幅油画肖像，用明暗对比的色彩来表现人物，使每个时代的主人的面容于黑暗中浮现。一张黑色长桌，桌角所对之处，均配有一把黑色软垫的扶手椅，做工精致的椅背高达两米。两盏巨型水晶枝状吊灯没有打开，可每张几案、每张桌子、每个角落，都放了烛台，上面是长长的蜡烛，趾高气昂地挺向空中，摇曳的烛光在黑漆的桌子和……琴面上舞动。钢琴……

穿着深色西服的迪布勒伊背对着我，坐在琴键前面，双手游走于钢琴长长的键盘上，奏响了拉赫玛尼诺夫的奏鸣曲。他的前方，一位金发女郎侧卧于黑色三角钢琴琴键上方平行的琴面上……一丝不挂。玉腕枕香腮，玉肘托玉腕，她望着弹奏钢琴的那个人，目光冷漠。她的风情万种让我目不转睛，我就这样凝视着她，美若天仙，冰肌玉骨，婀娜多姿……

时间就此停留，许久之后我才发现此女子的眼睛是望着……我的，她静静地望着我。我慌神了，汗毛倒竖，生怕被发现，这双与我对视的眼睛让我……心烦意乱，毛骨悚然，她一直看着我。我僵住了，不能动弹一下。

为不被发现，我做足了准备：穿了黑衣是为了隐藏在黑暗中。我从未被人这样执着地注视过，有种异样的感觉。女子的眼睛深不可测，即使在陌生人前赤身裸体，她也淡定自若，高调张扬，而看她的人却心慌意乱，她望着我，眼神几许挑衅。

只要能闻闻她肌肤的香味，我就愿为其倾尽所有……迪布勒伊的指头在黑白键上疯狂跳跃，撼人心魄的琴声响彻整座城堡。我感觉，也深信，她不会出卖我。她目不转睛，静如止水，我瞬间意识到她对突如其来的事情根本不屑一顾。

终于战胜了自己，我抽身而退，一步步向后走，她可能觉得自己赢了，不再看我了。

我蹑手蹑脚地登上高耸楼梯的一级级台阶，心潮澎湃，她的模样总是浮现在脑海中。身体各个官能逐渐清醒，我看了眼手表。十点二十四分！还有六分钟，思大林就会被放了……赶紧！

我到了走廊，钻进暗处，动作迅速，走廊上瞬间寂静无声。将熄灭的烛台在墙壁上投射出模糊的影子，像是在挂毯上作了画，凄凄惨惨。

又一次走音，又一声咒骂，音乐随即重新奏响。快，书房！我推开门，溜进去，胆战心惊。

笔记本立马跃入眼帘，放在长长的裁纸刀旁，刀尖总是对着访客，让人望而生畏。我冲将过去，心脏狂跳。还有不到四分钟的时间。真的是疯了……快。

我拿到笔记本，走到窗户旁，想借惨淡的月光看看里面的内容。碰巧翻到了笔记本的正中。从进入一楼起，拉赫玛尼诺夫的悲曲就没有停过，愈发让我战战兢兢。笔记本像是一本记录心得的日记本，内容以手写，每个更新的段落都以一个加粗的日期开始，还用横线重重划过。我手忙脚乱地翻着，里面满是直击心灵的片断，可惜不能阅读完毕。

七月二十一日——阿兰责备旁人限制了他的自由，却未意识到是他自己妥协的……之所以妥协是因为他认为必须要迎合旁人的期望，才能被人认可。

受妥协心性的影响，他甘为阶下囚……

阿兰强迫自己融入别人的世界时，他的心理定位是怀疑……

每个段落都是与我及我的性格有关的评论。我觉得自己是实验室里的动物，被研究者用放大镜观察着。

我往回翻书页。突然，心慌意乱。

七月十六日——阿兰在车流中匆忙下了计程车，他摔门而去，显然是真的完成了规定的超难度任务。

所以我的确是被人跟踪了……我的直觉是对的……他也许知道此时我就在这里？……想到这里，我不禁打了个寒战。

我继续快速地往回翻书本。突然察觉到钢琴声停了。城堡寂静无声，扰人心绪。

最后一次，我一下翻了十来页，时光倒流，当目光停留在那篇文章上时，我心跳停止，血液凝固。

第一次遇到迪布勒伊那天，我在埃菲尔铁塔上企图自杀。我永生难忘那一日，因为那天我痛定思痛，担惊受怕又惭愧万分：那天是六月二十七日。

而我看到，记录始于六月十一。

24

我呆若木鸡，笔记本还在手里，突然听到窸窸窣窣的声响。我转身，惊恐万分，看到门把手正在旋转。

慌乱之余，我把笔记本扔在写字台上，藏到了厚厚的窗帘下。也许是白费心机，恐怕他们早已知道我在里面了……

窗帘虽然厚实，但布料的纹理并不紧密，我隐约可见屋内动静。最怕看见来人发现我。

门轻轻开启，有人往里伸头仔细打探。是那位妙龄女郎的面庞。我惶惶不安。她应该满意打探后的屋子，因为她推门而入时依旧是一丝不挂。她优雅地跷起脚尖踩在厚厚的地毯上。

她径直朝我走来。我屏住呼吸。她在写字台前停下，我透了口气，既释然又失望。她在黑暗中找寻东西。我离她不到一米。她俯到桌上，双乳微微抖动，她去拿笔记本……我闻到她的香水味了，她性感诱人，让我欲火燃烧。我只想伸手抚摸她的肌肤，俯身亲吻……

她推开笔记本，弯腰去拿一个长方形盒子。打开盒子，她拿了一根粗粗的雪茄。

盒子打开，她便离去。我失望至极。随后她转身朝门走去，纤纤玉指夹着献给城堡主人的雪茄。

我等了二十秒才开始行动。二十二点二十九分。要是迪布勒伊利用女郎拿烟的空隙去放看门犬呢？……怎么办？要么碰碰运气，要么整夜藏在城堡里，到了清晨狗被拴起的时候再走？

钢琴又奏响……我松了一口气。赶快，别磨蹭了。直接翻过窗子。我打开窗子爬到外面。较之书房内沉闷的空气，外面的空气清新宜人。身处二楼，却感觉天花板的高度和一楼是等高的，我在离地面四米多高的狭窄檐口上站稳了，双臂交叉着前行，如同梦游的走钢丝杂技演员。我努力不去想那些袭上心头的不堪过往……我得走到楼房的拐角，然后紧紧抓住房子边缘，顺着檐槽滑下去。匆忙绕着花园的外围跑了一圈，到了可以看到狗窝的地方，我舒了口气：思大林仍被拴着，还在啃着骨头。看见我突然从茂密的树丛中走出，它立刻站了起来，竖直了耳朵。我轻轻呼喊着它的名字，试着让它安静，以免惊扰整个小区。它不能自控地低声嗥叫，仍目露凶光，下垂的嘴唇抖动着，露出可怕的獠牙。它死死盯了我好一会儿，才重新坐到骨头前。忘恩负义的东西。

城堡里的一盏灯开了。快！我朝小门冲去，拉门，可是……锁住了！门又被死死地关了起来，锁舌与锁横头啮合了。我的长方形金属片滑到地上，就在眼前。进来时，我松开了门，没有想到狗会来弄门。

我落入陷阱了，如瓮中之鳖。被逮住以前要分秒必争地逃走。我心急如焚，紧张得无法呼吸，又恨自己无可奈何。没有其他出路！花园的栅栏无法逾越，三米多高，上面的铁片锻造成了标枪状……旁边没有栽种一棵树，也没有一堵矮墙，没有……我的目光停留在思大林身上。它晃着脑袋，嘴里叼着玩耍过的骨头，白色獠牙在黑暗中闪闪发光。它的身后，四个硕大的狗窝排成一条直线，不偏不倚，只是……在栅栏下面。

我无话可说。

迪布勒伊说过，职场里的强者不是见谁都欺负的。那……狗呢？如果一开始见到思大林，我就迎刃而上，那它是否也会放过我？倘若我镇定自若、闲庭信步，甚至是……自信满满，它会如何反应呢？

这是逃走的唯一希望……

心里有个小小声音在对自己呐喊，低声告诉我必须面对这次考验。长方形金属片显然是偶然掉落的，而最偶然的意外，爱因斯坦说过，似乎也都是事有必然的……我有预感，生活给予我这次考验是要我抓住机会前进，如果机会失之交臂，惧怕也许会把我折磨至死……

惧怕……思大林对我虎视眈眈。什么时候它对我的敌意会因我看它的眼光而消除？我惧怕是因为它的挑衅，还是……它的进攻？我有勇气面对并战胜惧怕，朝思大林走去吗？常言道：勇士只死一次，懦夫死前已死多次……

我深吸夜晚温润的空气，不断清除残留在肺里的空气。我再次吸气，释然地长吁一口，双肩、肌肉、身体的每个部位完全放松。每次吐气都让我越来越轻松，越来越平静。片刻之后，我注意到连心跳的速度也放慢了。

思大林是一位朋友，一条友好的狗……我很好……感觉不错……相信自己……也相信它……我喜欢它，它也喜欢我……一切顺利……

我继续行走，无视狗的存在。我满脑子想的都是狗窝的颜色、柔和的夜晚、清净的花园……

我看都不看它一眼，可余光里还是见到它抬起了头。继续前进，现在我的注意力及思想都集中在此处一些不起眼的东西上。我自信而从容。最终我轻轻跨过狗窝。亲爱的狗安静地待着。我翻过栅栏，溜到对面的马路上，消失在夜色中。

25

  一个月以来，我让陌生人支配着自己的生活。我以死誓约。自己到底在期盼什么？期盼迪布勒伊信守诺言，让我变得自由而快乐？可顺从别人的意愿又怎能自由呢？此等谬论连自己都难以理解，他关注我，让我体会到了被人重视的幸福，于是我遮住了脸，蒙住了眼。直至今日我才意识到我们的相逢绝非偶然。我不明白他为何如此。

  迪布勒伊在埃菲尔铁塔上救了我一命，我当然可以理解为他操心我的人生：救人一命，胜造七级浮屠。难以抗拒的东西让你开了头，也会让你一直关注救过的那个人。然而怎么解释相逢之前他写的那些关于我的记录呢……

  我百思不得其解，终日心烦意乱，难以放下。心情抑郁，夜不能寐。白天也都在紧张、忧虑、无助中度过，总担心会突然发生什么。

  从此我满脑子想的都是他说过的交易条件。

  "你必须遵守承诺，否则……你不会活着。"

  我沉默以对，努力遗忘。而现在突然回想起这番话，仿若意识深处的回旋镖飞去又飞回。

  我的人生完全被这个男人操控着。

  此后，我还知道自己被人跟踪。障碍繁多，生活难以步入正轨。无论置身地铁、超市，还是悠然坐在咖啡厅的露天座上观望行色匆匆的巴黎人因害怕失去而忙碌奔波时，你总要提防暗处有人正监视着你。

  起初，我养成了新的习惯，比如最后一刻离开地铁，在地铁关门前的一刹那，或者从紧急出口离开电影放映厅。但思想得不到释放，这些小动作只会让我担惊受怕。我终于决定放弃。

  接下来的日子里，我没有迪布勒伊的任何消息，他未曾让我平静，而是让我不断思索，问题越积越多。他知道我闯入城堡了吗？那晚我被跟踪了吗？那位裸体女郎告诉他我去城堡了吗？把我和他联系起来的那个约定要如何生效？他会……还我自由，抑或，恰恰相反，再强加给我更多压力？我觉得他不是那种轻易让步的人……

星期六，我白天在巴黎游荡，设法忘记自己深陷错综复杂的迷局中。不经意就走到菜市场狭窄的街道上，这里保留着中世纪时期的建筑，它们东倒西歪。我自忖圣灵做了什么才能让它们屹立不倒。我站在孚日广场的拱廊下，萨克斯演奏的爵士舞曲响起。我在蔷薇街遛达了一小会儿，然后进入这条街上一家原汁原味的犹太人糕点店。该店还存有几百年前的气息，魅力丝毫不减。蛋糕刚从旧烤箱里出炉，香味扑鼻，让人想把它们全部买下。离店时，我买了一份热气腾腾的苹果馅饼，迫不及待地吃了，继续游荡在老街的石板路上，与周末出来逛街、热情洋溢的人为伍。

　　夜幕降临，回到小区时已是筋疲力尽，但我心满意足，虽然疲惫，这却是行者保持身体健康的秘方。

　　来到两条光线暗淡、人迹罕至的街道交界处时，我感觉到有只手搭在我的肩上，我惊跳了起来。转过身，竟是弗拉蒂站在跟前，高大魁梧的他俯看着我。

　　"跟我来。"他语气平静，不再多说什么。

　　"为什么？"懊恼的我急忙反问，目光扫视着周围，除了我和他，没有旁人。

　　他根本不回答，而是用手指了指停在人行道上的奔驰。除了手，他的身体仿若磐石，一动不动。

　　我没有力气全速奔跑。喊叫解决不了问题。

　　"您只要告诉我一下为什么。"

　　"迪布勒伊先生的命令。"

　　他的话简洁得不能再简洁。我明白再也问不出什么了。

　　他打开车门。我没有动。他也不动，静静地望着我，眼神里没有任何挑衅的意味。我最终还是情非所愿地上了车。他关了门，声音沉闷。车里只有我……十秒钟后，车开动了。

　　我的座位又舒服又柔软，此时惧怕变成了沮丧。我听之任之，如同被警察抓回的逃犯，已经习惯了开着有篷货车亡命天涯，而这里却安逸舒适。一路上我哈欠连天。

　　弗拉蒂打开收音机。音乐让人回到旧日音乐厅的氛围中，而音响里传来的高音歌声刺人耳膜。奔驰车穿过空无一人的街巷，居民们已远走高飞，他们更喜欢蔚蓝海岸或者大西洋。我们行驶至克利希大道，照样人迹罕至，冷冷清清。鲜有汽车经过，几辆车里坐着旅行装扮、周末出游的夫妇们。红灯。后面跟着一辆计程车，只有一位男乘客，他的目光直盯着一家性用品商店，店面灯光设计得很吸引眼球。弗拉蒂再次启动汽车，同时摇下车窗。夜晚的热浪涌进车厢，此时里面是音乐厅的气氛，伤感的音符一串串飘出。我们经过十字路口，继续在大道上行驶。一辆旅游大巴停在红磨坊前，大批游客下车。

奔驰车疾行直至克利希广场，却没走巴蒂尼奥勒街，那里通向迪布勒伊的府邸。它突然岔入左边，急速驶进巴黎正南方的阿姆斯特丹街。

"您要带我去哪儿？"

没有答复，只有收音机里低吟浅唱的弗雷德·阿斯泰尔[①]，把人带回《百无禁忌》的年月里。

"告诉我这是去哪里，不然我下车了！"

他毫无反应。愤怒之余，我又惊又怕。

汽车终于在红灯前停下了。我神经绷紧，准备跳到外面，我按了一下车窗升降开关。锁住了！

"我按了儿童锁，防止您今晚掉在高速公路上。"

"高速公路，今晚，什么意思？"

"我建议您休息一下，您要坐整夜的车。"

我本能地愣住了，恐惧感袭来。这是什么疯狂行为？快，我要抽身而退！

我们到了看得到玛德莱娜教堂的地方。奔驰绕过教堂，随后驶进皇家路。不见一个警察的身影，否则我可以在车窗里打手势。车窗……对，车窗！我可以从那里出去……弗拉蒂已摇下他旁边的车窗，空气涌进车内。他提速时可能听不到我摇下玻璃的声响。

我忐忑不安地等待着，指头摸着车窗升降开关。我们抵达协和广场。弗拉蒂转头看了会儿河神喷泉，喷泉下的少年们戏水打闹，尖叫声不绝于耳。想到这是最后一根救命稻草了，我按住升降开关摇下玻璃。弗拉蒂没有反应。我

[①] 弗雷德·阿斯泰尔（1899-1987），美国著名歌手，杰出的歌舞片演员。

屏住呼吸。我们经过方尖碑，驶入香榭丽舍大街的拐角时，交通灯变成了红色。奔驰车停下了。

我跳车窗。

他紧紧抓住我的脚踝，我感到被拖住了。我贴着车门喊叫，生怕上半身也被拖入车内。我拼命向旁边的几辆轿车打手势。可乘客们都朝另一边看去，像白痴一样欣赏着灯火辉煌的香榭丽舍大道。我挣扎、喊叫，拳头不断敲打着车身。白费力气。

弗拉蒂终于把我整个人拖进车里，我的耳朵差点被他拧下。

"镇静，镇静。"他说。

没有比这话更让人恼火的了。尤其是从这个脉搏为每分二十五次的男人口中说出，而你的脉搏，已达二百次。

我还在挣扎，虽是枉然，也狠狠揍了他几拳。随后他以牙还牙地把我制服了，我忍气吞声地投降了，汽车又动了。景象飞逝。塞纳河、国民议会、圣日尔曼大街、卢森堡公园依次掠过眼前……

十分钟后，黑色奔驰加长车往南面的高速公路开去，如猛禽划破天际，飞入夜空。

26

我被晃醒了，睁开眼睛坐了起来，完全没有方向感，不知置身何方。但很快就明白自己的处境了。奔驰车正缓缓爬上一条崎岖不平的石路。弗拉蒂不费吹灰之力就避开了坑坑洼洼的路面。夜间行车，他开了大灯，刺眼的光线照着路上的碎石，仿若星光照耀。

我努力让自己醒着，但高速路上漫长而乏味的旅程终于让我困了。

我口干舌燥。

"我们在哪里？"我几乎说不出话来。

"很快就到了。"

汽车爬上一个路面似乎硬化了的斜坡。不见人烟。只见弯弯曲曲的枯木把影子留给了碎石和干草丛。我觉得自己在服苦役。

汽车在山肩停下，几乎到了山丘的顶端。一路都是从残垣断壁上落下的巨石。弗拉蒂熄灭引擎，万物瞬间寂静无声。他一动不动，似乎在观察环境，片刻之后才从车上下来。热流涌进车内。我心跳加速。我们在此地做什么？

他轻松地耸耸肩膀，黑色西服里身形高大的他像黑暗中迎风摇曳的稻草人。他为我打开车门。我浑身战栗。

"请您下车。"

我下了车，浑身酸痛。他用了"请您"这两个字，我悬着的心稍微放下，仍希望在这个地方可以得到好一点儿的待遇而徒增担忧。

我们面前，是一座废弃的城堡，高高的城墙残留风中，摇摇欲坠。奔驰车的大灯从远处照着城墙，阴森惨白，有些墙壁已经坍塌，城堡轮廓分明地出现在夜空中。一座中世纪风格的雉堞塔楼，像被施了魔法一样巍然直立。因石头掉落，墙基似乎并不牢固，到处都是看得见的和看不见的洞眼。

周围一片死气沉沉，耳旁响起灰林鸮的叫声，凄惨至极。

"来吧。"他说。

他在乱石和杂草中开辟出一条道路。我们的裤子被劈啪作响的荆棘勾住了，只能慢慢前行。

最后的时刻到了。明摆着他要干掉我。不知身在何处，这里人迹罕至，我们不会被人看见，说话声更不会被人听到。我不知道自己最怕的是什么：是必死无疑的念头，还是觉得这个阴森的地方可以用来拍摄恐怖片。

才走了几米，他就转过身来。

"举起手来。"

"什么？"

"请您，举起手来。"

这个婊子养的要对我大打出手，他居然还用了礼貌用语。我火冒三丈。

我举起手。

他靠近我，从上到下把我搜了个遍，从肩膀捏到膝盖。他摸了两次，搜到我的口袋，把里面的东西全都拿出来。他拿走了我的钱包、所有证件、零钱包、支票簿还有地铁票，随后把它们装进一个黑色的袋子里，小心翼翼地拉上袋子的粗拉链。我无亲无故,没有人会来领尸,也没有人会想这样做。我会被埋入公墓。

他偷偷瞄了一眼四周,确定旁无一人,手随即伸进口袋里。

我最后一次看看周围,想把世上最后的景象连同自己一并带走,然而满目疮痍,我情愿闭上眼睛。我努力忘却自己已是死到临头,仔细聆听身体里的动静。我听到呼吸、心跳,还感觉到肌肉的运动,我试着去想象我的身体,体会我的意识。我想最后一次"活着",只是活着,感受生命的停留。

"拿着这个。"

我眼睛半闭着,他递东西给我。他都不问问我要不要自己了结。

"给!"

黑暗中看不见他递来的小玩意儿,我凑近了看。一枚硬币……一枚一欧的硬币。

"这是……这是……您要我拿着这个做什么?……"

就在此时,吱吱的声响让我惊跳起来。翅膀扇动的窸窣声叫人毛骨悚然,一群蝙蝠从塔楼墙上的某个洞眼里飞出。

弗拉蒂镇定自若,他又说了一遍:

"请您拿着,您该得的。就这些。"

"可是……我……不明白。"

"迪布勒伊先生说您应该学会独当一面,自己应付。给您的就只有一欧元。迪布勒伊先生今晚七点在家恭候您的光临,与您共进晚餐。您要准时到达。先生讨厌晚用餐。"

他的任务完成了,便转身离去。

如释重负。我感觉……虚空。双腿还在发抖。我不敢相信……如果还有力气,我会紧紧抱住他。

"等等!"

他头也不回。上车、发动、急速掉头。扬起的灰尘在车灯照射下,仿若燃烧的火焰。黑色奔驰加长车一路磕磕碰碰,渐行渐远。它消失了,寂静回归,死气沉沉。伸手不见五指。我转身看着城堡,浑身战栗。月亮近在咫尺,微弱的光线下,废墟更是阴森可怖。遥望浩瀚夜空,远处繁星闪烁,点燃了希望。这个地方让人极度不适,绝不只是因为人们会本能地害怕留在这样的地方。我明显感到这些饱经风霜的残垣断壁曾见证了山盟海誓的爱情、痛苦不堪的过往。我也不知自己为何这样想。我敢发誓这里曾发生过惊天动地的故事,只是石头已将痕迹掩埋。

我走下山坡,以最快的速度逃离这个让人不得安生的地方。有几次险些被碎石扭到脚踝。我气喘吁吁地跑着,终于看到有人居住的地方,灰色石头堆砌的老房子,屋顶的圆瓦极具特色。我放慢脚步,逐渐从担惊受怕中恢复过来。

饥饿难耐。我真不该想。昨晚我什么也没吃,原本是想回家吃晚饭的。后悔莫及。

继续行走,我来到一座依山而建、寂静无声的古老村庄。日出之前我什么也做不了。坐在风吹雨蚀的石凳上,我尽情呼吸,双手轻轻抚摸着石凳凹凸不平的表面。我想象着房子厚厚的石墙后,沉入梦乡的村民们平静地睡在床上,盖着粗纺面料的被子。床单有太阳晒过的味道。我感到活着是如此幸福,我又回到了人间。

天终于亮了,清晨的大自然散发出微微的香气。眼前的美景让我窒息。我所在的村庄栖居在一座小山包上,山路崎岖,树木郁郁葱葱,倚山而建的梯田层层叠叠。开阔的空间跃然于眼,直入山谷。对面,直线距离几百米处,另一座小山包横空出世,与我置身的山包一决高低。山顶上,是另一座类似的村庄,灰色石头的老房子星罗棋布。荆棘、灌木和大树布满山坡谷底,漫山遍野的多刺灌木青绿如双色玉料。

太阳升起,大山熠熠生辉,五针松从沉睡中苏醒,逸出松香,它的穹形树枝给我带来了阴凉。

我开始探索村庄。定要尽早收集必要信息才可返回。很快,我就发现村子只有一条主街,延伸至山坡侧面。我被这个美丽小村的魅力深深吸引,它的房屋独具特色。重拾这份平静,我与巴黎的喧嚣天各一方。走完整条街也没有遇到一个人,然而带着浓重口音的说话声却从一扇开着的窗户那里此起彼伏地传来。

U形街面转角,我看见一家咖啡馆,似乎是村庄的最后一幢房子了,但对于从河谷上山的人来说也是村里的第一幢屋子。沿街摆放的露天咖啡座似乎是旋转的。店门大开。我走了进去。

十余人坐在咖啡厅里，每张桌上都盖着弗米加塑料贴面。正津津乐道的人们突然停止了交谈。酒保，一个五十余岁的小胡子，在柜台后擦着玻璃杯。我穿过大厅朝他走去，勇敢地对他说了声"您好"，没有回应，客人们一刹那间变得心事重重，垂下眼睛看着杯子。

总算到了柜台，我再次问候酒保，他笑容满面地抬起头来。

"请问，您能给我杯水吗？"

"给杯什么？"他声音洪亮，目光却扫视着在座的客人们。

我在转身的间隙瞅见一张张挖苦的笑脸，旋即又低下。

"一杯水。我没带钱，我……快渴死了。"

他没有应声，却从搁板上拿了一个杯子，接了洗碗池的自来水，大方地放在柜台上。

我喝了几口。大厅里的寂静让人窒息。我要打破沉闷。

"今天会很晴朗，对吗？"

没有回答。我继续说道：

"我还是希望别太热了……"

他看着我，脸上划过些许嘲讽之色，手却擦着玻璃杯。

"您，您打哪儿来？"

奇迹。他开口了。

"那儿，我……从那上面……城堡……来。今早刚从那儿下来。"

他抬起头看看其他客人。

"听着，小子，不要因为你不是本地人，就可以愚弄我们，明白吗？这儿所有的人都知道没人住在那上面。"

"不……可是……我……真的是昨夜被扔在城堡的，今早才从那儿下来。我要说的就这些。我没有和你们开玩笑。"

"你从巴黎来，对吗？"

"是的，您可以这么说。"

"你从巴黎或别的什么地方来，都不重要。"

他说话抑扬顿挫，我不知道他是本来就如此还是真的生气了。我需要

上帝微服出巡时

他。我得无话找话地聊下去。

"这座城堡究竟是什么时候建的?"

"城堡,"他边说边放慢了擦杯子的速度,"城堡,是……萨德[①]侯爵的城堡。"

"萨德侯爵的城堡?!"

重复他的话时,我忍不住一阵哆嗦。

"是的。"

"那……我到底在哪里?"

"'你在哪里'这话是什么意思?"

"是的,就这儿,我现在所在的地方,是哪儿?"

他嘴角闪过一丝愉悦的笑容,目光望向大厅的客人们。

"嘿,小子,你只是喝了水吗?"

"是只喝了水,可是……说来话长……您告诉我,我到底在哪里。"

"我,我在吕贝隆的拉科斯特。而你,住在另一个星球,小子。"

有人咯咯地笑。说出这番话来的酒保颇为得意。

"吕贝隆……我是在普罗旺斯,对吗?"

"嗯,你终于清醒了!"

普罗旺斯……离首都有八九百公里。

"最近的火车站在哪里?"

他又看了一眼客人们。

"最近的火车站在博尼约。"言毕,他指了指对面卧山而居的村庄。

我得救了。行走一两个小时就好。返程开始了。

"您知道开往巴黎的下一趟列车是几点的?"

大厅里传出笑声。酒保也是一副嬉皮笑脸的模样。

"怎么了,有什么可笑的?列车早走了,对吗?"

他看看表,大家笑得更猛了。

[①] 萨德,法国最著名且备受争议的情色作家,被认为"臭名昭著",数次入狱,其作品于20世纪之后成为研究法国文化史最重要的批判性作品之一。

"可现在还早！"我说，"白天应该还有一趟稍晚点儿的。上一趟列车的发车时间是几点？"

"上一趟列车是……一九三八年走的。"

客人们狂笑不止。我不知道说什么好了。酒保更是心花怒放。就着这股劲儿，他请大家免费喝一杯。人们又像我进来之前那样谈天说笑了。

"给，小子，我请你喝一杯，"他说完在我面前的柜台上放了一杯干白，"干杯！"

我们碰杯。我没有告诉他空腹时我是不饮酒的。今天人们对我的讥讽足以果腹。

"你瞧，博尼约火车站，已经停运了七十多个年头。如今开往巴黎的火车全都在阿维尼翁发车。小子，这是最近的。"

"可阿维尼翁……离这儿远吗？"

他啜了一口干白，用袖口擦擦胡子。

"离这儿四十三公里。"

这也太远了……

"也许会有大巴到那儿？"

"平时有。可是，小子，星期天没有。今天，这里只有我工作。"言毕，他把杯子抬到嘴边。

他的口音很怪。他发出单词的尾音，连没有尾音的也不放过。

"那……您知道谁可以捎我去那里？"

"今天？你看，天那么热，他们只想待在家里。除非是去教堂。你就不能等到明天吗？"

"不，我今晚一定要赶到巴黎。"

"啊！这些巴黎人，总是慌慌张张，星期天也是如此！"

我总算起身告辞，向大家道别。这一次，他们礼貌应答。

我上了出村的街道。"阿维尼翁，往下朝左边走。"他告诉我。也许我可以搭搭顺风车，这主意不错……

下山的小路风光如画，山坡上繁茂的多刺灌木芬芳宜人。我在普罗旺斯！普罗旺斯……很久都没有听人说起过……比梦境中的还美。在我的想象

上帝微服出巡时　163

中，这里土地干涸，壮美却不湿润。眼前却是一望无际的绿色，植被品种繁多得让人眼花缭乱。橡树绿意盎然，松树在阳光下晒着淡红色的树干，雪松、山毛榉、柏树对天扬起青绿枝条，遍地的刺蓟、金雀花，大簇大簇的迷迭香，灌木丛也毫无保留地伸展着油绿的叶片，炫耀着它们浮华的美丽。我还发现了千余种其他植物，叹为观止。

太阳还未完全升起，却很强烈，高温刺激了芳香馥郁的大自然，散发出千百种曼妙的香味，一路上我的五官陶醉其中，仿若置身天堂。

行至山脚，河谷的道路在果园和树林间迂回曲折。我已经走了一个多小时，不见一辆车经过。没有机会搭车……胃里空空如也，头也有点晕。气温开始上升。我走不了多久……

听到马达的隆隆声时，已过了二十分钟。一辆灰色的小货车出现在身后的转角，速度不快。这辆车至少有二三十年的历史：雪铁龙2CV型货车。孩提时代，我在介绍法国的画册里见过。我干脆站到路中央，两臂交叉。货车紧急刹车，刹车片嘎吱作响，发动机低声轰鸣，车停住了。道路瞬间恢复了平静。司机从车里出来，一个小个子男人，大腹便便，头发灰白，面色泛红，很生气的样子，也许是因为我，或是因为停车……

"找死啊？见鬼了吗，他妈的？我的车可没有法拉利的刹车系统，我差点儿压到你了，嗯！谁来修车，嗯？备用零件早就停产了。"

"对不起。您听我说，我遇到了麻烦：我得尽快赶到阿维尼翁。我在太阳下已经走了两小时。从昨天下午就没吃过一口东西，我走不动了……如果您正好也顺路……"

"阿维尼翁？不，我肯定不去阿维尼翁！您要我去那儿干吗呢，嗯？"

"也是，可也许您能捎我一段路？"

"呃，好吧……我，我去布里维……正好是阿维尼翁的方向，可我先要在路上停一下。我有事儿。"

"没问题！您让我少走了一段路，这才是最重要的。之后，我再问问别的车……"

我察觉到他让步了。

"求求您啦……"

"那好吧,您坐后面,因为前面堆满了盒子,我不会为您去清理这些东西的。我又不认识您!"

"太好了!"

副驾驶的座位果然堆满了东西。我们绕到车的后面,他拉开货厢双扇门的其中一扇。

"进去吧,您坐那儿。"说毕他指着两个类似木箱的东西,货厢原本就很小,这两样东西一放,更挤了。

我刚一上车,他就砰地关了门。我眼前一片漆黑。我摸着找到了两只箱子,勉强坐到了其中一只上面。

他试了两次才把车子发动起来,发动机低声轰鸣,随后小货车摇摇晃晃地前进了,全车都在震动。一股浓浓的汽油味弥漫在我周围。

我很难一直坐着。我坐的那只箱子竟是倾斜不正的,每一次提速、转弯、刹车,我几乎要从上面摔下来。我完全看不清楚,黑暗中摸索着货厢的两边,却找不到什么东西可以让我站起来。我只好就这样待着,大腿紧紧夹住箱子两侧,这样在货车疾行轰鸣时我就可以不被甩出。我狼狈至极,却哑然失笑,发自内心地想笑。黑暗中我笑得全身抖动,还闻着柴油挥发的味道。我想这是我生平第一次独自偷笑……

货车停下了。发动机不再发出隆隆声,我听到驾驶室的门砰地关上了。然后,不见动静。寂静无声。他不会忘了我还在里面吧?

"喂!喂!"

没有人回答。

突然,我隐隐听到嗡嗡声。很奇怪,我觉得声音是从车上传来的……外面有人说话。当人们看不见的时候,其他感官的重要性就凸显出来。嗡嗡声越来越大,对……就是从这儿来的,从……我坐着的箱子里传来的!可……我的天!这该不是……蜂箱吧!

我蹿了起来,头撞到了车顶上。前车门砰地打开,发动机苟延残喘。车往前跳了一下。我撞到了货厢的门上,摔倒了,从这时起,我被颠簸得不是撞蜂箱就是撞门。

他应该是走了一条土路,车子跌跌撞撞。到处砰砰作响。我最好维持原

上帝微服出巡时 165

状。只是我担心被与我同行的成千上万只乘客蜇到。它们能只是飞出蜂箱而不蜇人吗?

我们总算停下了,发动机最后晃了晃。驾驶室的门砰地开了。我等待着。货厢的门突然打开,我从车里滚了出去,滚到救命恩人的脚下。

"我说呢,你一口酒气!不吃东西也要喝一口,是吧?"

我抬头望他,但眼睛被强烈的光线刺得睁不开。

"不是您想的那样……"

"我,就像圣托马斯一样,相信眼见为实的东西,更相信直觉!"

我站起来,不停地眨眼来适应强光。

眼前的景色绚丽夺目。我的脚下是一望无际、整齐排列的薰衣草田,蓝色的花海淹没了我们置身的山谷,海水拍打着田边的果树,一直奔流至对面山里。浓艳的色彩、醉人的芳香让我几乎忘了自己的尴尬处境。也许是我从未想象过的缘故,最难忘的是动物的歌声,我说的是蝉鸣!晴空万里,空气芬芳,它们应景地高声吟唱,仿若普罗旺斯的蝉儿们全都飞来这里迎接我的到来。

"让开,我,我还有事儿!"

他钻进货车,抓住其中一只蜂箱。

"给,帮个忙!咱们每人抬一只箱子。"

我跟着他,紧紧抱着蜂箱。

"我们把它们放在这儿。"他边说边指向花海中间。

"您是做薰衣草蜂蜜的……"我说,颇感意外。

"可不是嘛!难不成去做能多益①……"

"真有意思,我从来没有想过自己会抬蜂箱,还会把它们放在薰衣草田里。"

"你以为呢?难道给它们一张米其林地图,告诉它们路上别理其他花儿?"

说完,他折回路上。

"那么,现在告诉我实情,为什么你这么着急地要赶去阿维尼翁乘火车?"

"其实,说来话长……就算是我在接受挑战吧。有人拿走了我的证件和钱,

---

① 一种巧克力榛子酱

不管怎样，我必须设法回到巴黎。要赢得比赛，我最迟得在傍晚回到巴黎。"

"比赛？这是个节目，对吗？"

"某种程度上说，是的。"

他歪着头看了我一会儿，突然眼前一亮。

"啊！我猜，你是在参加《幸存者》这个电视节目的淘汰赛，对吗？"

"其实……"

"啊，这可真好！要是我把这个消息告诉乔赛特，她不会相信的，真的！"

"不是的，可……"

"所以如果你被选中了，今年冬天我们就会在电视上看到你！"

"等等，我没有……"

"她不会相信的！不会相信！"

"听着……"

"等一下，等一下……"

他突然想到了什么。

"嘿，"他接着说道，"要是我直接送你去阿维尼翁的火车站，那你一定能赢得比赛？"

"是的，可是……"

"那好吧，小子，我告诉你：我直接把你扔在车站，但有个条件，你先要去我家和我的家人拍几张照留念。你觉得怎么样？"

"嗯，可是……"

"只是拍几张照而已，然后我们就去火车站！这样的话，你会被选中的，那我们就会在电视上看到你啦！"

"您想错了……"

"走吧，我们走！动作快，小子！"

他万分激动地打开货厢门。

"你坐后面，我不搬这些盒子了，我们没有时间，因为我们要接受挑战！"

我坐在车里。如果这次是独自旅行，我会乐开了怀。

小货车艰难启程，颠簸再次袭来，我的屁股也被弄疼了。

薄薄的金属隔板另一边传来说话声。货车司机在打电话。

"喂，乔赛特！准备开胃酒，我领回一个参加《幸存者》的选手。不，是《幸存者》。我说的是《幸存者》。喂？今年冬天我们会在电视上看到他的。是的，这是真的！找找照相机，看看里面有没有电池！我说的是电池。对。通知米歇尔，他肯定不会相信。也叫上巴蓓特吧，要是她想在照片上露个脸，她会来的。我通知其他人。你快点儿。喂？"

我的天，他让地球人都知道了……难以置信……我该对他们说什么呢？

短短一刻钟的旅程后，货车终于停下了，我听到人们热烈交谈的声音。

有人来开货厢的门，我的眼睛再次被强光刺激。我看见十余个人的小团队欢迎我的光临，他们一动不动地盯着我，瞳孔放大，把我上上下下都打量了一遍。我真觉得自己像个白痴，坐在这辆满是灰尘、运送牲口的车里。

"嘿，"我的司机问我，"你到底叫什么来着？"

"阿兰。"

"阿兰？这名字是个美国明星的名字，在电视里会让人记住的。"

"阿兰……"人群中一位孕妇喃喃自语，似乎想到了什么。

他们请我进屋，然后大家又来到花园里，围在烧烤架旁，上面正烤着香肠，香味诱人食欲。极度诱人。开始照相了。我能对他们说什么呢？我举棋不定，想吐露实情，又不愿让想入非非的他们失望……更别提我急需赶往车站了……

我觉得迄今为止都没有人来给我照过这么多相。我想象着自己的照片会挂在许多人家的壁炉上方，直至下一季电视节目启动……

我的司机乐呵呵的。他是朋友圈里的中心人物。他一杯又一杯地品尝开胃酒，酒精开始上脸了。我提了三次要求，他都拒绝载我去火车站。"等等，等等。"他反复念叨。

我一直吃不了什么。随时有人从两旁冒出要和我拍照。

"听着，"我终于告诉他，"我真的得走了，否则会错过火车，那这一切就没有什么意义了。"

"等等，等等……啊，这些巴黎人，总是神经兮兮的！"

他拿起电话。

"妈妈，我告诉你，你得快点儿。通知一下佩普，不然他不会原谅我的。"

"不，您听好了，"我说，"不能再等了，您要是讲信用，现在就请……"

他对我的话语充耳不闻，脸变得通红。

"听着，小子，我可没有逼你上我的货车，对吧？相反，我记得是你霸王硬上弓的，你清楚的！现在，别那么忘恩负义，不然我，我不去阿维尼翁了！"

这位先生可真是脾气暴躁……

怎么才能让他走呢？时间越来越少，我完全不知道火车出发的时间。赶到迪布勒伊家可能为时已晚。迪布勒伊……他明确对我说过，懂得获取别人的帮助很重要……但在这里我要怎么做？嘿，换作是迪布勒伊，他会怎么做呢？

你推他，他反推你……

别推，拉……

我立刻想到了办法，可……还是有些难为情。从现在起我要将计就计，尽管不想这么明目张胆地撒谎。好吧，换个计谋……

"您知道，要是有一天我真的去录电视节目，肯定可以邀请一位嘉宾，也许两位……"

他抬起头看着我，马上专心地听着。

"可是，好吧，"我继续说道，"我不想扫了您的兴……"

"小子……"

"不，不……您还是别送我了……"

"要是我马上送你到火车站，你会答应邀请我去录制节目吗？"他突然很认真地问，那表情让我想到：他在和我商量要放一百只蜂箱在我的薰衣草田里。

"是的……可要是送我走，您就不能和朋友们聚会了，我可不想这样……"

他转向大家，提高嗓门大声宣布："朋友们，"他说，"我们告辞了，你们继续。我很快就回来，也就个把钟头左右，我送阿兰去阿维尼翁。他一定要赢。"

三十分钟后，我跳上了开往首都的高速列车，饥肠辘辘，口袋里只有一欧元。

我懂得规则：无票乘车要交付罚款；没带证件，警察会出动……

上帝微服出巡时　169

我有个想法，虽命悬一线却值得一试。我站着，从远处观察检票员的动静。只要看见他出现在车厢的另一头，我就藏到卫生间里，关上门，不插门闩。他会以为卫生间里没人，然后头也不回地走了。我等待着。好几分钟过去了，不见动静。我独自听着火车轰鸣的声音，车厢摇摇晃晃，即使轻微摇动，我也难以站稳。狭窄的卫生间里冒出阵阵恶臭。

突然，门一下开了，一名乘客与我狭路相逢，他大吃一惊。我与他目光交错，他的眼神里流露出几许得意。我从他肩膀上方看去，小个子，黑色胡须，紧皱的浓眉，海军蓝大盘帽。男子身着制服。

27

眉头紧皱的卡特琳娜微微往前靠。

"我想聊聊你帮助阿兰戒烟的方式。"

伊夫·迪布勒伊往后靠在宽大的柚木扶手椅里，摇晃着波旁威士忌酒杯里的冰块，莞尔一笑。他喜欢有人评价他的丰功伟绩。

"你逼他，"她往下说，"不停吸烟，直到他恶心，对吗？"

"根本不是你想的那样。"他得意洋洋地回答，那神情仿若在宣布：就算戒烟专家也理解不了如此绝妙的点子。

"我认为……"

"不，实际上，我很喜欢运用逆向思维。"他说道，故作谦虚，抽象的表达迫使对方刨根问底。

"逆向思维？"

他慢条斯理地抿了一口酒，卡特琳娜等待着知晓答案。

白天尤为炎热，夜晚温和宜人。他们在花园里悠然地享受着这份柔和，舒服地坐在椅子上，身旁搁着一盘奶油小点心，味道甜美可口，一个比一个好吃。

"你记不记得，阿兰对我们说过，他的问题就是自由。他内心深处很想戒烟，可他做不到，因为他由香烟联想到了自由。大家都建议他戒烟，所以他一旦选择了戒烟，完全是迫于无奈。如果听从别人的意愿戒烟，会让他没有自由感。"

"的确如此，我能理解。"

卡特琳娜出神地听着他的回答，夜色柔和，她大可肆意享受，可惜她的注意力不在于此。

"所以我运用了逆向思维：我命令他吸烟，于是被逼吸烟就成了他畏惧的行为。从那时起，自由就变味了……正是从那时起，他不再渴望自由了。"

卡特琳娜一言不发，但细细端详。她的眼里满是赞许。

28

自孩提时代起，乘警裴迪然就喜欢利用周末和假期在巴黎郊区皇后镇林立着独栋洋楼的街道上骑车跟踪行人。他随身带着一小本蓝色的活页笔记本，将每日的观察详细记录下来。有人去火车站，他就观察他们到站的时间，在铁路防护栏外看着他们是否上了下一趟列车。他们或许装模作样地上了车然后又下车回去谋害邻居。站台上的乘客们会作证，案发前他们确实上了开走的那一趟列车，他们的确不在案发现场……有人则回到家里，外面阳光普照，他们却在冥思苦想自己为何闭门不出。他们必有难言之隐。他定要探个究竟。瞧，瞧……那位穿着蓝色长裙的女士，上星期他就见过她了。咱们来看看，看看……于是他翻着笔记本，里面绝对有她的记录。她去过药房？可不是嘛！为什么今天还要来呢？几天的时间她就到同一个地方来了两次，很可疑。要是她在药房弄到毒药来毒死亲夫呢？天哪，很有可能！他可要多加提防……

多年后他未被法律专业录取，失望与日俱增。他一直梦想自己成为警察，但这份神圣职业却没有向他招手。可年轻的裴迪然是不会就此放弃童年的梦想的。算了，他接受命运的安排！既然不能堂而皇之地成为警察，那就从基础做起，一步一步地爬上成功阶梯。

他以乘警的身份加入到警察这个大家庭里，被分配到里昂火车站，专门治理那些不买票就乘车的家伙。穿上制服的头一天，他真的感觉自己被赋予了使命，好像全法国的安危都落到了他的肩膀上。

当工作百无聊赖的时候，他努力不让自己失望：他告诫自己这只是一个过程，一定要坚持住。可有的时候，工作的地方残破不堪，四周又是冷冷清清，他实在无法心情愉悦。但他仍坚信不疑：他的好日子一定会来的。

乘警的办公室就设在火车站里，没有窗户，门也不对着街道。发黄的旧塑料挡板后的几根日光灯光线微弱，墙壁似乎从未被粉刷过，灰色金属家具是上世纪中期的款式，所有的东西都脏兮兮的。这间堆满秽物的屋子里有股霉味，偶尔也会被旁边厕所的刺鼻气味压下去。

而最难处理的可能是他和顶头上司的关系。上司即将退休，工作体制完全将其击垮，整日消极怠工，唯一的嗜好就是发号施令、指手画脚，却从未调查过他的指令是否切实可行。除了翻阅几本淫秽刊物或趴在办公桌上玩填格游戏，他再无别的嗜好了。微弱的灯光使他娱乐的游戏格子也变得和家具一样陈旧。

乘警裴迪然做出承诺：他绝不允许自己意志消沉、萎靡不振。"没有信仰，人就彻底完蛋了。"他反复念叨。于是他全身心投入到火车站交给他的唯一使命中。他审讯无票乘客，把他们视为触犯刑法的罪犯，告诉他们如果认罪，可以从宽处理。有时也逼得他们承认还犯了其他错误，特别是——他的强迫症所致——逼得他们交待了犯错动机。他已超越权限范围，将一切追查到底。他甚至会利用顶头上司不在岗的间隙到现场验证某些说法。多数违章者是没有购票能力的大学生，他们唯一的罪过就是逃票。审讯的时候，好多学生几近崩溃，而裴迪然从不寻找深层原因，坚信是由于自己太过专业所致。有乘客跑去向他那无事可做的上司告状，而上司根本就不想知道这些破事。

那一日，乘警裴迪然的心情糟糕透顶。连续三个周日，他都在上班。他明显感觉到自己过于热忱，以致苦差轮到他……

隔壁房间的电话响了。破电话的铃声震耳欲聋。他的上司在电话另一头，开始一言不发，随后生搬硬套地提了几个问题，是他从业几十年里每日必问的。

"哪趟车？几号站台？几点？"

他果断地挂断电话，接着听到门外有人扯着嗓门喊：

"裴迪然！十九号站台！马赛！六点零二分！"

乘警没说什么就奔赴工作岗位了。义无反顾，孜孜不倦。他坚信自己终有一日会逮到一名四处流窜的逃犯，他要将此人的暴行大白于天下，到时人们会看到他的破案能力，高升更是指日可待。

29

他们坐在宽大舒适的扶手椅里，只要屁股一动，皮革就会嘎吱作响。他们不动声色地等待着洲际大酒店的侍应生服务完毕。

"丹克先生，如果需要什么，请您按铃。"侍应生轻声说完便离去了。

包房的门垫了一层棕色皮革，关门时没有声响。倒是刚开瓶的白兰地的气泡散逸到了空气中。马克·丹克看看四周。豪华的桃花心木书柜里，每册书的封面都包了红色的皮革，使得旧书亮丽如新。台灯的底座是金黄色的，灯罩为祖母绿琉璃，灯光柔和高雅，丝毫无损包房的私密性，反而更添幽暗。

他听从了安德鲁的建议，选择了这个坐落于歌剧院广场的地方。离办公室有近一公里的距离。照他看来，酒店的内部环境庄重典雅，符合英国人的标准，适于商务谈判。这是三巨头在此的第五次会晤，丹克百来不厌。他特别喜欢包房里的宽宽大大的扶手椅，仿佛一口气就将他的两大股东吞下，而他的身高使得他可以舒适地挺直上半身坐着。他乐此不疲地享受这个居高临下的坐姿。他坚信如此布局会对他和股东们的关系产生不容忽视的影响。

"我们商量过了。"最胖的那位大股东开口了，说话时还瞄了一眼第三方。

他面带笑容地说着，不时竖起眉毛，使得大半个光秃的后脑勺生出了褶皱。丹克觉得他的名字取得很好：大卫·布彭。矮矮胖胖的，尽管上了岁数，还是一张娃娃脸，总是笑笑的，和蔼可亲。而丹克对他却完全没有信任感。相对而言，他更欣赏另一位股东，罗森布莱克，冷酷无情，缺乏亲和力，当然也不会笑里藏刀。后者从不隐藏对丹克的极度反感，他一直翻阅着放在膝盖上的文件，看都不看丹克一眼，还不停地挠着右耳后方头发尚存的头皮。

丹克眯起眼睛，注意力集中到发言的股东身上。大卫·布彭往下说道：

"我们已达成一致，不论是我负责的投资资金还是我们的伙伴提供的资金，"他边说边对一直在阅读文件的合伙人笑了笑，"从下一季度起，您的公司必须把利润的百分之十五分给我们，每年股票价格至少要上涨百分之十八。"

他就这样厚颜无耻地微笑着宣布了他的要求。

丹克一直注视着发言者，一言不发，直到他确定对方的话已经说完。随后他给自己留了几秒钟，啜了一口白兰地：他深知说话前沉默片刻会给对方施加一定压力。

"您了解的，基于其他因素，我不能保证股票价格上涨百分之十八。还有……"

他饮了第二口酒，对方现在聆听的兴趣正浓。

"还有，"他继续说下去，"这个白痴记者，渔人，他一直在背后说我们的坏话，这有损公司形象。最糟糕的是，他的分析很受金融市场追捧……"

"我们相信您能应付这样的局面。正因为您的应对能力，我们才在上次召开的股东大会上选您来管理公司。"

对方依然一脸笑意，丝毫不露痕迹，而丹克仍强烈地感受到了他话里的分量。

"您知道，我无法控制记者……就算公司经常公布正面消息也没有用。渔人动不动就长篇大论地报道我们的团队没有效益，这完全是错误的。我对手下施加了压力，他们在马不停蹄地工作。"他骄傲地说道，那语气像极了捍卫军队的上尉。

"无风不起浪。"罗森布莱克头也不抬地说。

丹克饮了一口白兰地，怒火中烧。把利润分给这两个对公司经营狗屁不通的人，这是何苦！何况他们从不踏进公司一步！

"加油，"布彭说，"我相信您能找到解决方案。"

漫长的几分钟里无人应声。

"我有个想法，但得先征得您二位的同意，因为这个计划不会带来负面影响。"

"啊！您看，只要您动动脑筋就有办法了……"

肥胖的布彭显然很乐于听到这个消息。他在扶手椅里扭个不停，就像某些人一样，看完电影播映前的广告片，有时会调整姿势以便更舒适地观看影片。

"我的想法是我们人为地增加业绩数据……"

罗森布莱克终于抬起头来看着丹克，目光阴险。他就像一条在火炉边打盹儿的老狗，告诫自己别以为"遛狗"这个词会从侃侃而谈的主人嘴里吐出。

"迄今为止，"丹克解释道，"我们会在签订合同前对客户的支付能力进行严格审查。如果他们的财务出现了状况，我们会要求他们提前支付全部酬金，当然，他们很少会接受。要是我们改变这条规定，对新客户的财务状况睁只眼闭只眼，我们的业绩数据立刻会上升百分之二十左右。"

布彭全神贯注地听着，眼里流露出些许赞许。罗森布莱克则持观望态度，满腹狐疑。

"我估算过，"丹克往下说道，"我们可能会有百分之三十的业务收不到钱，但出于两个原因，这种状况不至于太过招摇：第一，股市只看公司的业绩情况，根本无视收不到钱的业务。第二，我们对招聘顾问发放的佣金与业务数量并不挂钩，而是……与实际收到的酬金息息相关。客人不付酬金，顾问就没有收入。所以我们无法回避这个问题。总的来说，我们没有损失太多，而股价还会持续上升……"

"好极了。"布彭说道。

罗森布莱克的脸上流露出赞许之色，他轻轻点头，撅起嘴唇。

"那么利润的百分之十五呢？"他问道。

丹克慢条斯理地呷了一口白兰地。

"我只能尽力了。"他从牙缝里挤出这句话。

布彭微微一笑。

"太棒了！可我要告诉您一个坏消息：今年您将拿不到合同上说好的三百万欧元资金，因为资金链出现问题了。"

他们相视而笑，罗森布莱克也挤出一个笑容。觥筹交错。

"可能，"布彭接着说，"您会觉得我们对您过分苛求，但普天之下皆如此：您对手下过分苛求，我们对您苛求，我们自己的客户又对我们苛求……正所谓一物降一物，不是吗？"

30

"我不相信您。无法相信。"

他的话音刚落,仿若最终判决的宣布,房间里瞬间寂静无声,气氛沉重。慵懒的日光灯洒下淡淡的光晕,让人备觉沮丧。

"可事情就是这样。"惊慌失措的我回答道。

乘警裴迪然在办公桌后来来回回地踱着步子。而我,坐在一把类似小学生课椅的小凳子上,如坐针毡。这个地方让人坐立不安……我饿了。饥肠辘辘。我受够了,真的受够了。

"咱们再从头理一遍。"

"可这已是第五遍了……"

最初,我含糊其辞地回答他的问题。我说就算自己在接受挑战吧。我没有胡编乱造些什么,只是说自己是入校新生,被人欺负了。可这家伙精力旺盛,要打破沙锅问到底。一切的一切只是逃票乘车这件小事……难道他无事可做了吗?他问了我一连串的问题,然后反复盘问。我终于招架不住,只好坦白。我对他说了我和迪布勒伊的关系。然而,我看他还是一脸狐疑。他根本不愿相信我。我拼命地说服他,态度诚恳。可越是理论,他越是质疑。

"您说您任由一个不认识的人支使,那人希望您好,却让您心生畏惧。那人拿走您的证件,开着奔驰车把您送到了法国的另一端,这一切全为了让您学会自己处理事情,对吗?"

"是的,大体说来就是这样。"

"您以为我会轻易相信这种事?打从我干这一行起,还没有听说过这么蹊跷的事儿呢!"

我说服不了他。我要被审讯到天黑,可能还要熬到深夜……

得想想别的办法……怎样才能说服他,让他相信我呢?

你推,他抗拒。逆向思维……

我想到办法了……

"还有一件事……"我说,语气几近忏悔。

他忍不住嘴角微露笑意。他以为我要告知实情了。

"什么事？"

我沉思片刻。

"哦……算了，还是不说了。我不会告诉您的。"

他吃惊地打量着我。

"为什么？"

我死死盯住他。

"因为我不信任您。"

他的脸微微泛红。

"这话怎么说……为什么不相信我？"

我慢吞吞地回答："我不相信……您会有耐心聆听。"

"您在说什么？"他嘟哝着，脸越来越红了。

我不望他了，而是自怜自艾地看着地面。

"这是……秘密，我不想把这个秘密告诉一个不想坐下来听我讲述的人。"

他不知说什么好。

"说到底，"我接着说，"您不相信我，告诉您也没有多大意义。"

几秒钟逝去了。虽然我不看他，但仍感觉到他一直在盯着我，脸涨得通红。我甚至都能听到他的呼吸。

他坐下。

就这样沉默了许久。一切都静止了。连这间屋子里发霉的空气都凝固了。

我决定坦白一切。

"不久前我曾试图自杀。一个男子碰巧出现在我自杀的地点……或者，应该说是我以为他碰巧就在那里。他救了我的命，但有个条件，我必须答应做他要求的任何一件事。这全是为我好。"

他一言不发地听我讲述。

"这是一种协定，"我继续说道，"我愿赌服输。"

办公室里的温度让人喘不过气来。我需要空气。

"您真的做了……他要求的每件事？"

"可以这么说，的确做了。"

"您有没有想过如果他让您去做违法的事，您就是在犯罪？"

"可他没有让我做过违法的事。而且，他也没有明确要求我无票乘车。问题不在这儿……"

"我还是理解不了您为什么要这样百依百顺。不管怎样，您随时都可以终止协议。换作是谁，都会这样做的……"

"我也经常问自己这个问题。我不知道，但一言既出，驷马难追。"

"好了，好了，我们已过了《三个火枪手》的年代了！您言而有信，很好，可这关系到您的个人利益！"

"直到现在，他让我做的每一件事都让我吃尽了苦头，然而又带给我很多……我觉得自己前进了……"

"我不明白，除了烦恼，他还能带给您什么。"

"您知道，遇到他的时候我非常孤单……还有，就是……有人注意你、关心你，其实是很幸福的……"

"等等。照我分析，他在您孤苦无助的时候强迫您遵守承诺。他救了您，他说什么您就做什么，您完全不去了解他的真实意图，对吗？这和邪教组织有什么两样！"

"不，我担心的不是这个。何况，邪教组织其实是冲着你的钱来的。可他，他对我别无所求。照他的年纪和拥有的财富看，他不应该会索求些什么了。"

"他一定还有别的目的，不信咱们瞧瞧！"

"事实上，问题就出在这儿。我不知道他的动机是什么。最近我发现他让人跟踪我，而且在……埃菲尔铁塔和他相遇以前，我就被人跟踪了。"

"所以您……的那天，他的出现绝非偶然。"

"企图自杀的那天。对，他的出现绝非偶然。但我可以发誓，之前从未见过他。我也不知道为什么之前他就让人跟踪我。无法解释……而且，这让我几近崩溃。"

日光灯闪烁不定，还不时地发出轻微声响。用不了很久了。乘警愁眉苦脸地看着我。从一开始，他要我如实招来，而现在审讯似乎有些变味了。我真地感觉到他在担忧我的命运。

"您能为我做些什么吗？"我问道。

"什么也做不了，完全没办法。他不犯法，我不能去调查他。"

"他的家里有本笔记本，写满了与我有关的记录。这些记录足以证明他让人监视我。"

"即使笔记本在他家里，我也不能去搜。我们必须有法院开具的搜查证，可任何一位法官都不会开出这种证明，因为他没有犯法。无论如何，没有法律禁止跟踪别人。小孩们就经常跟踪别人。"

"您知道，整件事情里最让我困惑的是，我有疑虑。跟您说了这些话后，我觉得很内疚。"

"我听不懂您在说什么。"

"我不能百分百确定他动机不良。诚然，得知他在第一次见面前就让人跟踪我时，我确实受到惊吓了。可如果抛开这件事，直到今天，我也没有什么可责备他的。凭良心说，他没有伤害过我……"

"听着，我们不能排除这是一个不知天高地厚的疯老头，喜欢扮演救命恩人和良师益友的角色。最简单的解决办法就是您告诉他不想陪他玩儿了。您终止协议，对他说：'感谢您所做的一切，再见。'然后你们互不往来。"

"不可能。"

"难道您有难言之隐？"

"我没有对您提过，但……我要以死誓约。"

"以死誓约，什么意思？"

"我答应过他，如果不做他要求的事情，就不会活着。"

他目瞪口呆地看了我一会儿。

"您在开玩笑？"

"没有。"

"好吧，也就是说您同意了，这就是您正在对我说的吗？"

"您要回到当时的情形下去看……"

"您和他一样疯狂！现在，您别求我帮您！"

"可我当时不知道……"

"不管怎么样，您口说无凭，您没有任何证据。我做不了什么。"

上帝微服出巡时　179

"可既然您知道了我的处境,就不能眼睁睁地看着我去送死!"

"您想什么呢?您以为在他对您动手前,纳税人会出钱为您雇用保镖日日夜夜护卫您?人们根本不会为犯罪行为买单……"

他情非所愿地说出这番话。我感觉到虽然他在冲我发火,其实还是担心我的安危。

我瞄了一眼挂在墙壁上方的挂钟,它悲哀地徘徊又徘徊。

"就这样吧,我得走了。我必须在七点钟到他家。"

我起身。

他沉默地看着我,沉思良久,突然一下站了起来,忧心忡忡。

"您等等……有什么东西可以证明这一切都是真的……不是废话?您不会是给我编了个完整的故事,然后堂而皇之地回到巴黎吧?"

他蹙起眉头,脸又红了。

"如果您不相信……那就送我去他家好了。"

他显然没有料到我会说出这话。他愣了一会儿,随后看看摆钟,又看看我。

"他住哪儿?"

我捏了捏口袋,总算把迪布勒伊的名片从里面掏出来,皱巴巴的,软得像块破布。他一把抓住,眉头紧锁地看了一遍。

"在十六区吗?"

他犹豫了一会儿,然后走出屋子,轻敲隔壁的门。

"您自己处理,裴迪然!"隔壁的人低声咕哝。

乘警想了一会儿,显然在送与不送间左右为难,随后他打开了一个小金属柜,取了车钥匙。

"跟我来!"

一个小时后,乘警裴迪然将钥匙放回小柜子,然后把自己关在办公室里。他的头儿似乎没发现他已出去了一趟。

不要虚度光阴。几个月来他期待的事情终于如约而至,完全如他所料。他相信直觉,甚至是信心满满:他要调查到底。那个年轻人没有撒谎。他去到了公馆那儿，业主名为迪布勒伊。豪华宅邸！他从未见过那样的屋子。里昂火车站周围找不出这样的，他经常出入的小区里也没有。谁会为自己置得如此房产？买房的钱肯定不干不净，他自言自语道。

一定要彻底追查，但又不能引起头儿的怀疑，否则后者要么从中作梗，要么让他抽身而退。他很清楚上司会做出什么举动来。而他追查的事情，最终会让大家看到他的侦破能力。

很快，他就能调离里昂火车站了。

31

傍晚时分，公馆巍然屹立于明亮的天空下，而建筑物灰暗的色调又为其增添了几分神秘色彩。

下人把我带至书房。经过大厅时，我情不自禁地瞄了一眼客厅。我曾见到里面有一位妙龄女郎赤身裸体现身于钢琴上。钢琴如今置于宽敞客厅的黑暗角落里，孤孤单单，佳人已去，音乐家没有把它奏响。

见到迪布勒伊时，他正在吸烟，悠然地坐于书房宽大的皮质扶手椅上。我相信自打他把我扔在拉科斯特的那个小村后，就再没有让人跟踪我了，因为跟踪难度很大。所以他不会知道我已向警察交待了一切。

卡特琳娜坐在他对面。她向我问好。我的钱包和其他私人物品就放在他们面前的茶几上。

"你瞧，钱不是万能的，没有钱你照样渡过难关！"他边说边把粗粗的蒙特克里斯托雪茄叼在嘴里。

他的笑容背后隐藏了什么？高深莫测的他到底想从我这里得到什么？乘警不幸言中了吗？他也许是某一邪教组织的领袖，或是早已退居二线，坐享从信徒们那里榨取来的钱财，但还要死死抓住最后一个误入歧途、言听计从的信徒，只为打发无聊时光……

"事实上，"他继续说道，"你还没有告诉我，你和总裁的会晤如何？"

我和总裁见面后，发生了那么多事，现在提起，竟已觉得过去了千万年……

"还好吧。"

我一天半都没吃过一口东西，已是饥肠辘辘，而迪布勒伊似乎还不想去用餐。

"他说话尖酸刻薄，你克制自己不去辩解了吗？作为回敬，你问了干扰他的问题了吗？"

"问了，这个策略很好用，可我也没占到什么便宜。我想和他商量在我们部门增加人手。但其实没有必要和他浪费口舌。"

"尝试说服他以前，你真的做好准备融入到他的世界里，与他的思维方式接轨了吗？"

"我做了准备，也许是过头了，也许是还不够。就算是为了迎合他基于效率与赢利的处事原则，我也想方设法地论证了我的想法。可到头来，我发现不管怎样，我们彼此的价值观相距甚远，我没有办法接受他看问题的角度，连装模作样地附和一下都很为难……您懂的，分享对手的价值观不是易事……"

迪布勒伊吸了一口雪茄。

"我的提议可不是要你去附和他的价值观。如果你们彼此的价值观不尽相同，你是不可能融入到他的世界里的。但你要学会分清他本人以及他的价值观，这样才有作用。他的价值观再怎么俗不可耐，而他本人却是……可以改变的。所以，重要的是别一本正经地去评价他的价值观，而是对自己说，即使他的价值观与你的有冲突，你还是可以让这个人改变看问题的角度，而唯一的方式就是不要全盘否定他的观点。那么，融入他的世界也就意味着你要尽可能地站在他的立场上，就像是你上了他的身，去体会他内心的信仰，去思考他的所想，去感知他的感觉，最后再做回你自己。只有做到这一点，你才可以毫无偏见地去了解他的为人，了解促使他积极行事的动机，有时也可能会是让他出错的原因。"

"嗯……"

"附和不等同于理解。要是你真诚地站在老板的立场上去了解他的思维模式，而不是妄加评论，你会更加包容他的为人及感受。从那时起，他的思维模式有可能会因你而发生变化……"

"我不相信他会感觉到别人对他的看法，他也无暇顾及！好吧，就算是这样，就算我能够融入到他的世界里，他也不会再被人排斥或评头论足了，那么他又会在现在所处的位置上改变些什么呢？其实，反而让他更加坚定自己的立场，不是吗？"

"你还记得那天我们做过和别人保持体态一致的测试吗？测试结束后，我对你说过，如果我们想要真心实意地融入到一个人的世界里，就要坚持，就要慢慢调整姿势，对方会跟着我们变换体态，甚至是在毫无知觉的情况下。"

"嗯。"

"我认为这可以解释为无意识状态下彼此内心深处的关系交融。即使双方言语上没有任何交流，也无关紧要，这种高质量的关系多少都会被双方感知到。它弥足珍贵，于是双方努力呵护，让它长存。"

"我明白了……"

"所以，我来回答你刚才的问题，如果你可以毫无成见地融入到对手的世界里，以他的角度来体会他的感受、他的思维方式，你就可以创造出这种高质量的人际关系，这种珍贵的关系是他以前从未体会过的。他会自觉自愿地去维护它，此时你只需要从他身上离开，慢慢变回自己，自然而然地表达你的价值观，他接着也会开始关注。你无需要求他做改变，更无需去教训他。你创造了融洽的关系，只需做回自己。不知不觉中，他已对你敞开了心扉，接纳了你的不同，现在轮到他来探索你的价值观。到了最后，他多少会被你左右，改变立场，发生变化。"

"您是想说：融入他的世界后，我就让他来探索我的世界？"

"某种程度上是这个意思。就在此时，做你自己，你为他打开了另外一个世界，提供了看待事物的另一个视角，言行举止和为人处事的另一种方式，他会去关注这一切，而你无需指责或明示。"

"这让我想起甘地，我们曾讨论过的。"

"是的：欲变世界，先变自身。"

我陷入沉思。能够与人交流至此，既美好又奇妙，可同时又很难企及。我有足够的坚持、勇气和耐心来创造迪布勒伊叙述的这种关系吗？若要对方改变，此举不可或缺。

"您知道，我真的很难站在他的立场上。他的关注点与我的大相径庭，仿若隔了几光年的距离……坦白跟您说吧，我根本不能理解和他一样从早到晚疲于奔命的人，他们动机何在？只为了赢得一点点市场份额，或是争取让公司赢利的百分比上升那么一点点。这有什么意思？如果他们后退一步，不那么勇往直前，会对人生产生什么影响呢？我要怎么做才可以拥有他的立场，为求公司的发展全身心地投入到毫无底线的奔波忙碌中？如此人生的意义难道不太空洞吗？为……公司而活着。这对于我来说是很嘲讽的。在美国的时候，我认识了一个叫布莱恩的小伙子，他常说：'您想让上帝嘲笑吗？是吗？那好吧，把您的一切计划都告诉上帝吧！'"

卡特琳娜忍不住噗嗤一笑。我忘了她也在屋里。迪布勒伊呷了一口波旁威士忌。

"对于你的老板而言，这也许可以让他忘记他的悲剧人生……"

"他的悲剧人生？"

"你瞧，假如人们发现在公司的领导班子里男性明显多于女性，我相信这种现象绝非偶然。我认为那些宣称女性是性别歧视的受害者的人们弄错了。而且，从今往后，我们的经济掌握在金融家手里，他们根本不在乎投入资金的公司里高层领导的性别比例，正如他们无视自己短暂的人生一样。他们只会关注公司的业绩。不，我认为公司高层女性的稀缺还有另外一个原因。"

卡特琳娜从记事本上抬起头来，望着迪布勒伊。

"什么原因？"我问道。

"女性们拥有上天的馈赠和神仙的眷顾，她们幸运之极，无需为这些了无意义的琐事而奋力厮杀……"

"您的意思是……"

"人们可以创造出灵魂、生命，并将其赋予到自己身上，随后与世间万物发生联系。你真的以为他们会突然去关注某只股票的上市价格吗？"

创造灵魂……思考至此，方觉玄妙……身边的孩子们来到世上，乃是稀松平常之事，而我们有时竟会忘记此乃高深奇妙之事，它其实非比寻常、崇高伟大、魔幻神奇。创造一个灵魂……

迪布勒伊在指间慢慢旋转波旁威士忌的酒杯，习惯使然。

读到他那本私密的笔记本后，我一直忧心忡忡。而现在他的这番言论却让我宽慰几许。如此感慨生命的人，不会真的去干预别人的人生吧？

卡特琳娜目光飘忽，陷入沉思。

"作为男人的我们，"他往下说道，"因无法带来并赋予新的生命，内心深处已是伤痕累累。我确信，因为无法生育，大多数男性会在职场上表现得野心勃勃，以弥补人生的这种缺陷和空白。"

"您真是这样想的吗？"

"你只要说服自己认真聆听领导们在办公室里的谈话就会明白。你知道，我们运用的每一个词汇绝不会偶然出现在谈话中。这有一点像是灵魂的镜子……如果你认真聆听领导们的讲话，就会经常听到一些与怀孕、分娩有关的隐喻。在公司里，我们不正是把难以成形的计划说成是'它在难产中'，或者说'它的孕育期很长'吗？如果计划不能成立，我们会说'计划流产了'，不是吗？要是它没完没了，需要新的筹款和源源不断的资助，我们会说'它是借助产钳出生的'。一开始豪情万丈的项目却草草收尾？我们称其为'虎头蛇尾'[①]。新股申购期限将至？我们称之为'到期'了。方案的具体化？叫做方案'出台'……"

我惊讶得说不出话来，因为从未思考过这些语言，也从未把它们与女性联系起来。于我而言，过分追求权力只是显示了男性的野心和厮杀而已，不足为奇……

从迪布勒伊口中听到这番言论很有意思，我明显感觉到他对权力深有体会。就这一点而言，他了解自己吗？

其实，某些男性对女性的反感恰恰掩盖了他们自认低下的复杂心理，荒谬之极……

"回到公司的话题，我不知道我们的总裁是否嫉妒他妻子的生育能力，或者是他的荷尔蒙分泌过于旺盛，不管怎样，我对此一无所知。"

迪布勒伊面露愠色，难道他不愿意我运用他的理论吗？抑或他不愿意看到我已如他所料完全消化了这些理论？

他把雪茄扔进一个硕大的锻铜烟灰缸里。

---

① 法语直译为：诞下老鼠的大山。

"现在你已有资本来掌控自己的人生，不会再忍受别人想要强加给你的东西了。"

他将剩下的波旁威士忌一饮而尽，把杯子重重地搁在茶几上，站了起来。

卡特琳娜垂下眼睛看着笔记。

"接下来你要做的是，"他开口了，笑容狰狞，然后他在书柜前大步地走来走去，"这是你必须要完成的新任务。"

"是吗？"

空气中漂浮着雪茄的味道。

"你认为总裁在犯错，他的决定对公司不利？"

"我觉得这是明摆着的事。"

"你觉得应该换一种方式来管理公司，比如整合资源。当然，财政问题另行处理……"

"您说得很对。"

"既然如此，你来当总裁。"

"太可笑了。"

他定定地看着我。

"我没有开玩笑，阿兰。"

"您当然是在说笑！"

他蹙起眉头。

"我向你保证我没有开玩笑。"

我更加困惑了。难道他是……认真的？

他看出了我的疑虑，不动声色地观察了我一会儿。

"你为何不能当总裁？"他几近哀求地问道。

他的问题让我不知所措，这个问题如此唐突。如果你的亲人问你为何不做部长或国际巨星，你要如何作答？

"可是……您是了解我的……咱们要现实一些，人不是想做什么就能做什么的，总会有障碍……"

"唯一的障碍是我们给自己设置的。"

我感觉愤怒袭来。我了解他，但不知道他会如此穷追猛打……我已无处藏身。这家伙时而神志清醒，时而又失去理智。

"您知道他不是我的顶头上司吗？他可是我的顶头上司的上司的上司！我们之间隔了三个级别！"

卡特琳娜抬起头来凝望着迪布勒伊。

"登峰的人不要被山的高度震慑住。"

"可您已在插手我公司的事务了？我不可能平步青云！公司是有制度的！"

"遵纪守法的人才不会去思考公司的现状。如果你被制度约束，就无法寻求解决方案，或许你想到的别人早已想到。应该跳出制度。"

"您说的一切都很动听，可要落到实处，嘿，假如您是我，您会怎么做？"

他坐在椅子的扶手上望着我，一脸笑意。

"阿兰，你自己解决。你有资本。"

我站起来决定离开。我不会和一个疯子共进晚餐。

"我毫无头绪。"

他深沉而缓慢地说出：

"这是你最后一个任务。完成它，我就会把……自由还给你。"

我的自由……我的自由……我抬起头看着他。他的笑容安详而坚定。

"您不能用无法执行的任务来左右我的自由。我接受不了。"

"我亲爱的阿兰……你无权选择。我需要提醒你……必须遵守约定吗？"

"您给约定设置了诸多障碍，要我如何遵守呢？"

他的眼神刁蛮、苛刻、冷酷，直击我的内心。

"我命令你做丹克咨询的总裁。"

空荡荡的屋子里回响着他那专横霸道的声音。

我直视他的目光，丝毫不示弱。

"我给你三个星期的时间。"他说。

"不可能。"

"这是命令。我们在八月二十九日见面，不管发生什么，都要来找我。那晚八点我会在……儒勒·凡尔纳餐厅等你。"

我的心抽紧了。儒勒·凡尔纳……埃菲尔铁塔上的餐厅……他说这话时降低了声音，慢慢挤出这几个字，目不斜视地紧盯着我。这分明就是恐吓。我感到双腿在颤抖。我曾经寄予希望的自由只是泡沫。我的命运完完全全掌控在一个疯子手里。

我们面面相觑，沉默以对了很长时间，然后我转身离去。到门口的时候，我和卡特琳娜的目光交织在一起。她也如我一般，一脸错愕。

32

"没有伊夫·迪布勒伊这个人。"

"您说什么？"

"我是乘警裴迪然。您听好了：没有伊夫·迪布勒伊这个人。"

"可两个小时前我还和他待在一起。"

"他的真名是伊戈尔·杜布罗夫斯基。"

听到这个名字的时候，不知道为什么，我隐隐约约地感到不舒服。

"他是俄罗斯白人，"他继续说道，"还是个贵族什么的。他的双亲在十月革命时就离开了俄国。他们带走了全部家产，是一家有钱人。后来他们的儿子在法国念书，又去了美国。他做了心理医生。"

"心理医生？"

"是的，他是心理医生，但很少从业。"

"为什么？"

"我没办法知道，这个时候，又是在星期天，很难查到……他好像从医生队伍里被除名了。有人告诉我很少会有医生被除名，因此他应该是出了严重的医疗事故。"

"严重的医疗事故……"

我陷入了沉思。

"我要是您，才不会相信他呢。"

正在这时，我听到电话那头有人在扯着嗓门喊。断断续续的说话声传来。

"裴迪然，您在和谁说话？是谁？"

乘警压低了声音，他应该是一直用手捂着电话听筒的。

"总机又呼叫了。他们说你要查档案。什么破事儿？我可不想惹是生非，裴迪然，你听清楚了吗？还有……"

他挂了电话。电话挂断的嘟嘟音一直响个不停。我突然备觉寂寞，既孤掌难鸣，又忧心如焚。

我放下电话。屋子顷刻寂静无声，空空荡荡。我朝窗口走去。巴黎霓虹闪烁，光影交织，我看不到繁星。

无法想象。虽然迪布勒伊只是对我隐瞒了他的真实身份，我却深感不安。和我推心置腹的那个人竟不是我熟悉的那个人。

严重的医疗事故……到底引起了什么严重的后果？

自从我被绑架后，也就是一天前，我的身心无时无刻不受摧残，现在已是心力交瘁，如负千斤。我突然感到被掏空了，再没力气继续支撑下去。

我熄了灯，蜷缩在床上。虽疲惫不堪，却毫无睡意。

对迪布勒伊的承诺反反复复地浮现在脑海中，那承诺震耳欲聋，让人窒息，惧怕渐渐袭来。

以死誓约……

现在我敢肯定，这家伙绝对会说到做到。

半夜里我惊醒了，一身冷汗。睡梦中，一个答案浮出水面。潜意识肆意驰骋在我没有尽头的认知经验里，挖掘着早已从思维深渊里消失的信息，它们铺天盖地，尘封许久。终于，与一个被遗忘的记忆片断重逢了。

杜布罗夫斯基是那篇关于自杀的文章的作者署名。正是看了那篇文章之后，我才得知从某个地方可以爬到埃菲尔铁塔的钢梁上，而那里也被说成"死的意义重于泰山"的最佳地点。

33

第二天一整天里，我精神恍惚。从今往后，内心深处的惧怕将与我相依为命，还有，我又觉得自己茕茕孑立，形影相吊了。最难忍受的莫过于此。

在这个敌对的世界里，唯有阿丽斯赢得我的好感。虽然她与我只是同事关系，还未到朋友情分，但我欣赏她的直率、自然。我觉得她也对我抱有好感，而且是单纯的喜欢，绝无心机。这已是上天对我的恩赐了。

一天里我面试了四名应聘者。当然，我不认识他们，他们准备充分地叙述着各自的生活。我羡慕他们，希望成为他们中的一员，简短的面试时间里他们无需顾虑什么，只想拼命争取这个机会来得到工作，他们更无需问自己一些诸如人生意义何在的抽象问题。我想做他们的朋友，忘却他们赤裸裸的目光，因为那目光只是想引起我的注意。可我，是他们的面试官。

我很早就离开了办公室，和埃蒂安待了一会儿，我们俩坐在饱经风霜的台阶上。不知道为什么，他的出现和他安详的面容让命运多舛的我心绪得到了些许平静。我们有一句没一句地聊着，吃着还冒着热气的卷边苹果馅饼，那是我在对面的面包店里买的。各色行人从我们面前经过，已是傍晚时分，他们仍一副烦躁不安的神情。

一回到家里，我就开始翻箱倒柜地寻找，连那些小玩意儿都翻了个遍。我一无所获。

随后我上网搜寻。在谷歌上敲出"伊戈尔·杜布罗夫斯基"的字样后，我的胃拧成了一团，我点击搜索。七百零三个结果跃然眼前。很多结果是用我不熟悉的语言显示的，可能是俄语……我翻着网页，浏览着搜寻到的可看懂的信息。有一条法语的，几行字而已。是一份名单，人名后跟着一个百分比："贝尔纳·维利13.4%—杰罗姆·高第8.9%—伊戈尔·杜布罗夫斯基76.2%—雅克·马……"

我瞄了一眼发布信息的网站：societe.com，该网址提供企业财政资讯。也许是同名吧……为了不留遗憾，我还是点开网址了。网页提供了名为Luxares股份有限公司的股东名单。八竿子打不着。退回到谷歌，继续看搜寻到的结果……以法语显示的另一条信息："杜布罗夫斯基杀害了弗朗索瓦·利特雷克吗？"我全身发软。信息发布在一个链接为lagazettedetoulouse.com的新闻网站上。我心跳加速，随即点击了网站。

错误信息。网页无法查找。他妈的，他们就不能公布网页的链接吗……

再次退回到谷歌，上面仍有各个网站发布的文章，均提及了同一事件。

"杜布罗夫斯基事件。被告据理力争。"我点开。有篇文章点评了开庭过程，但没有澄清事情原委，只是描述了那个名叫杜布罗夫斯基的男子在审案过程中的表现。报道人说该男子不止一次指摘律师的辩护，竟然自己代替律师来做陈述。文章还报道陪审团显然受到了他的干扰……

陪审团……也就是说此案件是在刑事法庭审理的，而刑事法庭审理的案件不外乎凶杀。

我查阅了另一篇文章："我们会有知道真相的那一天吗？"。记者详细描述了审讯时形势逆转，被警察押至法庭且被视为罪犯的那名男子，竟可以让公众人心惶惶。

好几篇文章要么长篇累牍，要么简明扼要地报道着同一件事。所有文章都写于……一九七〇年代。时光倒回了将近三十年的光景……网站上的新闻发布了与这些文章相关的资料。

有一篇发表在《世界报》上的文章："弗洛伊德，醒醒，他们都疯了！"我点开。作者叫让·卡鲁萨克，发表的时间为一九七六年。文章用了大量篇幅来论证心理医生伊戈尔·杜布罗夫斯基危险、娴熟的治疗方法。我全身瘫软。是他……作者抨击了美国在心理治疗领域上的缺陷，而杜布罗夫斯基却始终拥护，他蓄意使原本合情合理的工作变得无章可循。文章揭露了杜布罗夫斯基的罪孽：尽管死因不详，但一定是他教唆年轻的弗朗索瓦·利特雷克自尽的。卡鲁萨克要伸张正义。

我惊悚万分。我将自己的命运交给了一个危险的心理医生，他显然比常人还要疯狂，而且当他作案的时候，他可以说自己是在为病人治疗……我的天……

我还阅读了其他文章。"被宣告无罪"突然跃入眼帘。"杜布罗夫斯基被宣告无罪"，发表于《巴黎人》报。我点击。

"杜布罗夫斯基的无罪释放使整个心理治疗行业遭受质疑"。"法庭怎么可以，"记者说道，"释放一个明显作案的人呢？"

另一篇文章则怀疑那个心理医生给陪审团成员们施了催眠术，以左右他们的决定，旁听的群众也是意见不一。

其他两篇文章则公布了他被除名时单位的意见，并批评决策机关没有使局势明朗化，还拒绝向媒体通报处分原因。

我阅读了太多的文章。

关了电脑，胃仍旧拧成一团。我必须摆脱困境，拯救自己。但要怎么做？唯一可以确定的是：我再也不会去努力完成他指定的任务了。

34

整整两天，我在脑海中反复思考着所有可能发生的事情，却没有哪件事能说服自己。我不得不清醒地意识到：一旦警方拒绝保护我，我就没辙了。最终我觉得自己存活的唯一希望是说服迪布勒伊放弃这个终极任务，给我指定别的任务。此举最为明智。受益于他的循循善诱，我也要如此对他，让其改变心意。

我把每一个细节都设计到位，在他反对之前，我首先要态度诚恳，然后以提问、辩解来轮番轰炸他；我想象了所有会发生的事情，以及他会作出的不同反应。

我花了几天时间来反复修改计划，一直改到自己觉得可以付诸实施方才作罢。我做足准备，其实只是不想那么快就迎难而上。只要一想到还要回到迪布勒伊的虎穴，还要把自己奉于他的利爪之下，我就如履薄冰、忧心如焚。

我终于决定行动了。我打算某天晚饭后突然到访，因为那个时候他饭饱神虚，下人们也还没有离开。

将近九时三十分，我抵达他的宅邸所在的街道。我在目的地的前一站下了车。我想走走路，以此来放松疲惫的大脑，消除因惧怕而产生的胃痉挛。空气里漂浮着椴树的香气。然而闷热的空气却让人感觉暴风雨即将来临。

尽管七月离开巴黎度假的人们已经回来，并开始了正常的生活节奏，可小区依旧一片沉寂。我心里反复设想各种可能发生的状况。机会微乎其微，但总要保持希望。我一定要摆脱迪布勒伊的掌控，这也是我付诸行动的原因。

我一步步逼近城堡，它的阴影在面前缓缓升起。在高耸的黑色栅栏前我停下了脚步，栅栏顶端是让人望而生畏的标枪栅片。城堡正面的窗户没有灯光。里面仿佛人去楼空，死气沉沉。寂静中，闪电不时划过天际。

按响门铃之前，我仔细观察四周的动静，仍是一片漆黑。我等待、犹豫了片刻。突然听到争吵声，言辞激烈。女人的声音。门厅的灯亮了。

"我受够了！到此为止吧！"女子嘶喊道。

门一下打开了，灯光下她的身影踽踽。我惊呆了，讶异不解。从台阶上大步奔来的年轻女子不是别人而是……奥黛丽。我的爱人，奥黛丽……

我一动不动，她狠狠撞开栅栏旁的小门，冲到了我面前。匆忙奔跑的她顿时停下了。她双目圆睁，不知所措。

"奥黛丽……"

她不做声，却紧盯着我，眼神几许绝望，神情悲痛万分。

天空阴云密布，电闪雷鸣之后，又恢复了一如既往的寂静。

"奥黛丽……"

她的眼框泛出泪花，往后退，极力回避我。

"奥黛丽……"

我无法自拔地朝她走去。我一直深爱着她，而此刻她却拒绝和我沟通，这份不能言喻的苦楚让我痛不欲生。

哭成泪人儿的她对我做了个手势，示意我不要再前进了。她哽咽着对我说道：

"我……我做不到。"

随后她头也不回地跑开了。

放下悲痛，我怒火中烧，撞向栅栏旁的门，全然忘了惧怕。门上锁了。我发疯般地按着门铃的可视电话，一连按了十多次按键，手指都要陷进去了。

无人应答。

强忍愤怒，我两手抓住栅栏使劲摇晃，拼命喊叫，声音压过了思大林的狂吠声。

"我知道您在家里。"

再次按响门铃，还是没有动静。暴风雨终于来了，雷霆万钧。雨滴开始坠落，开始是凌乱而温热的，很快就密密麻麻地交织在一起，倾盆大雨狂泻

上帝微服出巡时　193

而下。

我不假思索地冲向栅栏。潮湿垂直的栅片很滑，我无法抓住，但已被愤怒冲昏头脑的自己却来了力气。我借助双臂的力量费劲地爬到栅栏上面，小心地在标枪间隙中站稳，随后往下跳去。

灌木丛缓冲了我的跳跃，我站起来朝厚实的大门冲去，走进冰冷的大厅。通透的客厅里亮着灯光。我大步流星地穿过客厅，脚踩在大理石上，脚步声回响在空旷的房子里。我到了客厅。逸散的灯光照着气势汹汹的我。我一眼就看见迪布勒伊了。他背对着我坐在琴凳上，一动不动，手放在膝盖上。我浑身湿透了，水顺着我的脸庞、衣服流下，滴到了波斯地毯上。

"你生气了，"他泰然自若地说道，头也不回，"很好。千万别把沮丧和怨恨留给自己……生气就生气吧，说出来吧，咆哮也行。"

他让我不知所措。我本想对他大发雷霆的，可……现在大发雷霆就再次听从了他的指令……我觉得自己钻了圈套，冲动使我被打击得体无完肤。最可恨的是，我觉得自己像一个木偶，他控制着我的情感，用隐形的线轻轻地操纵着我。我一定不要让他左右自己，我要把愤怒宣泄出来。

"您对奥黛丽做了什么？"我咆哮着。

他不回答。

"她来您家里做什么？"

沉默。

"我不允许您干涉我的感情！您没有权利玩弄我的感情，我们的协定里也没有这一条！"

他依然默不作声。我这才看见卡特琳娜也在场，她坐在客厅角落的长沙发上。我往下说道：

"我知道您不在乎爱情。这对您来说是无所谓的事情。其实，是因为您无法爱上别人。您不停玩弄那些年龄不及您一半的女孩子，因为您害怕自己会对她们中的谁动了真情。懂得满足生活中的欲望，心随所愿并实现梦想是人生完美之事。和您相比，我无法做到，我不得不说这难能可贵。然而，如果我们无法去爱，无法因爱一个人而去爱其他人，这一切将了无意义……您在公共场合吸烟，在公交车道和人行道上横冲直撞。您无视他人的快乐。如果我们与世隔绝，懂得满足欲望又能怎样呢？我们不能只为自己而活，否则人生便会失去意义。世上的一切奢华绝不能取代融洽的关系和单纯的感情，哪怕只是邻居的诚恳笑容或是我们为之留门的路人，抑或陌生人令人动容的目光。您的那些动听的理论无懈可击，行之有效，甚至别具慧眼，可您忘记了一件事情，就那么一件，却至关重要：您忘记了去爱。"

我说完了，因为怒不可遏，声音的分贝提高了十倍。宽敞的客厅里寂静无声，死气沉沉。迪布勒伊一直背对着我，卡特琳娜则垂下眼睛，他俩毫无反应。

我转身离去。刚走到门口，我再次转身。

"别碰奥黛丽！"

年轻人离开了很长时间，但他的声音似乎还回荡在宽敞的客厅里。随后万籁俱寂。

刚才上演的一幕让卡特琳娜感觉很受伤。她不太习惯人们在她面前宣泄情感。她憎恨这一幕的发生。

她缩在沙发里，一言不发，等待着伊戈尔的反应。

后者纹丝不动，神情凝重，眼睛一直望向地面。

寂静良久后，她才听到他心灰意冷地喃喃自语道：

"他说得对。"

35

第二天，我的愤怒渐渐平息，心里却埋下了不解之谜。

越思索，越多的未解之谜就跳了出来，迪布勒伊，或者应该说是杜布罗夫斯基和我的关系愈发扑朔迷离。他怎么就那么巧地走进了我的生活里？最重要的是，他还准备了些什么？身为心理医生，他医术娴熟却苦于没有患者。他根本就是一个危险的变态佬、一个幕后操纵者，无所不能。

然而，我觉得自己已经触碰到他的软肋了，也发现了他的人际关系理论中的漏洞。若关系发生质的改变，自己一定要喜欢对方。喜欢对方。显然这是打开所有关系的钥匙。朋友间或同事间皆是如此。杜布罗夫斯基没有这把钥匙，而我在说服上司时，也缺少这把钥匙。我不喜欢上司，当然他也会感应得到……我费尽心机地巴结、讨好他其实都是白费力气。我得想方设法地原谅他的恶劣行径，才能对他有一点好感，只是有一点儿好感而已……到了这一步，在这样的情景里，他其实也可以向我敞开心扉，接受我的想法和建议……但要喜欢自己最鄙视的敌人，需要拿出何等的勇气啊？

一天的工作结束了，我来到街上。只要走进这个熟悉的地方，我就会身心放松。蒙马特这个村落有其魅力四射的一面……我全然忘记自己置身于大城市中。

思绪万千，依然不能放下我的爱情。随后我瞥见邻居老太太正向我走来，依旧从头到脚一袭黑衣。她自从上次登门拜访之后，就不愿和我说话了。

我们对视了一会儿，可她却移开目光去看离她最近的玻璃橱窗里的东西，似乎对里面的东西兴致盎然。但不巧的是，她看的是一家诱惑无比的内衣商店。后来她一直看着姿势挑逗的模特身上穿的细带式泳裤和吊袜带。她的对面，橱窗的正中央，她忍不住地要去看看那张大大的内衣品牌的海报，海报的作用在于告知行人该柔软产品的魅力所在："第三十六课：缓和冲突。"她猛地回过头来，继续走路，眼睛却看向地面。

"您好，布朗夏尔太太！"我愉快地冲她喊道。

她慢慢抬起眼睛。

"您好，格林曼先生。"说话的时候她的脸微微红了，许是想起了我们上次见面的情形。

"您近来好吗？"

"很好，谢谢。"

"今天天气真好！和昨晚不一样了……"

"可不是嘛，天气真好。既然我碰到您了，就得告诉您：我要让房客们写请愿书，抗议四楼的女邻居。她的猫总是在檐口走来走去，还会进到别的住户家里。有一天我居然见到它睡在我的沙发上。真是忍无可忍。"

"她的那只小灰猫？"

"可不是嘛。还有罗伯特先生，我可是受够了他厨房里的味道。做饭的时候他是可以关上窗户的。我对小区管委会讲了不下三次，但好像只有我投诉了他……"

好吧，聊点儿别的吧……我很想和她聊聊正面的东西……

"您去买东西？"

"不，我去教堂。"

"每周去一次吗？"

"我每天都去，格林曼先生。"她说话的神情带着几许骄傲。

"每天……"

"当然！"

"可……您为什么每天都去？"

"哎……瞧瞧！我去告诉上帝耶稣我对他怀有一颗爱戴之心。"

"啊，是嘛，我明白了……"

"耶稣是……"

"您每天都去教堂告诉耶稣您爱他！"

"是的……"

我犹豫片刻。

"您知道，布朗夏尔太太，我得告诉您……"

"告诉我什么？"

"怎么说呢……我有………一些疑虑……"

"疑虑？格林曼先生，您疑虑什么？"

"嗯……我不知道您是否是虔诚的基督教徒……"

她愣住了，自尊心受到打击。她的身体在颤抖，脸也涨得通红。

"您怎敢说出这样的话！"

"嗯……我认为您并没有遵循耶稣的教导……"

"我当然遵循了！"

"我对基督教一窍不通……我不记得耶稣说过'喜欢我'之类的话。但相反，我敢肯定他说过'你们要相互友爱'。……"

她张大嘴巴，一言不发地看着我，一动不动，不知何去何从。

很长时间里,她都呆若木鸡,瞪大了眼睛望着我。她差点让我感动了。最终我还是对她动了恻隐之心。

"不过,"我说道,"我承认在耶稣指引众生'爱人如己'的时候,您是认真遵循他的教诲的。"

她的眼神里充满疑问。她沉默不语,无话可说,却让人更加怜惜。我真诚而体恤地问她:

"布朗夏尔太太,您为什么不爱惜自己呢?"

36

凌晨两点。我辗转难眠,脑中反复回想那些发生过的事情。再怎么想,也无法觅得答案。我不知道杜布罗夫斯基真正目的是什么。一直抑郁于无法弄清真相,我快疯了……

那份在谷歌上见到的有他名字的股东名单,真的只是一个同名同姓的人吗?万一就是他呢?或许我应该再查查……当时大意了……那么这是家什么公司?好像是一家类似于Luxores或者Luxares的公司……

好了,现在朝这个方向查查,如果不去搜索一下,我会夜不成寐……谁让我是个苦命的人呢!我为何就不能不去胡思乱想,美美地躺下?

怕灯光刺眼,我半闭着眼睛伸手去开床头柜灯的开关。

啪!灯闪了一下就灭了。灯泡坏了。见鬼……自作自受,这样也好,我就不会彻底清醒,说不定一会儿就睡着了。

黑暗中我从床上爬起,摸索着走到窗旁。微微掀开窗帘,夜晚微弱的光线渗进屋里。霓虹闪烁的城市已沉沉睡去,不那么张扬跋扈了。

我折回屋里,坐到电脑前。电脑开机了,黑暗中它散发出的微弱光线让人感到阵阵寒意。开机时三个熟悉的音符响起,瞬间打破了黑夜的沉寂。

我僵硬的指头敲打着键盘,伴随着键盘的啪啪声,谷歌上也显示出了伊戈尔这个名字。

用俄语显示的搜索结果再次出现在谷歌上。我一页页地翻看着,一目十行地浏览着搜到的信息。我哈欠连天,瑟瑟发抖。夜晚很凉,我光着上半身,只穿了一条短裤。

我一眼就看到那份人名后跟着百分比的名单了。我点开。同名人伊戈尔·杜布罗夫斯基所在的公司叫做Luxares股份有限公司,他持有76.2%的股份,是最大的股东。但发布网页的网站只是提供了公司财务处给出的这些数字。

我复制了公司的名字,粘贴到谷歌搜索栏里,然后点击。只查到二十三个结果,算有运气了。不外乎几家新闻和财政资讯的网站,接着我看到一个网址,似乎是这家公司的官方网站:"luxares fr, Luxares股份有限公司,专业的餐饮公司……"

我点开。

我不由自主地往后退去,眼前所见令我毛骨悚然。

全屏出现的照片,划破了房间里的黑暗。照片拍摄于夜晚。近景中阴森可怖的钢梁在黑暗中纵横交错,仿若要断了隐身侵袭者的后路。钢梁后,是灯火辉煌的玻璃窗,儒勒·凡尔纳餐厅内的豪华装潢跃入眼前。

37

我感到惧怕。承诺伊始,我就深感不安、心烦意乱,现在这种担忧更是有增无减。掌控我人生的那个人不仅内心强大、生活富足,还心狠手辣。我唯一能做的就是:逃脱他的魔掌。

我打电话给乘警裴迪然,把我的最新发现透露给他,并一再坚持希望能够得到警方的保护。他再次念叨之前说过的话:所有这一切不过是推断而已,虽让人惶惶不可终日,但尚未构成犯罪。他不能帮我什么。

我绞尽脑汁地想法拯救自己,却发现一切全是枉然。只有一个现实可行的办法,就是和伊戈尔谈判。而奥黛丽的突然出现却打破了我的计划,在那里大吵大闹一番后,我现在可没脸再回去了。我还当着卡特琳娜的面儿羞辱了他,他是不会善罢甘休的……

我清醒地意识到:要终止协议,只能寄希望于经受住他最后一次强加给我的考验，但这是无法实现的。我中了圈套，浑如瓮中之鳖。

接下来的两天里我过得痛苦不堪。我绝望地为这个不能成立的方程式寻找着求解方法。夜晚我辗转反侧，难以入眠。工作时，我精神恍惚，无法集中精力去应对面试。有时我会连续两次问应聘者相同的问题，他们友善地提醒这个问题已经问过了……阿丽斯说我气色不好，要我尽快去看医生。我已摇摇欲坠……

第二天晚上，我走出办公室，又折回去拿落下的钱包。我竟然在歌剧院街上看见了弗拉蒂，他就在我身后几米远的地方，仿若碰巧遇到的一样。我更是胆战心惊了。

接下来的那天晚上，我做了个奇怪的梦。梦里的场景发生在美国密西西比的一个农场里。一只青蛙掉进了装有奶油的大缸里。缸沿很高，它不慎落入，又无法借助稀滑的奶油爬到外面。爬出大缸的机会微乎其微。它的命运就摆在眼前，只能听天由命了。但它愚钝得不能理解这种命中注定的事情。为了逃离死牢，它依然拼命挣扎，根本不去思考它是在负隅顽抗，白费力气。它不停地扑打着奶油，居然把奶油打成了黄油。青蛙于是踩着黄油上去，跳出了大缸，重获自由。

拂晓时分，我决定了：我要奋力厮杀当上总裁。

38

我没有坐以待毙。

当天，我在商会网站上查看了丹克咨询的章程，还有它近期对外公布的数据及报告。我必须对公司的各个部门了如指掌。

连着两晚，我沉迷在色情文学作品的阅读里，读后燥热难耐。为什么法国的法学家们总要迂回曲折地表达一些简单的事物呢？我立即反应过来：我在美国学习到的财会制度并不能让我理解这个国家的行规。我需要帮助。

身为招聘顾问的好处之一就是可以很快地留下应聘者们的地址，并记在笔记本上，过目不忘。我联系到了一位年轻的财务经理，几周前，我帮一家中小型企业聘用了他。我对热情爽朗的他印象颇好。我试探性地和他聊天，告诉他我需要帮助。他很爽快地答应了。当晚我就把手里的文件以快递的方式寄给了他。

几天后的一个傍晚，我们约在卢森堡公园旁的一家露天咖啡馆见面。他准时赴约。高大纤瘦的他身着得体的浅灰褐色西服，白色衬衫。他解开衬衫最上面的那颗纽扣，松了松领带。

乐于助人的他极有耐心地阅读完了所有文件。

"丹克咨询是一家在巴黎证券交易所新市场上市的股份公司。"他对我说道。

"股份公司？"

"是的，就是通过发行股票、集中资本来运作的公司。公司受法律保护，其特征为：由公司章程来约束其运行机制，而非股东们。"

"也就是说，由章程制定人来决定公司的运行机制，对吗？"

"从某种程度上来说，是这样的。"

"如此说来，股份公司的机制有什么特点呢？"

"除了任命公司总裁的方式不同以外，其他的和别的公司没什么两样。"

"我最想知道的就是这个……"

"总裁是在股东大会上由全体股东投票产生的，而股东大会不是经常召开。"

"所以股东们投票选举总裁，对吗？"

"不，也不全对。只有那些参会的股东才有权利。当然，所有的股东都有权参会，但事实上大家根本不在乎参不参会……当然，那些大股东就不这样想了。"

"大股东……"

"是的。这家公司有两个大股东和几万个小股东。"

"让我猜猜……我敢说其中一个大股东就是马克·丹克……"

"不，你错了。他只持有百分之八的股份。"

我于是想起阿丽斯的话来。丹克让公司上市的时候，只持有公司极少的股份。他并不能真正掌控公司……好极了……

"那么两个大股东究竟是谁呢？"

"一家为专做投资的基金公司INVENIRA，负责人叫大卫·布彭；另一家是美国的养老基金公司STRAVEX，负责人是名叫罗森布莱克，法国分公司的经理。他们俩持有公司百分之三十四的股份。除丹克本人外，其他没有哪个股东持有超过公司1%的股份。可以说，公司是这两大股东的天下……"

我们面前的行人渐渐多了起来，大多数是观光客和戴着墨镜闲逛的人，较之那些刚下班的巴黎人，他们怡然自得。对面的人行道上，许多人驻足观看卢森堡公园的栅栏上方挂起的巨幅图片。旁边那张桌上，一个年轻女孩大口吃着热气腾腾的炸糕，苹果的香气和焦糖的甜味四散飘逸。

无疑，我在冒险，而且成功的几率几乎为零。我向对方坦白了我的计划和目的。

他谨慎入微，没有嗤之以鼻，只是做了个鬼脸。

"我不想打击您，可这个计划的可行性不大……"

"是啊，我也这样想……"

"是的。事实上，您真的没有获胜的机会。如果丹克还是总裁的话，那就意味着他肯定会得到那两大股东的支持。"

"为什么这么说？他们也只是持有百分之三十四的股份而已，又不是百分之五十……"

"原因我刚才已经对您说过了：小股东们不会来开股东会。因为这对他们来说无济于事……最多几个退休后无事可做的人会来参会，为了光临会后的鸡尾酒会。他们根本就是些无关紧要的人。当然，他们也不能改变投票的结果。我提醒您，有几万人都是小股东，只有在他们集体退股的情况下，两大股东才会左右为难……很明显这是完全不可能发生的，除非这家公司濒临破产，而小股东们又害怕他们的小钱一去不返。只有这时，他们才会集体申诉……"

此时最想申诉的其实是我。

"如果丹克再次被选为总裁，"他继续说道，"毫无疑问，是因为他有两大股东作为后盾。他们持有百分之三十四的股份，在股东会议上，他们有至少百分之八十的决定权……我不是不看好您的能力，也不是要打击您的信心，但我不觉得那两大股东会改变心意来支持一名公司的小职员，支持一名年轻的招聘顾问……"

我陷入沉思。他的理智确实让我备觉沮丧。

夏装出行的游客们在公园的栅栏前放慢了脚步,欣赏着那些图片。"很抱歉,帮不了您什么。"他最后极其诚恳地说道。

运气不佳时,别人的体恤总能让我得到抚慰。但我不会就此放手。我一定要找到办法,还要制定出作战计划。我要全力以赴……

"如果您是我,您会怎样做?面对这样的局面,何为上策?"

他脱口而出:"放弃。您无可奈何。就您的处境而言,只会赔了夫人又折兵。"

我的处境……老兄,倘若你真的了解就好了……

我付了两瓶巴黎水的钱,也为他的鼎力相助而道谢。之后我们就分别了。

我穿过卢森堡公园。行走总能让我释放压力,摆脱焦虑,同时我也可以重新酝酿新的计划。我意志消沉,却不想就此妥协。此次奋战是我重获自由的唯一希望,如果成功,还可以苟且偷生。我必将全力以赴,即使成功的几率几乎为零。我也一定要瞄准进攻的机会……

公园里悠然散步的人们令我艳羡不已。那些小老头儿伸手去喂鸟儿面包,他们的手成了麻雀的理想栖息地,麻雀叼住面包后飞到最近的树枝上享用。男学生们卖力勾引坐在精致的绿色铁椅上复习大学课程的年轻女孩们,蔷薇花弥漫的香气使她们昏昏欲睡。骑着小马的孩子们在公园里鱼贯而行,他们兴高采烈,几位家长一心要保护孩子,始终不离左右。

我朝着靠近参议院的那个出口走去,然后穿过奥德翁剧院下面的小巷。

我走了整整一晚:横穿了整座首都,之后便回到家里,我把整个局面前后左右里里外外地研究了一番,寻找着公司机制的缺口,也考虑了各种可能发生的情形。我预感自己将会找到一个切入口,一个能让我重新洗牌的方案,至少我可以碰碰运气。但这真的是我的直觉吗?也许不过是想要寻求解决办法的意愿太过强烈而已。

进屋时,我看见一个纸袋挂在房门的把手上。我走进房里,在厨房的餐桌上打开了纸袋。里面有一盘用铝纸盖住、还在冒着热气的食物。盘子上方附有一张锯齿状花边的蓝色小信封。我打开了信封,里面是一张同色的小卡片,同样的锯齿花边,写着"布朗夏尔太太祝您好胃口"。字迹工整,饱满飘逸,现在没有人能写出这样的字了。

那晚,我享用到了一份美味的巧克力蛋糕。

39

虽然很想付诸行动来完成最后的考验,但我还是要保持清醒,给自己留点余地。前途渺茫,我不得不准备面对失败,并承担由此而产生的所有后果。事关我的生死。

于是我决计深入调查伊戈尔·杜布罗夫斯基不堪的过往。有一点我永远都无法了解:倘若他催眠了陪审团的成员们,致使自己无罪释放,那么或许我可以发现一丝蛛丝马迹,赢得一点与他当面谈判的资本;倘若我翻出了陈年旧账,或许就有了谈判的筹码……内心始终有一种信念驱使我去行动。我坚信重获自由的关键便是揭开他那些尘封的往事。

我再次在网上寻找信息,寻找《世界报》上那篇恶毒攻击杜布罗夫斯基的文章,但我忘了作者的名字。在这起事件上,较之其他报道的记者,他可谓博览群书,旁征博引。我记得他详细描述了杜布罗夫斯基及其运用的心理治疗方法。我完全有必要和这个记者交流一下。

我不费吹灰之力就在网上找到了那篇文章,作者名为让·卡鲁萨克。我趁势拨了电话号码。

"您好,我想找一位曾在七十年代效力于《世界报》的记者,不知道他现在是否还在贵社……"

"他叫什么?"

"让·卡鲁萨克。"

"您再说一遍?"

"卡鲁萨克。让·卡鲁萨克。"

"我没听说过这个人。我在这里工作八年了……您的朋友应该退休很长时间了吧!"

"他不是我的朋友……但我一定要知道他的去向。这对我很重要。贵社有没有人认识他,谁还留了他的联系方式?"

"我怎么知道呢?我不至于跑到每层楼的每间办公室里去问吧!"

"好吧,但您起码知道那个时期的主编名字吧。或许此人可以给我提供一些线索。"

听筒中传来对方的叹息声。

"您说是什么时候?"

"一九七六年。"

"您别挂电话……"

漫长的等待,电话里是萨克斯演奏的爵士乐。等得太久,我便寻思自己是不是被对方遗忘了。

"我把他的联系方式给您,但不能保证您找得到他。我们很久都没有联系了。主编叫雷蒙·维尔热,电话号码是01472……"

"请等等!我记一下……雷蒙·维尔热,014……"

"47281103。"

"太好了!谢谢您!"

她随即挂了电话,生怕我又问别的事情。

我拨出电话号码,一想到这个号码或许不再有效,又开始忧心忡忡了……有嘟音。噢!顾虑少了些许……电话响了四五声……无人应答。七声,八声……正要挂断的时候,有人接起了电话。对方开始不做声,接着传来一位妇人颤颤巍巍的声音。我十指交叉,向对方打听主编的消息。

"先生,您是……"

"阿兰·格林曼。"

"他认识您吗?"

"不,他不认识我。不过我想和他谈谈,想了解一下以前为他效力的某位记者的情况。"

"太好了!这样可以让他转移一下注意力……您要吐字清楚一些,否则他听不懂您在说什么。"

寂静持续了很长时间。我安心地等待着。终于听到一阵窃窃私语,随后

上帝微服出巡时

寂静再次降临。

"喂……"声音拖得很长。

我听从了妇人的忠告,清晰地说出一字一句。

"维尔热先生,您好。我叫阿兰·格林曼,我是从《世界报》的报社那里打听到您的电话号码的。冒昧地给您来电,是因为我急需和一位以前为您效力的记者见见面。这对我来说意义重大。报社那边认为您可能还留有他的联系方式。"

"以前的记者?没错,有几个是与我经常打交道的。他叫什么来着?我记得他们每一个人。我的妻子可能跟您说过,没有任何问题能难倒我。"

"让·卡鲁萨克。"

"什么?"

"让·卡鲁萨克。"

沉默良久。

"维尔热先生,您在听我说话吗?"

"我对此人没什么印象。"他坦白道。

"这要回到三十多年前了……"

"不,不!问题不在于此!我记得每个记者的名字……不,这个名字绝对是笔名。"

"笔名?"

"是的,记者们经常用笔名来发表文章,比如当他们尝试发表一些不在熟悉范畴内的文章时,就会用到笔名。"

"或许……您可以找到他的真名?"

"是的,我有一份名单,上面记录着每个记者的真名以及他们的笔名。您知道,我保存着所有的资料……您在半小时后再给我来电话吧,我会告诉您的。"

半小时后,他的妻子接了电话,告诫我不要说太长时间,以免影响午休。之后她把电话递给了丈夫。

"名单里没有卡鲁萨克这个名字。您确定是这个名字吗?"

"确定,完全确定。"

"那么，可能就是某位名人了。这种情况下，为了帮助此人隐瞒身份，报社是不会记录任何信息的。"

某位名人？为什么他会关注一个陌生人的自杀事件呢？

"很抱歉，"他说道，语气中有明显的失落感，"没有帮到您什么。不过您还是把联系方式留给我吧，说不定我会想起什么来……"

40

常言道：机会总是光顾勇者。但我的机会是需要等待的。我不仅运气不佳，还厄运连连。我要迎接一个难以想象的挑战，我得要孤注一掷来对抗一个天资聪颖、内心强大的疯子。但无论如何好运是不会光顾我的。

那天早上，我很晚才到办公室。第一批应聘者们已在一楼的前台报到了。他们着装得体，西裤、裙子上没有一点折痕。大厅里弥漫着香水和剃须后使用的润肤液的味道。我快步穿过大厅，走上楼梯，避免和顶头上司在同一部电梯里相遇，这样，电梯上升的时候，我们不必在里面尴尬地沉默以对。

我刚在办公桌后坐下，阿丽斯就进来了，还小心翼翼地关上了身后的门。

"看看这个。"她边说边递给我两张纸。

我接过纸张，一张出自公司行政处。我认出了那张黑名单，上面列出财务陷入困境的公司，它们的财务问题也会波及我们公司为其提供的服务。这份名单通常会在每个月由部门主管编辑出来转发给大家。但这个月，我们没有收到。

另一张纸上则罗列着本周给每个招聘顾问的工作量，招聘顾问们要在这一周里联系或是再次确认需要我们提供服务的客户，这份资料会在每周一转发给我们。我只扫了一眼，就看到黑名单上的大部分公司都被罗列在那两页纸上。黑名单编辑的日期是八月一日，而会有业务往来的客户名单则是在五日被编辑出来的……

"你明白了吗？"她忿忿地说，"你知道这意味着什么？他们让我们伪造业务数据，而我知道大部分客户根本不会付给我们一分钱！完全是胡闹！公司高层的决策越来越不靠谱了！我看不懂公司在搞什么名堂。我不知道你是否也明白，这对我们来说意味着什么，嗯？要是客户不买单，我们就没有工资了！你想想？我们白忙活了，我们……"

我不再理会她了，开始想别的事情。我沉浸在脑海中刚刚生出的想法里，它正慢慢成形，仿若一张调焦前定格在相机镜头里的模糊照片，但是我知道它会变得层次清晰、色彩明亮……

"你怎么笑了？"她恼怒地问，因为我对她的愤慨熟视无睹。

"阿丽斯……我能留下这两份资料吗？可以吗？"

"好的，当然可以了，可是……"

"谢谢，阿丽斯，多谢。或许你刚刚救了我的命……"

"就当这些东西不会让你白干吧……"

"阿丽斯，我得走了，对不起……"

我拿起电话打给凡妮莎，请她取消我所有的预约。我必须请一天假。也许这会惊动老板们，但不管怎样，也不管发生什么，我已将一个小职员没有出息的未来看到底了。

股东大会将于八月二十八日举行。八月二十八日……伊戈尔·杜布罗夫斯基约了我二十九日见面……他肯定早就知道股东大会召开的日期了，他可不是随意挑选日期的。我们见面时，我曾以为这最后一次考验是因他言辞激烈所致……其实他早有预谋。

一回到家里，我就给银行去了电话，请其为我购买丹克咨询的股票，要坐上总裁的宝座，最起码应该持有公司的股票。章程上说不需要提前申请总裁职位，但股东会召开之际，我需要明示。所以不到最后一刻，我是不会出场的。

我成功的几率微乎其微。所以，我大可在股东们面前毛遂自荐，力图说服他们。我的天，光是想想这一幕就让我浑身瘫软……我，是个怯场的家伙，如果开会时让我在十位或十五位同事面前发言……

我光顾着想怯场的事了，想得喉咙干渴，双手颤抖。必须克服这个毛病……不能因为怯场，就把机会白白浪费掉。一定有办法让我学会在大庭广众下沉着冷静地演讲……

208　DIEU VOYAGE TOUJOURS INCOGNITO

我在网上搜了一会儿。有几所高校提供这样的课程或研修班。我依次打了电话，但只有一个是行得通的；其他的八月都不开班。光听听课程的名字就跃跃欲试了：演讲达人。接电话的人提议我在报名前去会会授课老师。我随即就约了老师见面。

接着我给在上班的阿丽斯打了电话。

"我对你说过丹克在报上刊登虚假招聘的事儿了吗？"

"说过了，阿兰。我还是不信。"

"听着，我需要你帮我。你可以再拟一份目录吗？"

"假招聘目录？"

"是的，假的。"

沉默。

"拟起来要很长时间。你要我从多久前开始拟起呢？"

"我不知道……就从最近三个月拟起吧。"

"我要在每张报纸上标出一条条已经刊登过的招聘启事，还要与我们内部的目录核对一下……"

"你能为我做这件事吗？生死攸关……"

"我觉得你今天有些神秘。"

"求你了，阿丽斯。"

41

既然查不到《世界报》那个前记者的去向，那就从当事人那里查起吧。就情感而言，这很棘手，也很困难，可我也许只能知难而进了，因为只有这样，才能了解到事件背后更多的东西。

地址不算难找。那个时期的报纸都详细报道了出事地点。而且在这片小区也没有同名同姓的人，我立刻在网上的电话号码年鉴里查到了当事人的地址。

我开车去了那个地方。塞纳河畔维特里离巴黎的东南方有几公里的路程。我开着车，眼睛却盯着后视镜。没发现任何异常，但决计不能冒险。伊戈尔无论如何也不会知道我来这儿了。我从奥尔良门上了往南的高速公路,然后停在几公里外的紧急停车带上,接着倒车退回到高速公路的加速车道上。如此开车危险至极,却万无一失。

很难在巴黎郊区辨别方位。停在每一个红灯路口时,我都会仔细看看摊开在副驾驶座位上的地图。

我从马克西姆·高尔基路驶到了维特里,途经马卡连柯中学,然后来到了尤里·加加林大道和思大林格勒街的路口。我要把车停在哪里呢?早在二十多年前,苏联似乎就解体了……往右转头的时候,我看见了市政厅。惊讶之余,差点撞上了前面那辆车:这简直就是微缩版的克里姆林宫!

目光所及之处都让人觉得怪怪的,算了,我还是来找找路吧……看看我现在身在何方?罗伯斯庇尔大街,马拉路……嗯……全是些伟大政客的名字……好吧,我完全迷路了。我打开警报灯,停在与另一辆车平行的地方,试着在地图上找到所在位置。啊,明白了,好的,我只要穿过起义路,转入波托巷,再上福斯理耶桥。寻路的过程仿若设置程序一般……

终于驶至一条平静的街道上,两旁是郊区特有的小宅楼和简朴的小房子,但正是因为这份质朴,才更触人心弦。我泊车,下车步行。门牌十九号,一栋砖石堆砌的小屋,刷成了白色,高耸逼仄。在某个已逝去的年代里,它一定是风华绝代的。但时光一去不返,现在的小屋色调浑浊,让人不忍直视。随处可见鱼鳞裂纹,一些碎小的砖石裸露在外面,就像是留在憔悴病容上的褐色斑点。

我走近小木门,花园展露无遗。当然,如果我可以把这块隔开主屋和街道的狭窄空间称之为花园的话。因无人打理,花园杂草横生,碎石稀稀拉拉地撒落了一地。

"19"这个数字用油漆写在一片弧形铁皮板上,安在信箱上方,没有标出主人的名字。

我鼓足勇气,迅速按下门铃。

良久之后,里面毫无动静。房子依然死气沉沉,随后小门微微开了一点,老人的脸探出,岁月在这张脸上写满了沧桑,也许是伤心过度吧。我马上就明白自己找对地方了。

"利特雷克先生？"

"您好，先生。"

"我叫阿兰·格林曼，冒昧地打扰您，是因为我需要问您一些事情。询问之前，请您原谅我要再次揭开您的伤疤，但我需要和您谈谈您的儿子。"

他眉毛间的川字纹陷得更深了，摇了摇头，表示不同意。

"不，先生，"他声音微弱，"很抱歉，我不想谈我的儿子了。"

我再三坚持。

"我强烈地感觉到自己身陷困境，就像您的儿子当时面临的局面一样，还有……"

"让他进来！"房间里传来一位妇人的声音，她在嘶喊。

老人垂下目光，悲伤地叹了口气，然后听从妻子的吩咐，为我完全打开了门，自己退到里面。

我推门而入，小门嘎吱作响。我走过台阶，来到屋内。

屋内的装饰简单陈旧，还漂浮着一股若隐若现的霉味，但却干净得无可挑剔。

"我不能站起来迎接您。我的腿很痛。"头发绾起的老妇人说道，她靠在扶手椅的后背上。

"您太客气了，谢谢您接待我。"我边说边在她指给我的那把有划痕的椅子上坐下。

尽管她丈夫蹑手蹑脚地上了楼梯，我还是听到了木楼梯发出的声响。

"最近我受到一个人的威胁，一个叫伊戈尔·杜布罗夫斯基的心理医生，他在威胁我。如果我没弄错的话，你们曾经在……时期起诉过他。"

"我儿子自杀的时候，是的。"

"而他竟能脱身，因为证据不足而被无罪释放。您能告诉我，您知道的与这个人有关的所有事情吗？"

"这要回到三十多年前了……"她若有所思地说道。

"告诉我您能想到的事，这很重要，因为起码我可以去……保护自己。"

"您知道……我只在起诉他之前见到过他一次……"

"可一直都是由他来给您的儿子进行治疗……"

上帝微服出巡时　211

"是的，主要是他在治疗，我和他交谈过，也就是我丈夫和我把弗朗索瓦交给他的那天。坦白说，我连他对我们说了些什么都不记得了。"

"您刚才说到的'主要是他在治疗'是什么意思？"

"给弗朗索瓦做治疗的有两个医生。"

"您的儿子有两个心理医生？"

"是的。杜布罗夫斯基大夫和医院里的另一位。"

我思绪纷乱。

"让我丈夫给您冲杯咖啡吧？"她客气地问道。

"谢谢您，不必麻烦了。告诉我，您的儿子跟您提过伊戈尔·杜布罗夫斯基吗？"

"哦，先生，他什么都没说。您知道，他沉默寡言。他习惯自己消化一切。"

她叹了口气，然后补充道："显然这个人让他感觉很压抑……"

"可是……既然是两个人来给他治疗，为什么只起诉了杜布罗夫斯基？"

"您知道，先生，有些事情超出了我们的承受能力。起诉不起诉，我们根本无所谓，因为我们很清楚，即使告了他，我们也无法让儿子活过来。这可是我们唯一的儿子啊。他死了，我们的天也塌了。剩下的一切还有什么重要可言。我们告他是因为有人要我们这样做，但我们的本意不是要报复他。这是天意，起诉解决不了什么问题。"

"可为什么要告伊戈尔·杜布罗夫斯基而不是另一位心理医生呢？为什么不同时起诉两个人？你们……究竟告他什么？"

"有人有理有据地告诉我们，是因为他的唆使，我们的儿子才会自杀。您知道的，我不会胡编乱造。他们要我们出庭时重复他们对我们说过的话。我们很不情愿每天都去法院，因为我们想安静地待着。"

"等等，您等等……是谁告诉您的？"

"就是提议我们告他的那位先生。他一直念叨：'想想你们要拯救的那些年轻人。'"

"您说的是您的律师？"

"不，不是律师。我们没有律师……"

"那是谁呢？"

"我不记得了。这可是三十多年前的事了……那时，家里的客人络绎不绝……先是消防员，接着是警察，还来了位警长，然后是保险公司的人……我和我丈夫都不认识这些人。"

"那么这个人，您连他的职位和身份都不记得了吗？"

她顿了一下，什么都想不起来了。

"不记得了……但这个先生的地位很高。"

"您可以给我描述一下他的样子吗？"

"哦……不，很抱歉……我完全想不起来他的样子了，不记得了。我只记得他有洁癖，很爱惜他的鞋子。想这些事想得我的头都快炸了！"

就凭她对此人的这点描述，我又能做些什么呢……

"真是个有洁癖的人，"她接着说道，想起往事，她的嘴角掠过一丝苦笑，"他不停地告诫我们不要让狗靠近他的皮鞋。我得说他有点夸张了……我们谈话的间歇，他有好几次从口袋里拿出手帕去擦皮鞋。出门时，还要在擦鞋垫上擦皮鞋，一弄就是很长时间。我得说，这让我很窝火……"

42

对手的敌人未必是你的敌人。今早证券交易所约见的那个人不会是我的敌人，永远都不会是。

而世上唯有他能让丹克夜不能寐。渔人，那个定期在《回声报》上发表对我们公司负面评论的记者。渔人，从未涉足我们公司，却敢在报上发表评论：丹克咨询的团队工作没有效率。公司内部人心惶惶，老总们不得不严加防范，制定应急措施，而我们也承受了更大的压力。

我们在电话里寒暄了几句。我说服他来赴约，但不点破玄机，既满足了他的猎奇心理，又吊足了他的胃口。

我早到了，坐在一张镶金属边的大理石小圆桌旁。接近中午时分，客人寥寥无几，但快到用餐的时候，这个地方就热闹了。侍应生忙不迭地摆放着餐具。酒保则给几位站在吧台后的常客上啤酒,并用雄浑的嗓音和他们聊上几句。而他身后的咖啡机则发出声响,泡着浓缩咖啡,咖啡籽的香气四处弥漫。一位保洁员动作娴熟地用刮水器清洗着地砖,魔术般地拭去他刚才挤压海绵时滴下的肥皂水痕迹。空道上,西装革履的男士与裙裾飘飘的女士随着华尔兹舞曲的旋律翩翩起舞,一曲又一曲。

我向渔人描述过自己的样子,这样他来到时一眼就能找到我。我看到一个穿着粗呢外套、敞开衬衣领子的男人进来,他神情凝重,红棕色的玳瑁大框架眼镜刚好遮住了浓密的眉毛。他还没有看到我,但凭直觉,我知道此人便是渔人了。

他动了动嘴唇算是问候我,不苟言笑。我给他点了杯咖啡,他没有接受。

"就像我在电话里说过的,"我对他说道,"我在某些时候可以给您透露丹克咨询这支股票第二天的走势。"

"您为何可以……这样做?"

"某些事情还未公开化前,我偶尔会得知内部消息。"

他一脸狐疑地望着我。

"您怎么会有内部消息呢?"

"因为我在这家公司工作。"

他神情鄙夷地打量着我。

"那您想从我这里得到什么呢?"他问道,仿若早已洞悉人类本性,不抱任何幻想。

"什么也不想。"

"既然您无利可图,又何必如此。"

"我们说好的。"

"那么,这会给您带来什么呢?"他问道,俨然法官的语气。

我直面他的目光。

"我憎恨马克·丹克。只要是对他不利的事情,我都喜欢去做。"

他似乎接受了我的回答。这与他看问题的角度吻合。

他对待应生做了个手势,点了杯咖啡。我接着说道:

"每次只要您一发表与他公司有关的负面文章,他就不知所措。"

他没有什么特别的反应，表情冷若冰霜。

"所以您会提前告诉我……您掌握到的内部信息，对吗？"

"不，我不会对您透露内部消息。可是一旦我确定这条消息很快就要公之于众的时候，我会提前通知您。"

"如此说来会改变些什么呢？"

"要是您得到提示，在这条重要信息公之于众前，发表一篇关于这支股票的负面文章，大家就会强烈意识到丹克咨询发展受挫。事态于是会变得更严重。这正是我想看到的局面。"

他一言不发地看了我一会儿。

"我关注的，"他说道，"是消息，不是要对外宣称这家公司濒临倒闭。"

"消息，我不会透露给您的。别太贪心了……不管怎么说，您的工作是预测上市公司的股票行情，不是吗？而我呢，我在丹克咨询这支股票将要下跌的时候，让您提前通知大家。这已是对您的丰厚回报了。"

他不作答，却一直盯着我，目光里流露出对我的不信任。

"您独家专享。"我补充道。

"可我无法证明您的预言准确无误……"

"等您看了这个星期的情报再下结论吧。"

他皱起眉头。

我轻轻靠近他，低下声音，以示我要透露的秘密极其重要。

"后天，"我说，"丹克咨询的股票会在一天内下跌至少百分之三。"

他阴沉地盯着我看了一会儿，随后一言不发地喝着咖啡，满腹疑虑。

"无论如何，"他终于不盯着我了，"我不能刊登不认识的人提供的小道消息。"

"随便您。我会给您……暂定为……三个内部消息吧。如果您不需要，那以后我就联系与您互为竞争对手的报社记者，把消息给他。"

我站起来，从口袋里掏出几枚硬币，放在桌上，够付我的咖啡了；他的，我管不着。

我离开了，而疑虑重重的他还留在原地。

上帝微服出巡时　215

43

电话铃声把我从沉思中拽出来。我拿起听筒。

"您等一下,我把电话给我丈夫……"

寂静良久。

"喂?格林曼先生吗?"

我立刻就听出了对方那拖得很长的声音。

"我就是。"

"我是雷蒙·维尔热。您知道的,《世界报》的前主编……"

"是的,是的,当然知道。您好吗?"

"谢谢您的挂念,我很好,亲爱的先生。给您来电话是因为我觉得自己已经找到藏在笔名让·卡鲁萨克后面的那个名字了……"

机会终于光顾我了。我总算可以和这篇文章的作者交流了,虽然文章恶意诋毁,但对伊戈尔·杜布罗夫斯基的了解却是细致入微,所以这个人一定认识他。

"的确像我想到过的,"他继续说道,"是某位名人。正因如此,他的名字才没有出现在我统计的记者笔名名单里。"

我感觉心跳加速。

"告诉我一切。他叫什么?"

"您说什么?"

我忘了他耳背。于是又问了一遍,把每个字都说得很清晰:"他叫什么?"

"好吧,首先,亲爱的先生,我请您记住我是恪守行规的。我对您透露他的身份只是因为他离世很久了,否则我还会帮他隐瞒身份的。当然,这在过去也是有时效限制的……"

我的血液凝固了。没戏了。

"我再次研究了他的姓氏,也想起有些人喜欢用与他们姓名颠倒的另一个词来给自己取笔名。我用了整整一个小时来研究,然后发现让·卡鲁萨克后面藏着的真名是雅克·拉冈。"

"拉冈,那个享誉全球的精神分析大师?"

"是的,就是他。"

我惊呆了,为什么拉冈要写文章来恶意攻击杜布罗夫斯基呢?

我把这个问题抛给了电话那头的老先生。

"这个嘛,我也不知道,亲爱的先生。可能只有一个专家能解答您的问题……您可以问问克里斯蒂娜·韦斯帕尔,去她那里碰碰运气。"

"她是谁?"

"克里斯蒂娜·韦斯帕尔,曾做过《人文科学》杂志的记者。她酷爱心理分析以及与此有关的所有东西。她会乐于解答您的问题的。您很容易就能找到她:退休后,她每天下午都去双叟咖啡馆。"

"是圣日耳曼德普雷区的那家咖啡馆吗?"

"您说什么?"

我再次发问,把每个音节都说得清清楚楚。

"就是那家咖啡馆。您去那里就会看见她,而且她很容易辨认,她总是戴着奇形怪状的帽子。在我们那个年代,这不多见……您会发现她很随和。我给她打个电话,告诉她您会去找她的。"

朝共和国区走去时,我很难找到那条建在巴士底狱广场后面的街道,这片街区并未发生翻天覆地的变化,从前热闹繁华的影子依稀可见。多数楼房的底层都成了商铺和手工艺人的作坊。它们朝街面开门,这个活色生香的微观世界被安置到了人行道上,商贩和手工艺人时而埋头工作,时而交流片刻。搬运工在街道中间卸完货物,一边忙着招呼熟悉的面孔,一边偷听着别人正讨论的话题,不时插上几句话,声音的分贝比别人高出许多。他们推着很响的拉货车,偶尔弄掉了一个包裹,就会引得围观的人群发出一阵嘲笑。

我见到一位鞋匠正忙于补鞋机上的活计,皮革被摩擦后有了热度,溢出一股味道。他的隔壁是家杂货店,挂着"家居用品"的招牌。只需看一眼他的货架,就知道老板没有挂羊头卖狗肉:店里各种家居用品琳琅满目,我根本就想不到会有这么繁多、这么齐全的东西。衣架,各色夹子,方格抹布,绿色、黄色或蓝色围裙,大大小小的塑料盆、桶,红色,黄色或米色……店里摆不下，就干脆放到了人行道上，让逛街的人们一饱眼福。一位菜农嗓门洪亮地叫卖着蔬菜瓜果，顾客们忍不住停下脚步光顾他的摊位。稍远的地方，是一家报刊零售店，金属陈列架上，各类报纸用大字标题揭露着丑闻，行人们驻足阅读，于是人行道变得更加拥挤。旁边洗衣坊里传出蒸汽喷射的声音，街道上弥漫着洗衣坊独有的味道。对面猪肉制品店的橱窗里，有粗粗的莫尔多香肠、热气腾腾的干酪奶油酥饼，还有用线挂在铁钩上的科西嘉香肠，食品目不暇接，叫人垂涎欲滴。

我只了解美国的商业中心冷冷清清、毫无特色可言，此时才知道法国人是何等幸运，可以随处拥有由这些小商贩带来的热闹活跃的街区生活。如果法国人洞悉至此，会不会让小商贩们在离世时将残存在城市里的温暖人情也一并带走吧？如果只是回到家里就把自己幽禁在成为城市宿舍的蜗居，如果那些作为城市灵魂的小商贩消失殆尽，那么在超市里花更少的钱买更多的东西，又有什么损失呢？

门牌为五十一号的大楼巍然矗立在街上，它的正面见证了岁月的沧桑。门廊旁，有块很精致的牌子，上面字迹清晰："演讲达人协会，由院内楼梯进"，看得出来这是手写体。

我往门廊里走，来到了里面的院子。对面是第二幢楼，而门是关着的，只有输入密码才可以进入。找不到任何有关协会的牌子或标记。让人诧异……我走到院子的另一边，看到旁边有道楼梯，沿连接两幢楼房的侧墙而下。远远地我就瞅见一块小牌子，用铁丝拴在栏杆上。一道这样的楼梯只能通到酒窖，去不了别的地方，我不相信它能带我去往演讲达人协会，只能试试看了。我走近牌子，认出了手写体的协会名字，旁边还有往下的箭头。我弯腰下楼。开始还隐约看得见几级楼梯，之后就模模糊糊，接着伸手不见五指。我看不见楼梯的尽头，想打退堂鼓了……

然而我还是摸索着下去了，感觉自己陷入了小区深处。下面有一扇铁门，门上是门铃按钮。我按了门铃等待着。这里阴冷潮湿。门打开了，一个三十来岁、红棕头发的男子招呼我。

"您好，我叫艾里克。"

"幸会，我叫阿兰。"

他虽然笑了笑，但随即仍是一脸严肃。我进了屋子。

我立刻就喜欢上了这个地方。没想到里面竟是海阔天空的感觉：穹形石纹的天花板高高在上，房间的四个角落上方装了整块的玻璃，自然而然地成了天窗。屋内的照明用的是廉价的白炽灯。地上立着一块非常破旧的黑板，到处都是磨损的痕迹。我不禁想到这块黑板所承载着的历史。屋子的另一端，摆着一个木制讲台，是我从前在学校里见过的。怀旧的氛围让人着迷。讲台的下面，几十把，也可能是一百多把凳子摆满了整个房间。门旁，也就是我们身边，是一张小餐桌，上面放着咖啡机，还有许多码起来的塑料杯。餐桌下面，放了台袖珍冰箱，发出轻微的隆隆声。

"这里以前是……酒窖吗？"

"这里曾是一个木工家族的仓库。他们从父到子，祖祖辈辈在此艰辛劳作，一直到一九七五年，家族里仅存的那个人年老体迈，却苦于没有找到接班人。"

我脑海中浮现出木工师傅们用刀、凿子和木槌加工木头的画面，他们完成作品后就寄存在这个地方。木头散发出的香味曾在这里四散开来，松木、橡木、胡桃木、红木，还有桃花心木的香气此起彼伏。

"告诉我实情：您为什么要报名来这里上课？"他严肃地问我。

他自信而不自负，语速平稳，发音准确，嗓音听起来很有磁性。但他看我时目光凌厉，好像在打量我。我原以为他会向我炫耀培训的效果如何如何，而现在我却要解释来这里的缘由……

"来这里的原因？好吧，因为我不善于在公共场合发言，我很怯场，一怯场就语无伦次，可我最近正好要在一群很重要的人物面前发言。我想提前练练，免得到时候难堪……"

"我明白了。"

"课程是怎么安排的？"

"不上课。"

"啊，是吗？"

"每个学员都要勇于表现，他们就自己选择的主题来发表十多分钟的演讲。然后，其他学员会写满满一页纸的演讲反馈，交给该学员。"

"反馈……"

"是的，就是听完他演讲后的感受。他们的评价会让他逐渐进步：他会克服他的小缺点、他说话时的坏毛病、他有待改正的地方。总之，他的声音、体态或是演讲内容的结构，所有这些都会有所改进。"

"我懂了。"

"如果我们有三十个学员，您就会收到三十份反馈。随后您会在反馈里看到他们指出最多的问题是什么，您下次就会注意纠正自己的毛病，并努力做得更好。"

他强调了"纠正"和"更好"这两个词，说的时候眉头微微蹙起，俨然就是学校里的老师。不管怎样，他的方法让我很心动。

"我什么时候可以来培训？"

"我们下次培训的时间是八月二十二日。以后每个星期都有。"

"非要到八月二十二日才培训？之前没有吗？"

"没有，学员们都去度假了。"

完了……我要参加的股东大会于二十八日召开。我只有一次培训的机会，这显然远远不够……我把自己的情况对他和盘托出。

"效果肯定不会理想。我们的培训要求学员长期努力。可是您还是可以收到反馈，它们会对您的演讲有些帮助。您该早点儿来培训的。"

说出最后这句话时，他的语气略显责备之意。

44

"我亲爱的阿兰·格林曼！您好吗？"

我有些尴尬，生平第一次见到的女士如此夸张地对我说话，仿若我们是二十多年的老朋友……一半的客人都在回头望着我们。她做作地向我伸出一只垂下的手，手掌向下，眼睑半闭着。她想干什么？让我行吻手礼吗？

我胡乱地和她握了握手。

"您好，韦斯帕尔太太。"

"我亲爱的雷蒙·维尔热对我说起您,说您人很好……"

我实在难以想象《世界报》的前主编会逢人就夸我是好人。

"您请坐,"她指着身旁的椅子对我说道,"这是我的桌子,欢迎您的到来。乔治?"

"夫人需要什么?"

她转向我。

"您喝点儿什么,阿兰?我可以叫您阿兰,对吗?这名字很好听……我猜,您是英国人。"

"美国人。"

"这是一回事儿。您喝点什么?"

"呃……来杯咖啡吧。"

"您还是喝点儿香槟吧?乔治,我的朋友,两杯香槟!"

双叟咖啡馆的露天座已是人满为患,八月的傍晚时分,咖啡馆里游客、熟客各占一半,而后者偏爱隔桌交谈。正如主编提及的那样,克里斯蒂娜·韦斯帕尔戴了一顶高高的浅红色帽子,帽上的面纱扬起,一朵倒挂金钟突兀地缝合在帽缘上。她一袭粉红装扮,尽管爱好有些另类,但依然气质高雅,七十有余的她仍像花样般少女,思维活跃、热情奔放。

"我亲爱的雷蒙告诉我您很关注雅哥[①]?"

"雅哥?"

"是的,他说:'告诉他你所了解的拉冈,不要有所隐瞒。'我对他说:'亲爱的,你太小看我了,就这个主题而言,我所掌握的知识可谓博大精深!说一个晚上都不够,但我不知道阿兰的时间是否允许……'"

"坦白说,我关心的,其实是……他和另外一位心理医生的关系,某位名为伊戈尔·杜布罗夫斯基的心理医生。"

我对她提起之前读过的文章。

"啊!拉冈和杜布罗夫斯基。两人之间的竞争可是没完没了,我们都可以为他们写本小说了!"

---

① 雅克的昵称。

"没完没了的竞争？"

"当然！他们之间的关系，直言不讳地说，就是竞争！显然，拉冈是嫉妒杜布罗夫斯基的……"

"嫉妒……可这是什么时候的事了？"

"七十年代，那时人们已经开始关注杜布罗夫斯基了。"

"而我觉得雅克·拉冈早已声名鹊起，名声大噪。这是他晚年时期的事了，对吗？他为什么去嫉妒一个毫无渊源的年轻人呢？"

"我们得回到那个年代去看这件事情。拉冈是法国享有盛誉的心理分析大师；在那个年代里，大家对心理分析的正常了解是，一个病人要耗尽十五年的光阴躺在沙发上对医生讲述他的困惑。某日，突然出现了一个年轻的俄罗斯人，治疗病人几次后就解决了所有问题……这不是违背常理吗？"

"也许病人未被……深度治疗？"

"这个，我无从得知。如果有个病人一见到……我也不知道是什么，比如说他一看到蜘蛛就害怕，那么他可以选择要么在拉冈的沙发上躺十五年，要么和杜布罗夫斯基待上三十分钟。如果是您，您作何抉择？"

"所以拉冈很嫉妒杜布罗夫斯基的治疗效果？"

"是的，他嫉妒的不只这些……事实上，他们的世界是有天壤之别的。"

"此话怎讲？"

"他们的世界迥然不同：一位老态龙钟，另一位则朝气蓬勃。拉冈是知识分子，他善长理论化的东西，还出版了书籍；杜布罗夫斯基则是提倡行动的实用主义者，他追求效果。还有，他们各自使用的方法也不一样。"

"您说的是他们的治疗方法吗？"

"是的。心理分析起源于欧洲。杜布罗夫斯基很前卫，他居然敢在法国使用美国的认知疗法。"

"这样有错吗？"

"可在那个年代，知识分子圈内盛行反美主义。当然还不止这些，您知道……还有钱的问题，也让他们的世界变得大相径庭。"

"钱？"

"是的，杜布罗夫斯基出生大户人家，是有钱阶层，生活富裕。而拉冈就不一样了。何况，当时拉冈已变得利益熏心。"

她啜了一口香槟。

"其实，"她继续说道，"我觉得是拉冈太在乎杜布罗夫斯基了。他嫉妒对方可以神速治疗患者，他也逐渐减少自己每次治疗病人的时间。到了最后，当病人去了他的诊室，才开口讲了五分钟，拉冈就会打断他，并告之对方：'您的治疗结束了。'"

"他疯了……"

"还有，他恨家财万贯的杜布罗夫斯基恨得牙痒痒，于是他疯了似的提高了治疗费用。在那个年代里，他竟可以为几分钟的治疗就索要高达五百法郎的费用。他的一位女患者极为不满，于是他抢了她的手提包，去她的钱包里拿钱。我的雅哥完全丧失理智了。"

我饮了一口香槟，回味着酒的醇香。广场的另一边矗立着圣日耳曼德普雷教堂，尚有余热的夕阳照耀着它，如此壮观。

"最遗憾的是，"她往下说道，"要是拉冈根本不认识杜布罗夫斯基，大家很快就可以将后者忘却。"

"杜布罗夫斯基？为什么？他的治疗效果不是更好吗……"

"啊，我可怜的朋友，看来您真的是美国人，才会问这样的问题。你们美国人看重的是结果，而在法国，我们，我们器重的是过程，结果对我们来说根本无所谓……"

她在粉红的鳄鱼皮手提包里翻东西，然后从里面拿出一本小册子来。

"给！我把这个给您带来了。随便翻开一页，读读里面的段落。"

我接过书，作者署名为雅克·拉冈。我翻到了书的正中间。

"因情感缺失来阐释子女与某一主题有关的话语结构，常常带有偏见。正常说来，孩子在八岁至十三岁期间会开始阅读那些伟大作家们的小说，以此充实思想，而作家们则更多地会为他们写作童话。从这个年龄段起，童话充斥在孩子的周围，因为童话的存在，村子里的老处女虽承受痛苦，却更加洋洋得意，正如几个冒充太子的人要证明自己是真太子一样。然而那个借用动物来细致描写的人却认为，他的权力就在写作里，为了实现真正的掠夺，他本该有所隐藏……"

"我看不懂,可谁让我不是心理学家呢?"

"我向您保证,即使是心理学家们也无法读懂。然而在法国就是这样:人们越不明白您讲述的东西,您就越会被公认为天才。"

"呃,这个……"

"那么,您想想,杜布罗夫斯基运用他实用而有效的治疗方法,很快就可以结束治疗。而对于拉冈来说,他就是个毛头小子……"

这时我不小心打翻了盛香槟的酒杯。香槟洒了一桌子,接着滴到了我的鞋上。还好是滴到了我的鞋上……

"啊,这个,拉冈是绝对受不了的。"

"香槟打翻,滴在他的脚上吗?"

"可不是嘛!他最爱让他的鞋保持干净了。"

我全身战栗。

"他有洁癖,尤其是鞋子……"

"他是个爱鞋如命的人!就为了在两次治疗的间隙去买双鞋回来,他可以从诊室的暗门里悄悄溜走,而他的病人们却在候诊室里等得望眼欲穿。这家伙是个神人,不是吗?"

45

事情终于浮出水面。年轻的弗朗索瓦·利特雷克自杀了。曾有两位心理医生为其治疗,伊戈尔·杜布罗夫斯基便是其中一位。雅克·拉冈嫉妒杜布罗夫斯基嫉妒得发疯,在自杀事件上做尽文章想打倒对方。他用笔名在《世界报》发表了一篇文章,恶意攻击对方的治疗方法。他还去拜访了年轻人的家长,教唆、支使他们去告发杜布罗夫斯基。但爱鞋如命的他却被他的鞋子出卖了……心理医生如此行径实属过分。法院宣告他的同行无罪释放,他未能得逞,于是又怂恿医院将对方除名,既为自己清除了竞争对手,又将对方的职业生涯葬送殆尽。好吧,就算是这样吧……可是如果伊戈尔·杜布罗夫斯基在整个事件里真的是清白,那些疑点又作何解释呢?为什么他要写那篇关乎自杀权力的文章，使得那些绝望的人们去他的地盘——埃菲尔铁塔，难道他总会在人们自杀前就将其截住？然后顺理成章地掌控他们的人生、得到他们的承诺？他到底有什么目的？他要得到什么？如何解释在我企图自杀之前那些与我有关的记录？他和奥黛丽到底是什么关系？

我想得出神，完全没跟上本周一上午进行的商业例会的节奏。卢克·福斯特里和格雷古瓦·拉尔歇语气激动地点评着录像投影机投射在屏幕上的数据柱。数字，数字，说来说去都是数字。他们接着又阐释曲线、横竖线交错的图表和圆形百分比统计图表。他们追求的东西与我的大相径庭，我对这些了无意义的数据漠然视之……我听得见他们低沉、遥远的声音，却不知道他们在说些什么。他俩就像是疯人院里的看护，言辞激烈地责备着聚在一起的疯子们，因为后者在罗多填格游戏的表格里选错了号码。我们这群疯子愚钝、无能，无法猜出游戏里暗藏的玄机。他们给我们放图片，告诉我们将用图片上的东西来惩罚我们：用鞭子抽、用棍子打，还不给我们吃卡门贝干酪。紧接着，他们给我们放的图片是变长了的鞭子，会立起来像蛇一样攻击人类，棍子变得更粗，连一块卡门贝干酪都不给我们吃，疯子们却兴高采烈地欢呼鼓掌，他们本来就是些受虐狂。

会议很晚才结束，随后大家都去用午餐了。所有人都离开了办公室，唯独我没走。我回到办公室里，一直待着，直到确定楼层里的人都走光了。然后我打开放在文件柜高处的那份文件，里面装着被搁置的应聘者们的履历表，我从里面抽出两张纸，把它们放在了另一个文件夹里。

我走出办公室，来到走廊上，四处张望，等待片刻。大楼里不见动静。爬到楼梯顶时我停了下来。无人。我于是蹑手蹑脚地下了紧急出口的楼梯，从楼道里出去时我又停了一会儿。阒寂无声。我探出脑袋：不见人影。惧怕袭来。我一直走到有传真机的那间办公室里，然后溜了进去，心跳加速。我把纸张放在传真机上，在提示符间小心地调整纸张位置。千万别被卡住了……我再次瞄了一眼过道。依旧没有动静。于是我打开了记事本，抖手抖脚地拨出了第一个电话号码。每按下一个数字键，都会传来震耳欲聋的嘟声。我终于按下了"开始"键，传真机吞下了第一张纸。

我还需要二十分钟左右的时间来给法国各大媒体的记者们传真丹克咨询

的虚假招聘名单。发给所有记者,当然,《回声报》记者不在此列。

46

那天晚上只有伊戈尔·杜布罗夫斯基一人,孤单地坐在宽敞的客厅里,设计师精心设计了房里的光源,独具匠心地营造出一种柔和而又亲近的氛围。他独自坐在钢琴前,弹奏着拉赫玛尼诺夫的奏鸣曲,有力的手指掠过整个琴键,收放自如;而当施坦威钢琴的乐曲响起时,清澈如水的旋律缓缓流淌在客厅通透的空间里。

他身后的门砰地开了。他抬头看了一眼,却未中断演奏。瞧,是卡特琳娜,冒然闯入可不是她平日里的习惯。

"弗拉蒂了解到……"她脱口而出,语气激动。

伊戈尔收回琴键上的手,右脚却踩下踏板,最后一个和弦的音得以延续。

"弗拉蒂,"她接着说道,"他打听到阿兰要在股东大会召开时申请公司总裁的职位。现在他正全力以赴地准备着!"

伊戈尔说不出话来。他料到了一切,唯独没有想到这个。

他松开脚踏板,音乐的颤动瞬间停止,屋里突然鸦雀无声,令人窒息。素日里淡定自若的卡特琳娜,边说边来来回回地踱着步子,一副心烦意乱的样子。

"他似乎去了一家专门培训如何在公共场合演讲的机构报名,就为了接受一次培训,唯一的一次。三个星期后,他会站在一群人面前演讲,我不知道会有多少人与会,他力图让他们为他投票……他会失败,会一败涂地。这对他来说将是毁灭性的打击!"

伊戈尔掉过头去,深受影响。

"你说得对。"他喃喃自语。

"这会毁了他的!你想过了吗?最糟糕的是他会被当众羞辱,接着他会一直萎靡不振。我们从开始至今所做的一切将变得了无意义!他所取得的进步将在顷刻之间荡然无存。他会变得比以前还要脆弱,还要不堪一击……"

伊戈尔没有回答，只是缓缓地点了点头。显然她说的是对的。

"为什么要强加给他这次见鬼的考验？"

伊戈尔叹了口气，目光迷茫，然后用单调平板的声音回答道：

"因为我原以为他一定会拒绝接受这次考验……"

"可……明知如此，为何还要对他说出考验的事？"

"原本是要让他学会拒绝的……"

沉默良久。

"我完全听不懂你在说什么，伊戈尔。"

他望向她。

"我本想逼他反抗、拒绝我的要求。我本以为给他这样的任务，他根本无法接受、无法应对，于是被逼无奈只能抗拒我，然后终止我们之间的约定。是徒弟离开师傅，独立处事的时候了。你自然会明白，卡特琳娜，远远地牵引着某个人，而牵引的目的却是让他获得自由。矛盾便在于此。需要紧紧控制他，因为这会逼他去做自己从未做过的事，而今他得要摆脱我的控制，获得真正的自由……跨出这一步的人不是我，应该是他，否则……他永远都不能真正地自由……"

伊戈尔拿起放在钢琴上盛着波旁威士忌的酒杯。冰块融化了。他啜了一小口。卡特琳娜的目光始终未曾离开他。

"我明白了。"

"强迫他去争取总裁职位，明知此事不可行，但他有权质疑我的要求。我给他传递了一个信息，其实就是我们之间关系的真实写照……"

他放下酒杯。卡特琳娜投来责备的目光，让他感觉沉重。

"可这步棋没有走好，"她说道，"恰恰相反，他丝毫没有抗拒，而是着手准备迎接考验……"

伊戈尔点头。

"是的。"

"我们一定要做点儿什么来帮助他，既然已将他的人生引导至此，就不要让他独自一人来面对这样的境地！"

沉默半响之后，伊戈尔无奈地叹了口气。

"可惜，就这一次，我真的不知道自己能做些什么……"

"告诉他放弃，告诉他你后来发觉自己的要求很过分，还有……"

"千万别！这会让事情变得糟糕透顶。这就意味着告诉他，作为良师益友的我，对他的能力不抱任何信心。他的自信会备受打击，他也会加倍地依赖我，可我恰恰想解除我和他之间的约定！"

"好吧，可还是要想想办法！我们不能眼睁睁地看着他跳入火坑！即使不能改变事态的发展，至少也该做点儿什么，他才不至于一败涂地。我们必须要想方设法地保护他，让他免遭所有与会者的羞辱。只要还能挽回他的一点颜面，只要他不觉得自己比任何人都卑微，只要他……"

"我想不出对策，也找不到办法。请你，让我一个人待会儿吧。"

卡特琳娜抑制自己不要发作。她愣了一会儿，之后离开了客厅。她的脚步声在大厅里回响。他听着她的脚步声渐渐远去，直至消失在夜色中。

客厅恢复了寂静，虽空空如也，却令人压抑。又一次，伊戈尔独自面对自己犯下的错误，他捅了个大篓子，连自己都不能原谅自己了。这个错误所引起的后果无法估量。

他轻轻将手放在琴键上，思绪不宁地弹奏着拉赫玛尼诺夫的乐曲。

47

那天早上，我出了家门，在楼道下面看见一袭黑衣的布朗夏尔太太。她正递东西给埃蒂安。从东西的形状上我认出是她之前送给我的蛋糕。埃蒂安一脸讶异，不甚了了……

我穿过马路直奔报亭，心里却忐忑不安。面包店里飘出刚刚出炉的长棍面包和热气腾腾的小巧克力面包的香味。

我把报亭里出售的日报全都买下了，随后坐在附近小酒馆的露天咖啡座上。打开《费加罗》报，我迫不及待地翻着报纸，手触碰报纸时发出窸窸窣窣的声响，报纸也被我弄得皱巴巴的，终于找到了经济专栏。我一目十行地扫着专栏文章，心抽紧了。白看了几版满纸黑压压文字的文章，我愈发紧张了，

"中奖"的几率也逐渐下降,突然,我屏住呼吸。

"丹克咨询疑似舞弊。"

后面附有几行字说明原委,语气更显中立。

"您要来点儿什么?"蓄着小胡子的侍应生生硬地问道,表情拒人千里之外。

"您这儿有巧克力面包吗?"

"没有,我们只有羊角面包和抹了黄油的面包片。"他回应,看都不看我一眼。

"那就请给我来两份羊角面包和一份续杯咖啡!"

他不作答,随后走开了。

我激动地翻出《世界报》,找到了与此相关的简讯,后面有一篇介绍猎头公司的文章,报道了猎头界的运作方式和招聘套路。《解放报》发表了一篇篇幅较短的文章,但一目了然,还配有一张我们公司总部的照片,题目引人入胜:"猎头界对我们的嘲讽"。《巴黎人报》计算了一个应聘者为虚假招聘所需准备的时间,他为此付出时间成本、寄出履历,却不知道到头来竟是竹篮打水一场空。《法兰西晚报》诠释了猎头界内竞争激烈,而猎头公司需要将其招聘启事公之于众,由此导致丹克的犯规。《人道报》用了半版的篇幅来评论同一事件。在一张照片上,所谓的应聘者用黑笔在报纸上标出招聘启事,附有一个粗体标题:"丹克咨询提供虚假招聘的丑闻"。文章披露了野蛮的自由主义经济导致道德败坏,由此给不幸的应聘者们带来负面效应,而且还提供了众多失业者的佐证,证明他们从未收到信件回复。记者解释了原因:"因为根本没有职位可以提供!"《鸭鸣报》的标题则是"猎头界的谎言"。

报亭不出售外省的报刊,但我相信必然也有相同的新闻报道,因为丹克在外省开了好几家分公司。对我来说,意义最大的是财经类报纸对此会作何感言。所有的财经类报纸,从《论坛报》到《德福斯证券报》,再到《财经报》,均有所提及,然而既未批判人性,也未宣泄情感。但这些都无关紧要。公司高层一定会看到这些消息,那么我的目的已经达到了。

我匆忙赶去办公室,计划在九点前到达,这样便可直接看到巴黎证券交易所股市的开盘价,然后跟踪公司股票的走向。

八点五十分，我坐在电脑前，打开了《回声报》的主页。公司丑闻被媒体披露后其股票价格是否会受影响？我无从得知。或许不该做我的春秋大梦……我坐立不安，心急如焚。

九点整，我从电脑上看到丹克咨询这只股票一开盘就是红色，它下跌了百分之一点二。我目瞪口呆，难以置信，却在瞬间感觉激动、快乐、极度兴奋。我，阿兰·格林曼，居然左右了丹克咨询这只股票在巴黎证券交易所的走势！出乎意料！闻所未闻！百分之一点二！不错！下跌幅度很大！

我记起对渔人的承诺。我对他说过这只股票会在一天内下跌百分之三。当然，这只是我的预测，但下跌幅度应该与此接近。否则会影响到我的信誉。形势所逼，我的信誉度极为关键。成败在此一举。通向成功之门最关键的一步……所以现在要明确目标、扩大影响。

一天中的大部分时间里，我都观察着电脑显示屏上的股票行情。我可能看了一百次、两百次或许是三百次。就算是在面试应聘者，我也忍不住瞄上几眼。

一整天里，股票持续下跌，中途稍有反弹，但无济于事。四点时，股市收盘，股票跌了百分之二点八。机会光顾我了。

我心满意足地走出办公室，急奔休息室。绝不指望能在自助售货机里买到香槟，我喝了一瓶巴黎水，第一次品尝到胜利的滋味。

回办公室时，我穿过玻璃叠加的空间，看到我的同事们被越来越苛刻、越来越没有人性的管理模式弄得神经兮兮，他们迫切需要股票赢利，所以奔波忙碌。他们的工作早已不再以公司振奋人心的宏图伟业为目的了。这些可怜的人儿还在伏案工作，让我不忍直视。而他们每个人本该在工作中实现、发展自我的人生价值！此时，我的亢奋和他们的状态形成了强烈反差。我顷刻意识到自己不再畏惧杜布罗夫斯基强加于我的最后一次考验了。我深陷游戏漩涡，乐不思蜀。我刚刚赢了第一局，觉醒了，全身上下早已蠢蠢欲动，准备迎接挑战了。也许将一无所有，也许要流浪街头，但此时我只有一个愿望：将考验进行到底。

马克·丹克用完午餐回来，漫不经心地瞅了一眼网上他那只股票的走势。

"他妈的这算什么？"他扯着嗓门喊了出来，自言自语。

隔壁房间里传来安德鲁的声音。

"总裁先生需要什么吗？"

丹克不知道自己需要什么。网上的评论不作详细解释。必有蹊跷。

"见鬼，到底怎么了……"

安德鲁修长的身影出现在门口。

"您看了今早我放在您办公桌上的报纸了吗，总裁先生？"

"还没有，怎么了？出事了？"他焦虑地问道。

"呃……好像有人泄密了，先生……"

马克·丹克怒火中烧，他一下站起来，把一叠日报拿在手里。

"什么！您在说什么？"

他拿起《论坛报》，急急忙忙地翻阅着，报纸被揉得皱巴巴的，还被撕扯了一半。

"在第十二版，总裁先生。"

丹克一眼就见到那篇被安德鲁用黄色荧光笔做出记号的文章。他读完后，合上报纸，慢慢坐了下去。

"我们中间有奸细。"他若有所思地说道。

他恢复了平静，但面色泛红。

"无所谓，"他肯定地说道，仿若在说服自己，"从今天起的两个星期后，人们会忘记一切。"

48

黑色奔驰加长车费劲地转弯，随后驶进一条狭窄的商业街里，不料又被一个搬运工挡住了，此人正从车上卸载装鱼和油桃的柳条筐。

伊戈尔把车丢给弗拉蒂，自己下了车，离目的地还有几米，索性走着去好了。他穿过早晨熙熙攘攘的人群，直奔那地儿。巴黎进行城市规划时，应该没有考虑过汽车吧，他如是想。特别是这些半数地方都已破烂不堪的老街区，早该修修整整了，这样车就能开进来，人也走得顺畅。

他冲进似乎暗藏杀机的门廊里，随即进到院内，一眼就看见了弗拉蒂告诉过他的那把楼梯。他朝楼梯走去，俯身下楼，往下的台阶昏昏暗暗，似乎坠入了地壳深处。这比司机所描述的感觉还要差劲。阿兰为什么要挑这样一个和老鼠洞无异的地方！他走完了楼梯，站在一间类似于单人囚室的屋子前。他反复按铃，不确定这个点儿是否有人在地牢里待着。幽灵和蝙蝠只会在夜深人静的时候出来活动。

门微微打开了，一个红棕色头发的家伙露了脸。伊戈尔进屋。

夏天风干物燥，地窖里却阴暗潮湿。如果冬天待在里面，应该会做噩梦吧？

"我能为您做些什么？"红棕色头发的家伙问道。

伊戈尔用眼睛扫视着四周，地板破旧不堪，旧讲台已被毁坏了一半，餐桌上覆盖着弗米加塑料贴面，还有个破冰箱轰鸣作响。

红棕色头发的家伙双臂交叉。伊戈尔却从容淡定，不急不缓。

"我来是要和您谈谈与您公司有过接触的一位客人。"

"您想说的是我们协会的某位成员吗？"

"公司和协会有区别吗？"

"我们的组织不以赚钱为目的。"

伊戈尔微微一笑。

"您用否定式来定义自己的公司，还将其目的道破，有点儿意思。"

对方稍微停顿了一下，随后谨言慎行，使用最恰当的词来表达他的想法："成员来此的目的，是想提高他们在公共场合发言时的表达能力。"

"提高……好，好极了。那么……您本人也是成员吗？"

"当然。"

伊戈尔赞赏地点头。

"我由衷地祝贺您。在我们这个年代，很少有人想要提高……年少无知时，他们尚且愿意学习和提高，之后便停滞不前！一旦成年，他们既不愿转变交流方法，也不愿改变言行举止。他们会说：'不，我就是我。'仿若关系变动会殃及自己一样。这就如同孩子拒绝学习母语而理由竟是他要做自己一样，可笑之极！"

红棕色头发的家伙表示赞同。

伊戈尔在房间里走了几步。

"我想和您谈谈那名叫做阿兰·格林曼的成员。几天前他来报名了。"

"正是。"

"他也许对您说过，他准备月底在一群重要的人物面前发言。"

"是的。"

"他可能忘了告诉您，他的未来成功与否在此一举。我在这里指的是他的心理平衡问题。"

红棕色头发的家伙蹙起眉头。

"老实说，他发言是想说服在场的人为他投票，选他来担任公司总裁。他是否成功并不重要。但以他的情形来看，重中之重，我甚至要说，生死攸关的，就是他不能在公众面前出丑。如果他狼狈收场，他会消沉、颓废很久。他脆弱得不堪一击。后果将不堪设想。"

伊戈尔低下头，脑海中浮现出阿兰惨败的一幕。对方沉默不语。

"也许您还不知道，在众目睽睽之下发言，他从……未试过或者说几乎没有试过。这不是他能掌控得了的。他在这种场合会浑身不自在。总之，他还有很长的一段路要走……"

"我明白您的意思了，但我们没有奇招给他。这需要长期锻炼，您知道的。不可能只来培训三次就学会应对自如……再说了，他只能来一次。"

"跟我说说您的方法。"

"方法很简单。每位成员要在其他充当听众的成员面前发表十来分钟的演讲。随后听众们以匿名的方式在一张纸上记下，依他所见，演讲者在演讲过程中还有需要改善的地方。我们会把收到的纸张转交给演讲者，他看完这些建议后会在以后的演讲中留神注意，不再犯错。每发表一次演讲，他就前进一步。一年后，所有成员都能发表高水准的演讲。"

"一年后。"伊戈尔若有所思地重复道。

"我不欺骗您，只有持之以恒，才能达到效果。"

"但只参加一次培训的那个家伙不在此列。"

"他该早些来。"

"我有话和您说。"伊戈尔说道,他铁蓝色的眼睛直盯着对方。

他向对方详细阐述了他的方案。对方一直听着,没有表态,但显然是不予苟同的。语毕,对方摇了摇头。

"不,不行。"

"当然可行,而且操作起来简单极了。"

"我说的不是这个。这不是我们的方法。很抱歉,我不会如此行事。"

"可这是尝试新鲜事物的机会!"

"不,我们的方法足以证明协会有协会的原则。我们的效果是令人满意的。虽然周期很长,但需要时间适应。最重要的是我们做该做的事。四年多来,我都没有变换方法。"

伊戈尔试图使对方改变心意,但是红棕色头发的家伙固执己见,一副真理在握的样子。

伊戈尔最终朝门口走去。脚步触及囚牢阴森可怕的门前时,他转过身来。

"您让我觉得很吃惊,"他说道,"花时间去帮助别人改变的人,却拒绝因材施教的原则,不让自己做些改变……我本以为您心思灵敏、随机应变。江河之所以为百谷之王者,以其善下也……也许是我错了。"

49

股市的记忆很短。丹克咨询这只股票持续下跌了十来天之后,又开始慢慢回升。其实买这只股票的人们根本不在乎那些可怜的应聘者的命运,他们就这样眼睁睁看着对方去申请虚假职位。而我们公司的总裁只需要公布让人乐观的财务报表,他们便会觉得自己有点大惊小怪了,于是又在财经市场里重拾了信心。股民们从未扪心自问过,他们情愿闭上眼睛、任自己被扔钱进去的公司坑蒙拐骗,枉顾这家公司根本没有实力。满足欲望便值得信任。不管怎样,真相无关紧要,只要公司的发展突飞猛进就好。好在我有那么一点法宝,可以稍稍阻止他们盲目跟风的脚步。

《回声报》排版之前,我致电渔人。报社帮我转到了编辑部,我对接电话的人做了自我介绍。他同意去叫渔人。我的预言已经得到证实,他不会再怀疑我了吧?现在我必须让他开始信任我。

"我要告诉您另外一条消息。"我推心置腹地说。

没有反应,但他并未挂掉电话。

"后天丹克咨询的股票将会跌至百分之四以上。"

我再次不幸言中。我深知接二连三的丑闻绝对会放大股市的反应。

"后天?"

奇迹发生了,他竟然开口了。他用舌尖舔着鱼钩……

"是的,后天。"

如是这番,我给了他时间在第二天要发行的下一期报纸中发表他对公司股票走势的预测。

他不作答。

我最终挂了电话,却因为选择把消息透露给他而后悔不迭。我认定是他,只因他在自己的专栏里不断报道公司的负面消息。我错误地以为他个人憎恨我的老板,所以要赶尽杀绝地诋毁公司。我也许将个人恩怨强加给了对方……我应该反省一下,事实上,他的报道毫无感情色彩。他批评丹克只是因为不信任他经营公司的策略而已。

突然的顿悟让我这一天都寝食难安。晚上,我辗转反侧。他是我全盘计划里的关键人物,我是否已未战先败?

第二天天一亮,我就下楼到报亭买《回声报》,报纸只字未提丹克咨询。我怅然若失。

联系别的记者已为时太晚。我已山穷水尽,却一无所获,但我仍然寄希望于渔人。赌场里的赌徒整晚执着地押注在红色上,尽管每次都输,但很少会有勇气把最后一注押在黑色上,因为如果恰巧是红色出来,他就绝不会再原谅自己了。

午餐时间,我再次泄密。在这段时间里,我把自己关在办公室里,给各大报刊编辑寄去了铁证:丹克咨询深知无支付能力公司的底细,却要故弄玄虚地审核对方的财务状况。

我还有差不多三天的时间来选择演讲的主题。人们只会演讲自己熟知的东西。既然如此，那我就不如在教育背景——财会专业及目前所从事的工作——招聘顾问之间进行选择。工作是个一触即炸的话题。我的听众们也许会想起他们那窝火的个人经历，因为大家在找工作时亲身体验过，听众们有可能在不知不觉中对我发泄他们积压已久的怨恨。那时，我就难堪了……

　　因此，我回避了这个主题，而是围绕着财会教育去讲。但对于不善言辞的人而言，财会也不完全是保险的主题。当然，我的演讲也许不会振奋人心，但至少，我不会触及听众敏感的话题，要是他们听得睡着了，我只会更觉安心。

　　我准备演讲稿准备了很久。如果有怯场的毛病，事先拟好一份演讲稿是治愈的良方，因为依仗着演讲稿，就不会冷场，更不会在口干舌燥、大脑空白时，绝望地寻找措辞。

　　我提早到了现场。较之面对庞大整齐的听众队伍，看着他们一一入场会令我更加坦然。这样我才有时间来适应环境，克服惧怕，坚决不让它抓住我的喉咙，夺走我的所有。

　　艾里克，接受我报名的那个一头红棕色头发的负责人，友好地迎接了我，我随即就感到自然而非局促。我看了一眼讲台，如同死刑犯对望断头台。我惊奇地发现了麦克风和音响设备。上一次拜访时，竟然没有发现大厅里安装了这些东西。

　　成员们先后来到。每个人都亲切问候艾里克，然后彼此玩笑几句仿若深交多年。与此同时，我不禁告诫自己他们都是熟人，即使他们的演讲水平显然远远高于我的，气氛却活跃热情、让人安心……

　　时间到了，负责人重新关上门。这在巴黎是个奇迹，在这座城市里，大家都视迟到三十分钟为再正常不过的事。我观察了出席的成员们，他们不到二十五岁的样子。要是他们的年龄再增加一倍的话，我会更如鱼得水……

　　艾里克登上讲台，手中握着麦克风，随即轻拍查看是否与电源连接。音响里传来拍打麦克风的声音。他发言了，大厅里轻轻响起他那沉稳、低回、自信的声音，堪称完美。他掌握了发言的艺术。他宣布协会开学季启动，新学期充满期待。他借此机会提醒协会的几个基本原则：诸如大家必须要结清分摊费，每场培训要准时到达，不得无故缺席等。

"今天，"他终于说道，"我很高兴迎来了一位新成员……"

我的心跳加速。

呼吸，深呼吸，放松。

"他即将为大家呈上他的第一次演讲。他就是阿兰·格林曼。"

所有人热烈鼓掌。我登上讲台，负责人则在其他成员中找到他的凳子坐下。我的脉搏为每分钟一百五十次。大厅里瞬间鸦雀无声。所有的目光聚焦在我身上。见鬼，为什么我不能摆脱这该死的怯场！怯场，我的内伤啊……我右手握住麦克风，左手拿着演讲稿，万不得已时，可以看上一眼。

万众瞩目令我忐忑不安……

"大家好。"

我的声音低沉得像在喉咙里卡住了一样。我的双唇颤抖着，我觉得自己石化了，身体僵硬……

必须提醒的是，这些人刚刚听了艾里克的发言，他不负众望，完美地掌握了声音艺术和肢体语言。他们肯定会觉得我很差劲。

"我要给大家演讲的主题是美国文化下的财会体制，我觉得它与色情无关，不会让您酷热难耐。"

所有人哄堂大笑，接着掌声雷鸣。

哇……这是怎么了？

我彻底凌乱了……

我照美国人的习惯，花了将近一小时来思考如何用幽默的语言开场，却未料到会取得如此巨大的反响。真是心花怒放。惧怕也减小了一半。

继续……但必须吐字清晰、声音沉稳、发音准确。

"我在美国学了四年的财会专业，还有……呃……"

见鬼……接下来该说什么？空白。完全空白……我是背过演讲稿的！天哪，不可能记不住啊……赶快看看……稿子。

我看着演讲稿继续发言："我来到法国寻找工作，因为母亲，我身上有法国血统……"

我像个傻子一样在所有人面前读着稿子，糟糕透顶……

"……大家所熟知的一家赫赫有名的猎头公司的招聘顾问面带微笑地告

诉我，法国的财会体系与美国的大相径庭，我只好把我的美国文凭扔进垃圾桶里。"

人们又笑了。大家笑嘻嘻地看着我，表情和蔼可亲……我喜欢他们。

"他对我说起这个的时候也笑了很久。而我，无动于衷。"

笑声再次响起，掌声持续不断。我受宠若惊。让一个屋子的人乐开了怀是件美事，疯狂至极。你会有所收获，被人鼓励……匪夷所思。我瞬间明白为什么会有人以此为生了。

"所以我觉得需要学习美国和法国财会制度的差别。"

惧怕荡然无存……我不害怕了……感觉良好、轻松……真乃绝妙。

"在法国，国家公务员制定会计行规；而在美国，行规则由独立机构制定，因为财会为投资者的兴趣服务，并为他们提供所需信息，以便让其做出合理决策。美国会计的等级划分与在法国所施行的恰恰相反。"

我继续演讲了十来分钟，终于做到完全脱稿，听众们貌似对演讲主题饶有兴致，但这一幕要放在以前是不会成功的，我几乎可以说，是不可能做到的。我好像成功地吸引了他们的注意力，激起了他们的兴趣。我感觉出奇地适应这个讲台，愈发如鱼得水。我甚至可以在讲台上来回走动，边说边看着听众，行动自由。总之，在公众场合发言让人血脉贲张。

我的发言结束了，掌声如潮，会员们欢呼喝彩。几名会员起身，其他会员也跟着起身，大厅里所有的听众都起身鼓掌。起立鼓掌，我完全没有料到！他们高呼着我的名字……百感交集，我像是飞上了云端，从未尝过这样的滋味，幸福备至……

艾里克朝我走来，他自己也在鼓掌。他随后要求每位成员用几分钟的时间写下个人的感受。大厅恢复了安静。

片刻之后，艾里克交给我一个大信封，里面装了对折过两次的纸张。我在大厅的一个角落里坐下，迫不及待地打开每张纸条，急于了解大家共同指出的小毛病和他们观察到的有待改进的地方。每打开一张纸条，惊喜就多了一次。所有的评论都是肯定的，百分之百的好评！不敢想象，不敢相信……没有想到，时至如今，我才感到在麻木的惧怕后面，自己还隐藏着不为人知的才能，上天对我的眷顾已然显露！

艾里克走来告诉我，第一次演讲后最好快点回家，无需再听别人演讲，自己尽可能透彻地回想刚才的演讲，然后待在家里安静地读读大家的反馈意见。

我最后一次告别了仍聚在大厅里的成员们，然后走出房间。夜晚清新的空气袭来。我爬上昏暗的楼梯，仿若登上通往成功殿堂的梯级。养精蓄锐后，我重回城市地表，浑身是劲，只待出发。只要那一天到来，我便直面人生。

50

"公司有内奸！"

"您说什么，先生？"安德鲁言毕，出现在了门口。

丹克朝他扔去两张放在办公桌上打开着的报纸。然后他坐在扶手椅里往后一靠，摆出一张天气不好时才有的臭脸。

安德鲁朝报纸走去。

《论坛报》以此为文章标题："丹克咨询：虚假招聘背后的虚假客户？"

《费加罗报》："继虚假招聘风波后，穷客户现身。"

"这个，这有损公司形象！"安德鲁点评道，口音浓重。丹克恶狠狠地看着他。

"安德鲁，您还有比这个更辛辣的点评吗？"

英国人不做声了，脸却微微泛红。他本该一直保持沉默的。老板怒不可遏，不管你随口说什么，他都会把怒气撒到你头上……

"团队里显然有内奸！"丹克念叨着，"股票还在下跌……"

他用行动配合话语，转向电脑，颤颤巍巍地在键盘上敲了几下。

"好吧，看看吧！马上……就有一帮蠢货……这样一条荒谬的消息一经散发就足以让这群胆小鬼乱了手脚，抛售股票！对，这帮懦夫，股票还没跌至百分之二！才开盘而已！简直一团糟……"

"啊，是的……真不错！……您是神来之笔，瞧瞧！"

"您对我说过要'微笑'的，我就画了个面带微笑的……"

上帝微服出巡时　239

"可不是嘛，他确实笑容可掬，达到我的要求！好的……我很喜欢这幅画，画得好极了。"

我照说好的价格付了油画的钱，退出画摊，费劲地从一群闲暇客中抽身而出，他们正弯腰欣赏着一幅幅油画。

人潮涌动，傍晚时分的阳光照耀着小丘广场，美丽依旧；夏天的树木溢出淡淡的香气。游客们不由自主地请坐在广场周围的某位画家给自己画像，画家们把木画架支在跟前，一只手托着调色板，另一只手挥舞着长长的画笔。最不能抗拒的是画家的眼睛：他们敏锐的目光仔细观察着速写对象的脸庞，抓住人物的微笑下最能显示其特征的表情。

几对情侣秀出恩爱造型。几位家长每隔三秒就会对稚童反复念叨："别动，不然画画的那位先生就画不好了！"一位小老太，面对将让她永垂不朽的人，已笑得僵硬，她请求画家让她躲到树荫下，他却回答："快要画好了……"随后不急不缓地继续勾勒着。

闲暇客挤到每个画家的身旁，比较着他们的作品和风格，大家根据自己的喜好找到了倾心的油画。那些充当模特的人里，某些人因陌生人的目光聚焦于自己身上而神情骄傲。其他的则感觉尴尬，面色泛红。其中几人已恼羞成怒。

我在家里给画像安了一个小钩，然后包装起来。股市收盘后我一直飘飘然：丹克股票下跌了将近百分之五。这于我而言是最大的回报。所以，上帝还是格外眷顾我的……

十分钟后，我敲响了布朗夏尔太太的门。

"谁？"

"您的邻居，格林曼先生……"

她为我开了门。

"给，这是送给您的。"我说着将包裹递给了她。

"给我的？"她有些受宠若惊地说道，"可是您为何要送我礼物？"

"因为那天您送了我一份蛋糕，我因此而感激涕零。所以我也要回送您一份小礼物。"

她拆开包裹，欣赏着油画，几秒钟后她开口了：

"真好看。画得不错。多谢您，格林曼先生。"

她似乎不敢问我什么。

"您喜欢吗？"我问她。

"喜欢，非常喜欢。画的这人……是……谁？"

"布朗夏尔太太，您好好看看！这是耶稣！"

"哦……"

她瞪大双眼看着画中的人物。我希望她自在些。

"显然我们不太习惯看见这样的耶稣……"

她不知所云。

"您得承认，"我说道，"人们把耶稣钉在十字架上是对他的亵渎，他的脸因痛苦而扭曲……假如您，奄奄一息地躺在灵床上，还被人拍照，您会喜欢离世后有人把这张照片传给大家吗？"

51

傍晚，我本打算致电渔人，让他有时间在报纸截版前撰稿。我希望他排除后顾之忧，即刻付诸行动。

但我未曾料到面试最后一位应聘者时竟被一拖再拖。他专程从外省赶来，我总不能缩短面试时间，约他再次来吧。他离去时已是七点三十五分。而报纸的排版会在八点结束。担心为时已晚，我急忙奔向电话。

"这里是《回声报》，您好！"

"请给我接编辑部的渔人先生。急事！"

"您稍等。"

《四季》的音乐没完没了，是维瓦尔在他的坟墓里谱写的另一个版本。

见鬼，接电话啊……

七点四十一分。

"喂……"

"渔人先生？"

"您是……"

我回答电话里的提问,之后继续忍受着无限循环的《四季》。冰冷的夏季。

七点四十三分。接电话,接电话……八点排版结束前,他绝不会再撰稿了……

"您好。"

电话那头总算传来他那深沉的嗓音了。

"您好。我……有新的独家新闻给您。"

沉默片刻后,他终于开口了。

"您请说。"

"第一次给您打电话时,我预言过丹克咨询的股票会下跌将近百分之三,预言得到证实。"

"相差不远。"他纠正道。

"第二次,我预言股票下跌会超过百分之四。而最终跌至百分之四点八。"

"是这样的。"

我竖起耳朵听他说话,我说话的声调必须自信从容、松弛有度。我不习惯虚张声势,而此时的虚张声势……却不着边际:之后,不会再有什么了,我已倾尽所能……我不会再对媒体披露任何有关公司的丑闻了。

我吸了口气。

"明天,这只股票的下跌率会创下历史新高。它会在一天内下跌至少百分之二十。"

"下跌百分之二十?一天内?不可能……"

若是改变主意,计划便全盘崩溃……

"事实上,我相信它的下跌还会超过这个百分点,绝对会超过。为避免股票的价值沦落为零,公司也许会申请停牌。"

他沉默不语。

"到时候我们就知道了。"他终于出声。

我不喜欢这种含糊其辞的说话方式。他想表达什么?他想说他会撰稿,然后看看股票会跌至多少?或者还是像前几次一样袖手旁观,无动于衷地观望这支股票的走向？倘若他是后者，我必死无疑。

我们相互道别。

赌注已下。

漫长的等待开始了……我不止一次预测事态的发展。他会撰稿吗？我前两次的预言都得到证实，足以让他相信我了吧？整晚，我反复掂量着这些问题，愈是思考，愈发焦灼。然后我又信心十足，却再次质疑自己。我愿意相信他，却如此害怕会看走眼……

股民及金融界人士都愿意听从渔人的建议，只要他动动笔杆，哪怕只写出一个字，也足以让股票崩盘。确实如此。

我夜不成寐，整晚都心烦意乱，醒来好几次，不停地看表。我死死盯着表上反光的绿色数字，如坐针毡。六点钟，我起床了，不去想那些烦心事儿了，我打开收音机，收拾了一下自己。六点五十五分，我下楼来到街上。天还很凉。有人在上班之前先遛遛狗，而其他人已匆忙奔赴工作岗位，一副闷闷不乐的模样。

眼前的小酒吧营业了。我点了一杯咖啡，要了份《回声报》。

"报纸应该到了。您等一下。"侍应生语气生硬。

等，等。我等不下去了。

咖啡味道浓烈。第一口苦苦的味道停留在唇间舌际。我让侍应生续了杯，点了份羊角面包来缓解嘴里的苦味。若有所思地嚼着面包，我精神恍惚。

侍应生往吧台上丢了份报纸，我回过神，一下子惊跳起来。

我一把抓过报纸，迫不及待地翻着，胃拧成了一团。突然，一个标题跃入眼帘，我瞬间石化了。就在那个时刻，我大脑一片空白，完全感觉不到什么，仿若受到冲击，刹那间灵魂出窍、思维停止。

《丹克咨询：该出手时就出手。》

我想欢呼呐喊。我不敢相信自己的眼睛。我欣喜若狂！他撰稿了，攻其不备、出人意料！

我重新要了杯咖啡和第二份羊角面包，专注地读着标题后的简讯。渔人，强势的、受人敬重的渔人，居然建议股民们抛售这只股票！他阐述了公司最近的舞弊门事件，还有那些沸沸扬扬的传闻已使其岌岌可危，再加之最近几

上帝微服出巡时　243

个月来公司明显的错误决策，他认为这只股票不值得期待，而且风险系数极高，该出手时就出手。

哇噢！太棒了！好极了！

如果他在身边，我会扑过去抱住他，无视他那足以让一群斗牛士血液瞬间凝固的冷酷外表！

一小时后，我来到了办公室，心急火燎地坐在电脑前，巴黎证券交易所还未开盘。让人望穿秋水的数字终于在九点零一分出现了：开盘时就下跌了百分之七点二。我脑中空空如也。这样就行了吗？

整整一天里，我的眼睛定格在了显示屏上。

一整个早上，股票的走势跌宕起伏，持续下跌。中午时分，股票下跌至百分之九点八。我冲去自动售货机那儿买了份三明治。回来时，它已跌至百分之十四点一。我心跳加速：如此居高不下的下跌率，唯一可能的解释就是几分钟内这只股票遭遇了集体抛售！其中一位大股东已经放弃了。**好的！**我欣喜若狂，甚至幸灾乐祸。百分之十的下限不攻自破。心理防线一旦崩溃，做投资的基金公司当机立断，全盘抛售。

还剩一个大股东！唯一的一个！如果第二位大股东也全盘抛售，我就心想事成了！

他的底线是多少？15%？我不敢奢望。但离这个数字不远了……

接下来的一个小时里，股票走势平稳。我却亟不可待地期望着奇迹发生。我只咽下一半三明治。完全没有胃口。我冲去休息室弄了杯咖啡，回来时洒了一半在地上。股市风平浪静。

《回声报》的网页上发表了两行简讯，指出INVENIRA基金公司抛售了所持有的丹克咨询股票，但未作评论。

三点三十分，打破百分之十五的下限。我屏住呼吸等待着。

抛吧，抛吧，第二个大股东赶快出手吧！

时间一分分流逝，不见动静。有种不祥的预感。我心急如焚地等待着。百分之十五点三。下跌缓慢持续，保持我所料想的平稳速度。百分之十五点七。

他妈的，抛啊！

下跌继续，速度均衡、平稳。

收盘时，以百分之十六点八创下单日跌幅历史新高。前无古人后无来者。但仍有一位大股东持有股票，事情变得棘手了——与马克·丹克狼狈为奸，在股东大会召开的那天，他们可以控制大多数出席会议的股东们的投票权……战斗一开始就磕磕绊绊。

一整天里，我斗志昂扬，下跌率固然令人喜出望外，而我更享受的是这样的状态，但突然意识到故事并未结束，狂喜便戛然而止。机器卡住了，抛锚了。刚刚晴空万里的天空瞬间乌云密布。首战初捷，却隐约可见失败。我的肾上腺素分泌过多，如同见风使舵的小人。一刹那间，我感到厌烦、疲惫、空虚。

就算自己能让出席会议的股东们俯首称臣又如何？与他们中的最大股东相抗衡，此人代表着十余人乃至百来人的发言权，且能左右选举结果，其他的小股东又能帮到我什么呢？

52

安德鲁碰掉了办公桌上放着的帆布包，这是前台女孩转交给他的。白色信封堆积在包有红色皮革的桌子上，成了一座小山，前些天也是这个样子。有三封信落到地上；安德鲁急忙捡起。他随后把纸篓放到了办公桌的右边，朝左边推了推堆成金字塔的信封，然后一丝不苟地做事。他右手拿了裁纸刀，从左边取了一封信，迅速而精准地裁开信封，从里面拿出信笺，放在面前，然后把信封扔进纸篓，如此娴熟地重复着同样的操作。

半小时后，他听到老板拉直嗓门地鬼喊鬼叫。他在打电话吗？他瞄了一眼电脑显示屏，知道对方并没有在打电话。最好还是去看看到底怎么了。

他合乎礼仪地敲了两下门，然后把门打开。他尚未开口询问丹克需要什么，对方就先发话了：

"一群墙头草！"

"先生……"

"我告诉您,这些人都是墙头草!有一个瞎掰的记者在里面瞎搅合,这群蠢货也不自己想想,他说什么就是什么,竟然听从了他那可笑的建议,股票才下跌一点点,就立刻出手;其他人呢,连想都不想,急忙跟着出手了!想都不想!"

凭经验,安德鲁知道在老板怒不可遏的时候,最稳妥的态度就是不作回应,听之任之。一句话都不要说。接着,发作过后,他也许会过问别的事情,也许又成了那个在某些场合下尽显优雅的尊贵绅士。

"布彭也像其他人一样跟风。三天的时间里,INVENIRA抛售了我们的股票,这三天里,我顶着压力给布彭打电话,努力说服这个笨蛋重新投资,因为股票目前的价格很低。却根本无法联系!其实,他是故意不接我电话的。这个没有睾丸的家伙,他就是没有!不要吃惊,谁叫他取了个这样的名字……他完全可以买进我们的股票,这对他来说不过九牛一毛。所有的媒体都在凭空臆造我们公司有问题,三天来股票迅速下跌。迅速下跌,我告诉您,持有人越来越少,价格越来越低!很快它就一文不值了!"

安德鲁沉着应对,即使他讨厌老板,也不得不忍受着那些下流的语言。每当老板无法掌控事态发展的时候,就会变得无比粗俗。

他耐心等待着,直到确认主子已发泄完毕才小心翼翼地改变话题。

"总裁先生,我对您提起过公司即将召开的股东会,还有……"

"别再对我说这个股东会了,这是继股票下跌后最让我纠结的事情!我既失去了最大的股东,股票又不会反弹。这可不是我要对那些来参会的两三个小股民要说的事情。他们来是因为无事可做,他们来了又会对这样的局面有何改观!何况,如果不是因为愚蠢法律的强制规定,我会把会议取消的。"

"先生说对了。我要对您说的就是,股东大会是法律强制规定的,每年必须举行一次。"

"股东,股东!把只有三文臭钱的老头子们称为股东也未免太夸张了!他们炒股是因为他们以为这比存在银行里挣得多。更何况,除了少数几个捏着一把股票、自恃甚高的傻瓜外,大多数人是绝不可能来参会的。"

"呃……恐怕来参会的人数远远高出您的预计,总裁先生。几天来,我们每天都接到股东大会通知的回执。从昨天起我就想告诉您:我们必须换个场地，因为卢泰西亚酒店的会议室太小了。"

"太小了？什么意思，太小了？你他妈的想说什么？"

"先生，我想是因为他们害怕股票持续下跌，所以决定详细了解他们持有股份的公司……"

"但他们持有的股票加起来还不及我的三分之一，每个人充其量不过五六手而已。别来烦人了。我是不会和米舒夫妇去谈论什么发展策略的。我对他们无可奉告！"

"不随时跟踪股票行情的人亏损百分之三十时便会觉醒，他们意识到将这只股票出手已为时太晚：他们将大量亏损。所以他们希望形势扭转，正因如此，他们会突然关注公司的管理模式，而在两天前，他们根本对此无所谓。先生，欧洲隧道的股票下跌时，也是这般境地。小股东们决定集体参会，只为捍卫自身利益。"

"我请您就此打住，好吗？您怎可把我们的公司与别的公司相提并论？"

"先生，不管怎样，的确需要换个场地才能容纳股东们。"

"换场地，换场地……我不至于要为他们租下天顶竞技场吧！"

"嗯……不，先生，天顶竞技场小多了。照事态发展来看，只有巴黎贝尔西体育馆才能容纳这么多人。"

53

成为公司的股东一员后，我也像其他人一样，收到了两周前以挂号信寄出的股东大会通知。

我花了一星期准备演讲稿，如同打造作品的雕刻家打磨着大理石，不留任何瑕疵。我几乎可以做到全文背诵，还反反复复地在浴室的镜子前训练自己，脑海中浮现出自己站在一小群有待说服的股东前的画面。漫步街头、乘坐地铁或是排队等候时，我都忍不住去想演讲的事。我甚至会在冲澡的时候背诵几个段落，想象着被我的语言魅力征服的听众们。

我把热水龙头调得很大，热水冲着我的头顶，流淌到皮肤上，身体和心脏的温度升高，运动着，跳跃着，与声音一同振动，唤起了臆想中的听众们的共鸣。我不止一次想到自己在演讲达人协会里获得的荣誉，我坚信自己可以做到。

坦白说，我骄傲于自己足以发表演讲，而非只是说服别人。站在小股民的立场上，我绝对会为自己投上一票。

本周伊始，我收到一封正式来函，通知我股东会的地址变更。新地址为：巴黎贝尔西体育馆，贝尔西大道八号，十二区。这对于已经成为巴黎人的我来说，并不难找。

头一天，我花了一天的时间放松身体，缓解情绪，心里默默准备着。然而，当太阳西下，坠落在令人心生忧郁的一排排屋顶和烟囱后，留下我一人独自面对时，我的自信渐渐消失，憧憬不翼而飞。残酷的现实突然闪现在脑海中，并在其中生根发芽，接着跃然眼前：决定成败的一刻正步步逼近。

丹克显然是绝不会原谅我的，因为我与他共同竞争总裁人选。明日此时，我若不能成为丹克咨询的总裁，便会同时丢掉工作，还会被一个处于半疯狂状态的前心理医生四处追杀。

冷静下来后，仍觉后怕。

第二天早上，时光飞逝。我反反复复地朗读着演讲稿，随后下楼溜达了一圈，给神经元充充氧，尽量释放压力。我感觉自己有些怪异，恐惧也紧紧纠缠着我。出门时，我瞧见埃蒂安站在楼梯口，很想和他推心置腹地聊聊。或许和他聊过之后我会变得更加勇敢，至少我改掉怯场的毛病就好，因为我很快就要去开会了。

"我会怯场。"我向他坦言道。

"怯场？"他问，声音嘶哑。

"是的，今天我要在一群人前发言，告诉他们我对某些事情的看法……我有些惧怕。"

他满脸疑惑地张望着来往的路人。

"我不明白你为什么会怯场。换做是我，我会想到什么就说什么，这样就可以了。"

"没这么简单……众目睽睽下，人们盯着我看、聆听我的发言，还要对我评头论足……"

"好吧，要是他们对你不满意，那是他们的事情！你只要说出自己的想法就可以了。我们要聆听的是自己的心声，而非惧怕。只要做到了这一点，就不会怯场。"

我给自己做了非常清淡的午餐，然后把收音机调到新闻频道。我想，在用餐的时候听听其他人的声音，自己就不会胡思乱想了。

可一听到收音机里传来的声音，我立刻就愣住了。记者刚刚播报了两点三十分的新闻简讯。两点三十分……我卷起袖子，心跳加速。我的手表显示的时间是一点零七分。我在房间里乱窜。闹钟显示的时间也是两点三十分！怎么可能！股东大会在三点开始……在巴黎的另一头！

我脱掉衬衣和牛仔裤，配上白色衬衣，套上灰色西服，系上一条意大利品牌的领带。我系了三次，才在合适的高度打好领结。紧接着，我系好鞋带，把开会通知单和演讲稿放入纸板文件夹里，摔门而出，飞速冲下楼梯。

两点三十八分。三点开会，来不及了。希望荡然无存。我只能求老天保佑，别让大会准时举行。而且会议开始的时候，我还要递交总裁职位申请书。如若错失良机，我将后悔莫及……

我拼命奔跑着，气喘吁吁地赶到地铁站台。就在地铁即将关门的那一瞬间，我跃进车厢，瘫倒在座椅上，气粗如牛。对面的老奶奶瞪大了双眼望着我。

我咆哮着。都是手表惹的祸，居然在我无资格出错的那天停了！

"这，这不可能！"我高声叫喊着。

如当头一棒。

"我不相信，我不相信！"我万分沮丧地念叨着，手蒙着脸。

老奶奶换了座位。

乘坐地铁期间，我一直在捶胸顿足。

走出地铁站时，手机显示的时间是三点零五分。我调过手机上的时间吗？我冲到站外寻找贝尔西大街八号。街道很特别，两边都是覆盖着草坪的大土台，目光所及之处皆如此。看不到街道的门牌号码。真是倒霉。我跑到一位路人身边，正要开口询问，他却扭头就走，我只好去问另一位。

"打扰了,请问贝尔西大街八号在哪里?"

他看着我,一头雾水。

"嗯,我不知道,那里有什么标志性的建筑?"

我拿出了开会通知单。

"巴黎贝尔西体育馆,应该在……"

"就在那里,"他指着麦当娜巨幅海报旁的出口,"别着急啊,演唱会明天才开始!"

我全速奔跑,跨进体育馆的入口,在保安面前挥舞着开会通知单。标志牌上提示"巴黎贝尔西体育馆"。我不知道体育馆竟会把场地租给公司开会,真是绝妙的主意。

"您去问问接待处。"保安指着几张排成一条直线的桌子对我说道,后面是身着蓝色礼服的迎宾小姐们,她们闷闷不乐的样子。

我立刻冲到那里,呈上文件夹。

"我迟到了。"我心慌意乱地说着,拿出了开会通知单。

迎宾小姐慢条斯理地在名册上找我的名字,同时和朋友聊着天。她打算拿给我一张胸卡,涂了红色指甲油的纤长手指让这个传递的过程变得极其缓慢,可是手机响起时,她却停下了动作。

"是的,我在这里不会待太久,"她边说边笑,"你等着我吧,因为之后我要去弄弄头发,理发师……"

"不好意思,"我打断她,"我来迟了,但我一定要进入会场,这很重要。"

"我再打给你。"她说完便挂了电话,瞪了我一眼。

她在胸卡上写好我的名字,面露愠怒。递给我胸卡后,她用眼神示意我该去的方向,但她的眼神不定,让我不知该往哪儿去。

"往那儿,您左手边的第二个入口。"她略微责备地说道。

"谢谢,呃……我不知道是否我该去大家都去的地方。因为……我……要提交的是总裁职位的申请书。"

她错愕地看着我,然后从她手边的电话上拨了一个号码。

"是我,迎宾处的琳达。我这儿有一位客人,他说要递交总裁职位的申请书，我该怎么处理？嗯？好的，我知道了。"

她抬头看我。

"会有人来接您。"

三点二十分。时间流逝，无人到来。

他妈的，不会吧！完了……

我苦苦等待来接我的人，竟然完全忘了自己怯场的事。恐惧消失了。我居然在万不得已的时刻为其觅得了解药。

我看见他一头雾水地走来，来的是公司的财务总监，他走近迎宾小姐。她向他指指我。他瞪大双眼，一脸惊愕。他认出了我，随后他恢复平静，朝我走来。

"格林曼先生？"

不然他以为我是谁？

"是我。"

他吃惊得忘记问候我。

"迎宾小姐告诉我……"

"没错，我要提交公司总裁职位的申请书。"

他沉默片刻，不知道说什么好。我听到他身后传来迎宾小姐们的闲言碎语。

"可是……您……告诉过丹克先生吗？"

"申请职位不需要提前通知他吧。"

他凝视着我，一脸尴尬。

"走吧！"我对他说道。

他缓缓点头，若有所思。

"您跟我来。"

我亦步亦趋地跟着他行走在通透的过道里，天花板很高。过道里气温很低，金属结构随处可见。我们仿若置身于空旷的工厂里。这里与丹克乐于炫耀的高雅氛围相隔十万八千里。

走了一会儿，我们朝有保安维持秩序的过道走去，保安对我身边的人点了点头，同意我们进入。我们走进一条狭长的过道，天花板触手可及。过道很

上帝微服出巡时　251

长，不见尽头，颇有几分酒窖的味道。我觉得自己行走在一个地下室里。我们最终走到一扇灰色的金属门前，门框上方，红色灯光照耀。我跟着他，进了门……准备接受人生的洗礼。

来到体育馆的室内，空间宽敞、规模宏大……座无虚席，我站在舞台上。到处人头攒动，他们分别坐在我前后左右的看台上。人数大约有一万五千左右，或者两万，也许更多……我被淹没在这如潮的人海里。他们如同巨兽嘴里的成千上万颗牙齿。怪兽一张嘴就会一口吞下舞台。真乃气吞山河、翻天覆地之势。

如此浩大声势，大股东也只能付之一叹，我的人生从此交由自己掌控……我本该喜出望外。然而，内心深处，疑虑不期而至。我要在这一望无垠的人海前发表演讲，一想到这里，我就恶心难受……

我突然发现财务总监自顾自地走了，把我丢在了后面。我急忙去追他。在两万人的注视下行走备觉尴尬，自然迈步已无法做到。我们朝巨大舞台的右方走去，那里摆着一张长桌，上面铺着蓝色的桌布，是和公司标志一样的蓝色。场馆深处的投影机在大屏幕上投射出公司的标志。十来个人面向观众坐在桌后。丹克坐在正中央，身旁是公司各部门的经理们，还有几张陌生面孔。他们身后是嘉宾区，摆放着五十多把排成几排的扶手椅。我认出了几位经过严格选拔来参会的同事。

行至离桌子还有十来米时，财务总监转向我，用手势示意我耐心等待片刻。他加入了与会经理们的队伍，留下孤零零的我，莫名其妙地站在舞台中央，像个白痴……我一只手插在裤袋里，故作轻松之态，西装之下的自己其实早已局促不安，又因站在一旁受人摆布而啼笑皆非。

财务总监起身走到总裁身旁，微微靠近他。我听不到他们在说什么，但可想而知，我的申请延缓了会议的进程。

丹克好几次做出夸张的动作，他转向坐在后排扶手椅的人们，手指向某样东西。他不看我，其他人也不睬我，他们根本无视我的存在。而我，独自站在舞台中央，一动不动，手脚无处安放。我不敢看台下的观众。

财务总监终于向我走来，示意我跟着他。

"您就坐那儿吧。"他说完，指着一名身材魁梧的工作人员抬来的扶手椅，椅子是他从后台的嘉宾区那里抬来的。

我走向椅子，终于可以活动手脚了，而且还是背对着观众。我有几许释然。然而意想不到的是，那家伙把我的椅子放得离其他人远远的，与嘉宾区隔开了起码五六米。何苦……我被远远地隔离了，如同鼠疫患者。我走到椅子那里坐下，感到愤怒袭来。这愤怒仿若勇气上身。我必报复。

几秒钟后，坐在长桌后的一位陌生人起身朝我走来。他自我介绍了一番，原来是公司的稽核。他请我出示证件，然后拿出一份文件。我匆匆浏览后在上面签了字。这是职位申请材料。他回到自己的位置上坐下，把我一个人扔在了舞台后方。从这个角度，我看到排成一条直线的各位经理的背影，他们一律身着深色西服。唯一一位女性头发灰白，留着和男士们一样的短发，她似乎想抹去自己身上的女人味，以便自然地融入到男人们的世界里。

"女士们，先生们，大家好。"

他的声音经由强有力的音响传播出去，场馆内逐渐恢复安静。刚才也许有人无事可做，以轻咳掩饰无奈，现在则鸦雀无声。

"我叫雅基·凯利尔，是丹克咨询的财务总监。股东年会由我负责主持，我将向诸位通报公司的财务状况。我们先从公司目前的明细账单说起……"

他声音单调地念着冗长的明细账单，不过是些比率、限额、业绩、负债率、自筹资金、流动资金甚至固有资产的东西——是个热衷于自问自答的家伙。

很快，我就放弃倾听他的发言了。我的目光游离于场馆上下，思绪万千。我从未料到股票大幅下跌会牵涉如此庞大的人群。这不合情理……他们苦闷、担心、郁郁寡欢，或许还会群情激昂。别的不说，光是人数就足以让我赢得更多的选票，在场的大股东也只能望洋兴叹了。我当然明白自己的优势所在。我本该为此心花怒放，但此时，这已不是问题。一想到要在如此庞大的人群面前发言，我就战战兢兢。舞台四周人潮涌动，观众们十面埋伏，而我将要遭遇的是四面楚歌的境地。噩梦啊。我对此无可奈何，难以承受。这远远超乎了我的意料。没有我的一席之地。我的席位……到底在哪里？我此生注定碌碌无为？也许……我的人生更适合平凡度日。但为什么我只能拥有这样的人生呢？不管怎样，这与学历高低无关。学历高低与人生际遇不成正比，总有例外。那么关乎人格魅力吗？我觉得公司的领导们虽迥然不同，却都深藏不露。当然，这是另外一回事。也许我们想在职场里大有作为，却又在不知不觉中受到出生环境的限制。我们在职场中的身份真的远远高出了在家里的地位吗？或许我们并不完全以此作为借口？……也许我们不能超出父母所期望的那个水准，所以他们感觉到了我们心底深处那块不能触碰的地带？可能就是这样，但也不能确定攀爬社会等级的高峰就一定能让自己如日中天……

"现在我提议诸位提问，我们尽量解答大家的问题。迎宾小姐会拿着麦克风在过道上来回走动。如果有意发言，请对她们示意。"

于是提问–回答的剧目上演了，没完没了地折腾了整整一个小时。问题涉及的相关经理原地不动地坐在桌后回答问题，某些人言简意赅，某些人则滔滔不绝，偶尔在繁琐的细节里纠缠不清。

"现在有请公司总裁马克·丹克先生致辞，他本人也将参加下任总裁的竞选。他将为诸位分析公司目前的形势，并确定公司未来的经营战略。"

丹克起身，自信从容地走向安放着讲台的舞台中央，讲台的台面上安了麦克风。与凯利尔不同的是，他没有在长桌那里发言，虽然他的座位前方也是装了麦克风的。身为领导，他的出场必须不同凡响。

场内寂静无声。他的发言显然是万众期待的。

"我亲爱的朋友们，"他开口了——他平日里就善于装腔作势，"我亲爱的朋友们，首先我一定要感谢大家集体光临会场。我从中见到了诸位对我们公司的信赖，以及对它的未来发展的关注……"

这厮，巧舌如簧……

"目前，公司发展的形势一反常规：正如我的财务总监刚才向诸位通报的一样，公司正处于蓬勃发展的阶段。然而，我们股票的走向却是前所未有的低迷……"

身为领导，他的游刃有余和超凡魅力强烈地映照出我的弱点。继如此优秀的演讲者之后，我该以何种表情面对观众？

"媒体谴责我们的经营策略，某位记者更是口诛笔伐，公司使用的战略在业内不足为奇。在我们这个行当，这样的营销手段乃是司空见惯的事情，通常大家都不会对此产生异议。饱受如此非议和攻击，我深感荣耀：因为它们塑造了强者,因为弱者嫉恨强者……"

丹克的言论有些不合时宜。在场的人们如何定义自己?强者吗?只因为他们手里捏着公司的三份股票?或者……是小人物,就像他所宣称的"弱者"一样?

"可惜,我必须把家丑公之于众。引起股市动荡的根源很可能是公司内部有人通风报信,有内奸将这些有损公司形象的消息告诉了媒体记者,于是记者们从中获利。身为公司高层,我很难揪出这个内奸,但的确有人动了手脚,我们公司里出现了叛徒。他的恶意行为严重影响了公司的股票价格,也让诸位蒙受了损失。此时,当着诸位的面,我承诺会揭穿他的真面目,将他扫地出门,他只配被如此对待。"

我想销声匿迹。我想仓皇而逃,不翼而飞。我强装出一副事不关己的样子,心里却充斥着羞愧感和犯罪感。

观众掌声雷动。丹克成功地将散户们的愤怒转移到神秘的替罪羊身上,而他自己俨然一副大义凛然的领导风范,誓要还他们一个公道。

"所有这一切不过是阵痛而已,"他继续说道,"飓风不能阻止小草生长。诸位眼见为实:我们公司运作良好,经营策略也颇有成效……"

他志在必得地继续发表演讲,对他采取的经营策略胸有成竹,并作了详细介绍,希望日后可以付诸实施。

他的发言结束了,身后的嘉宾们和各位经理的掌声持续不断,场内的许多人也跟着鼓掌。他淡定自若地等待着场馆恢复安静,然后无比轻松地说道:

"正好在会议结束前,我们还有一位申请总裁职位的候选人……大家可能会觉得……这位候选人有点儿……不自量力。"

我靠在扶手椅里。

"……因为这位申请人年纪轻轻,是我们公司的一名职员。我得说他是位年轻的新成员,因为他来公司不过几个月的光景……毕业后他就直接进入我们公司工作。"

观众们哄堂大笑。我往后靠着椅子,真想找个地洞钻进去……

"我本打算劝他放弃,不要浪费诸位的时间。但我又告诫自己,在股市动荡的艰难时刻里,我和诸位忍辱负重,他的申请或许会让大家释然一笑。如果他一本正经，那么我们就做幽默诙谐的听众吧。"

场内的冷笑声此起彼伏，他泰然自若地返回席位，得意洋洋。

他尖酸刻薄的话语让我无地自容。这是个小人，厚颜无耻的小人。

他走回席位的时候，还慢慢转头看我，向我投来轻蔑的一瞥，尽显挖苦之色。

他还未坐回座位时，财务总监就从长桌上拿起了麦克风。

"下面有请第二位总裁候选人，阿兰·格林曼先生发言。"

我说不出话来，肠胃拧在了一起，从未体会过这样的感觉。我觉得人们在扶手椅上给我灌了铅，又把我浇铸在了一块混凝土上。

去吧。一定要面对。没有别的选择了。站起来！

我使出浑身解数站了起来。每一位经理都朝我转身，某几位面露嘲讽笑意。右边的嘉宾们齐刷刷地盯着我。我感觉孤独无助，简直难以呼吸。

我手里握着演讲稿，开始迈向讲台，步伐异常沉重。我走向舞台，走向茫茫人海。如果工作人员只是打开照亮舞台的灯光，只留下刺眼的聚光照明灯，我就不会看到这成千上万张陌生而嘲讽的面孔，他们视我如市井笨蛋。

讲台于我而言，似乎遥不可及。众目睽睽之下，迈出的每一步都是考验。我俨然成了角斗场里垂死挣扎的斗士，有人当着挖苦取笑、嗜血成性的贱民们的面，把我扔给了狮子。步步逼近讲台，冷笑声愈发放肆地不绝于耳。果真如此吗，抑或只是我思虑太多，产生了幻觉？

终于来到了讲台，万众瞩目的焦点，舞台的正中央，仿若置身于觉醒怪兽的心脏地带，它随时都会吼叫。我被自己的影子吓到了。

我把演讲稿平放在台面上，接着调整麦克风的高度。我双手颤抖，心脏剧烈跳动：我感到全身的血液迅速涌向太阳穴。演讲之前，必须集中精神，不能有一点分心……深呼吸。深呼吸。我心里默念着演讲稿里最初的那几句话。瞬间发现讲稿写得很差劲，牛头不对马嘴，结构紊乱……

后面最高的看台处，有人大声嚷嚷："来吧，小子，说话吧！"周围几百个人的冷笑声接踵而至。

如果只有两三个人对你嗤之以鼻，你会痛苦；可现在他们是三四百人，当着一两万人的大众面前嘲笑你，你会崩溃。必须马上停止，越快越好。但强烈的生存欲望让我奋不顾身地迎刃而上。

"女士们，先生们。"

我的声音，被巨大的音响无限放大，而自己却觉得极为低沉，像是卡在了喉咙里。

"我叫阿兰·格林曼……"

一个家伙高声奚落："格林曼，你死了！"全场哄堂大笑，笑声比起第一次，有过之而无不及。我窘得不知所措。

"我的工作是招聘顾问，这是丹克咨询的核心工作。今天当着诸位的面，我要提交总裁职位申请书……"

这可不行……这样的演讲毫无诚意可言……

"……申请总裁职位。我深知总裁肩上的重任……"

左边，一个尖酸刻薄的声音冲我喊来："重任太重，你已倒地！"全场再次爆发出笑声。机器超速运行。丹克刚才不留情面的挖苦产生了效果，他心领神会、默不作声，散户们愈发放肆无理。我成了他们的笑料，他们要置我于死地。我完了。

被人当众取笑是我人生中最可怕的事情。最可怕。声誉被毁，希望全无。我情愿决斗也不愿被人讥笑。面对交锋，我会做出反应；而被人讥笑时我只想逃之夭夭。我想永远消失，去别的地方……哪里都好，就是不要留在这里……这一切绝对要停止。立刻停止吧，只要他们不嘲笑我，怎么都好……

局势持续恶化，十万火急，我只能赴汤蹈火了，否则整个场馆内的人都会喝倒彩，耻辱感吞噬了我，我全然忘记了演讲，忘记了讲稿上的记录，连我的最终目的也一并忘记。我朝看台望去，冷笑声有增无减回应着我的沉默。我看着面前毫无怜悯之心的人群，顶住他们奚落的眼神，我的嘴唇终于靠向麦克风，触到了冰冷的金属。

"是我向媒体披露了丹克的舞弊事件！"

我的声音在这座嘲讽圣殿里反复回响，场馆内霎时寂静无声。彻底、绝对、震耳欲聋的安静。容纳一两万人的场馆内安静得让人不可思议。惊愕取代了嘲讽。舞台上的小丑突然不是小丑了，却成了敌人，一个榨干他们血汗钱的危险敌人。

上帝微服出巡时

不敢想象，人潮涌动的场馆本身也有自身的力量，让人不知所措。这种力量里还有每一个人的情绪和思想。这是集体的力量，被场馆内的人群所赋予，他们仿若一个轮廓清晰的整体。我一个人站在舞台上，站在集合起来的一两万个灵魂的中间，感受到了这种力量，从心底深处感受到了它的存在。我能感觉到它的振动。它先在陷入僵局的场馆内左右徘徊，继而在硝烟弥漫的战场里蠢蠢欲动。这一次，人群一声不吭，但我可以触摸到他们对我树起的敌意，我嗅到敌意的气味，回味着。敌意横在那里，毫无避讳之意，它漂浮于空气中，如同气势汹涌的波涛。此时无声胜有声。让人费解的是，它居然没有震慑到我。激烈的剧情正在上演，它会超越所有，无法预想结局。

我四周的人，群体庞大。我一不压众。他们因不满、憎恶和仇恨而聚到一起，或许还有别的缘由，但此刻，重中之重是他们聚到了一起。我能感受到这种隐形的力量，众多灵魂聚合出此种力量，它们就是一个整体。那力量如此强烈，我在自己的灵魂深处也感受到了这个整体。他们安静得让人不安，震慑人心，甚至是……蔚为壮观的。在他们对面的自己却是形单影只。我羡慕他们，想成为他们，想加入到他们的队伍里。我想与他们融为一体。横在我们中间的差别突然变得无足轻重，无关紧要了。他们是和我一样的人类。他们想留住多年的积蓄，安享晚年，而我要确保自己活下去。我们虽各有担心，但不正是异曲同工吗？

伊戈尔·杜布罗夫斯基的话在我耳旁响起，他的处世之道此时得以应证，但不再关乎应用技巧，而是共同的哲学理念。

融入你旁边那个人的世界，他会对你敞开心扉。

融入他人的世界……我们不是对抗的个体，而是一群拥有相同憧憬、相同意愿的人们，我们渴求生存，追求生活质量。较之聚集起我们且因身为人类把我们联系在一起的某种东西而言，横在彼此中间的障碍说到底不过是个细节而已，一个微乎其微的细节。但是如何与他们一起分享这样的感觉，如何向他们解释？还有……如何从我身上找到表达的动力？

演讲达人协会的一幕浮现在眼前，此时我深感情绪充沛。在心底深处的某个角落里，我知道自己是有演讲天赋的。如果有胆量，我可以向他们走去，和他们说话，真诚相待，打开他们的心扉……

我面前的讲台似乎成了障碍和束缚，它的存在让我和人群天各一方。我伸手抓住麦克风，把它从支架上取下，随后绕过讲台，丢下了演讲稿，朝人群走去。唯我一人，手无寸铁，随时会束手就擒。我缓缓前进，内心平和。我害怕，然而害怕渐渐不见了踪影，一种新鲜感油然而生。这是一种莫名的自信。

我感到应该为他们呈现孱弱无助的自我。虽然自相矛盾，但唯有如此，我才能向他们和盘托出如此计划的真实想法和最终目的。我本能地向前走去，松开领带，任其滑到地上，然后我脱了外套，脱时布料摩擦发出了轻微的窸窣声，外套落到地上。

我终于走到了舞台前方。我能看到离自己最近的人脸上凝重的神情。更远处，人们面目模糊，仿若印象派油画用五颜六色来表现模糊的笔法。但我能够感觉到所有的目光都聚集在自己身上，场内鸦雀无声，气氛沉重。

明摆着，我背不下演讲稿的全部内容。写了一个星期，现在却毫无用处，与此时的情绪也不吻合。我只要想到什么就说什么，就可以了。埃蒂安说过："用心说话。"

我看着四周聚集起来的人们。他们一脸茫然，愁眉不展。他们心里的想法传到了我的身体里。

我的嘴唇凑近麦克风，金属材质的麦克风。

"我知道诸位此刻的想法……"

我的声音打破了寂静。它在巨大的空间里回响，洪亮清晰，令人猝不及防……

"我能够感受到诸位的担忧和懊恼。你们花钱买了我们公司的股票，而我却对媒体泄密致使股价下跌。你们恨我，你们生气。你们认为我是个……无耻之徒、叛徒、坏蛋。"

观众席上没有声音。

强烈的聚光灯照得我脸颊发烫。

"如果我是你们，也会这样想。"

整个场馆悄无声息，但箭在弦上，一触即发。

"你们的投资收益不容乐观。你们或许需要这笔钱来改善生活质量，增加购买力，安度晚年，或是以钱生钱后，将财富留给孩子们。无论诸位的投资目的是什么,我全然知晓,并尊重大家的选择。

"也许诸位会以为我把消息透露给媒体是出于对马克·丹克的憎恨,出于个人报复。鉴于他对我的所作所为,我曾经这样想过。然而并不是这样的,这不是泄密的原因。我将这些消息公之于众,就是想让股票下跌……"

谩骂声响起。我接着说下去:

"……致使股票下跌,烦劳大家来此一趟,就为了能和大家面对面地交流一下。"

气氛紧张到了极点,我觉察到他们在全神贯注地倾听我的言论,迫不及待地想要查出我的身份,找出我的行为背后的深层含义。

"事实上,诸位有权知道你们追求收益的愿望所引起的后果,你们期望这只股票不断上涨,虽急于求成,却可以理解。股票上市之初,股市的职能在于帮助各个企业从大众那里募集资金以资助其日后的发展。过去,选择投资的那些人,无论是散户还是大股东,都会信任这家企业发展的潜能。他们支持企业的项目。接着,收益的诱惑致使某些股民进行短线操作,将资金从一家公司投入到另一家,以期得到最高利润,这样一来,他们的年收入就居高不下。投机心理一旦泛滥,银行家们便坐享其成地发明了他们称之为理财产品的东西,导致各类资金全都押注在股市的起伏上,也包括股票下跌时的买进。股票下跌时,如若公司经营不善,投机取巧的人便会从中得利。好比您打赌邻居的身体状况下滑,他患有癌症。您用一千欧打赌从现在起的六个月后,他的身体机能必然大大衰退。三个月后,他的病情恶化?好极了!您获利百分之二十……当然,您会觉得我举的这个例子与会议主题根本风马牛不相及,因为这个例子里说的是一个人而不是一家企业。我们正是要来谈谈人的问题。自从股市成为赌场之后,人们忘记了它最初的职能,人们尤其忘记在那些股民视为轮盘游戏、加注了钱的企业名称背后,有一些人,有一些有血有肉的人,他们为企业卖命工作,并为其倾注了心血。

"诸位瞧瞧,你们买进的股票行情直接关系到短期内的收益。公司必须在每个季度发布不俗的业绩报表,以期股价上涨。然而,公司也有点类似人。它的身体状况也会时好时坏,这很正常。人有时甚至会得怪病,于是他暂时停止不前,换个角度来看待问题,为自己的人生重新定位,继而蓄势待发,较之以往更为强大。但他要耐得住寂寞,心平气和地接受现实。如果,作为股民的诸位否认这个事实,那么企业也会否认自己深陷困境,对诸位撒谎,或是千方百计地作出一些决策来迎合短期操作的股民们。刊登虚假招聘或者是求助无支付能力的虚假客户,马克·丹克只是遵循了游戏的要求。但纸终究是包不住火的。

"股票上涨,大家翘首以盼,却也在承受重压,从总裁到公司新进的职员无一幸免。于是滋生了工作中的不正之风。只顾眼前利益的经营模式既不利于公司,也不利于职员,更不利于供货商们。供货商们狗急跳墙,也要把这种压力转嫁到他们自己的职员和供货商身上……到了最后,我们会见到蓬勃发展的公司居然要裁员,不为别的,只是为了维持和提高他们的利润率。从此,人心惶惶,大家都担心被炒鱿鱼,于是只顾及自身安危,同事间的关系恶化。

"到了最后,我们每个人都顶着压力工作。工作失去乐趣,而我一直认为它应该成为一种乐趣。"

场馆里悄无声息,气氛令人窒息。我在演讲达人协会那里侃侃而谈,还令众人哄堂大笑,那笑声曾经让我振奋,而今我却什么也体会不到。我感觉自己情真意切。我表达了内心深处最想说的话。我不敢说自己掌握了真理,但绝对心口如一,这就足以给我勇气继续说下去。

"朋友们,不管怎样,今天的世界还是原来的样子。我最近学习了甘地说过的一句话:'欲变世界,先变自身。'世界其实就是我们每个人相加的总和。

"今天,大家要做出选择。当然,这个选择,不会对全球造成巨大影响,可是它会对为丹克咨询工作的几百名员工产生影响,对我们面试的几千名应聘者产生影响,也许也间接影响了我们供货商的职员们。诚然,影响力度不大,但不容忽视。这个选择就是:

"如果你们希望手中的股票迅速回升,恢复几周前的走向,持续上涨,那么我提议大家今天重新选择领导本公司的人选。

"如果你们选我来做公司的领导,此时我不对大家做出任何承诺。甚至股票可能会在很长一段时间内保持低迷状态。然而,这正是我要努力的方向,让丹克咨询变成人性化管理的公司。我希望每个职员,无论他的职位和头衔是什么，每天早上起床时只要想到自己会施展抱负，就心满意足。我希望各个部门的经理们致力于为团队的每位成员创造发展和成功的条件，并培养成员持续发展的能力。

"我深信在这样的工作环境下，每个人都会将他最好的一面展露无遗，而不是以回应外界要求为首任。他将体会到施展才能、享受工作、自我超越的快乐。

"诸位想想，我认为对改变的需求是所有人基因里与生俱来的东西，我们只需将其表现出来，只要管理得当，不要逼迫员工用反抗讨要自由就好。我想组建的公司是：业绩的考核以职员对工作的热爱为准，而非压力所导致的结果，因为它破坏了每个人的心理平衡和工作乐趣。

"我也想请诸位尊重我们的供销商、客户、应聘者以及身为公司职员的我们。这种尊重和公司的发展并不矛盾，恰恰相反，它们相得益彰。我们算计他人、讨价还价，使得对方委曲求全地成全我们，而当对方一旦得手，也会对我们做出同样的事情。最终，我们无一幸免地活在竞争的世界里，费尽心机地给对方下套。在这样的斗争里，绝对没有赢家。除了频频树敌、较量权力外，我们已无事可做。但，只有尊重别人才会赢得别人的尊重，只有信任对方才会赢得对方的信任。

"我还会公开公司的业绩和经营模式，任何弄虚作假的东西在公司绝无立足之地。如果业绩不理想，为何要向诸位隐瞒？害怕你们抛售股票吗？可是诸位既然支持公司的长期发展规划，为何要将股票出手呢？各位偶尔也会感染风寒、患上感冒，它们折磨着你，你不得不卧床休息一个星期。那么，因为害怕丈夫或妻子离你而去，你们是否也要向配偶隐瞒病情呢？我会以长远目光来规划公司的发展。因为，诸位深知发展规划不是乌托邦主义者的温柔梦乡。我深信运营模式应建立在正确价值观基础上，公司才会蒸蒸日上，继而产生利润。不应该像吸毒成瘾的人每日定量吸毒一样来强求获得利润。和谐、正确的管理模式自然会为公司带来利润。"

我耳旁回响起伊戈尔的话。

你知道，我们改变不了别人。我们只是给他们指了一条路，然后引他们上路。

"选择权在诸位手中。其实,你们选的不是总裁,而是选择自己心仪的人。因为有了你们对他的赏识,一方面,你们的收入会居高不下,也许年终度假时,你们可以走得更远,买一辆豪华轿车,或是给孩子们留下一笔更丰厚的遗产。另一方面,你们欣慰于体验了永生难忘的风险,在买卖中重拾了人道主义。每天,你们心底深处涌现出些许的自豪感,自豪于自己的贡献成就了一个美好的世界,一个将让你们的孩子们看到的世界。"

我抬起头望着大家。他们虽然声势浩大,但仿若我的亲人。我已对他们推心置腹,多说无益。我无需使用惯用的客套话来结束演讲,引得观众掌声如潮。何况,这不是演讲,我只是表达了自己深深信仰的东西,我相信未来会大有改观。我就这样一直注视着他们,沉默不语,但惧怕荡然无存。之后我回到远离他人的扶手椅那里,远远地坐着。席上的经理们低头看着他们的脚。

投票、唱票,无休无止。我当选为丹克咨询的总裁时,夜色已浓。

54

我穿过战神广场花园芳香四溢的林荫小径,走近巍然屹立的埃菲尔铁塔,它高高在上,俯瞰着我。落日鲜红的余晖照耀着它,虽气壮山河却令人徒增不安。而我真的不再惧怕什么了。昨晚我经受住了最后的考验,从此便可摆脱伊戈尔的掌控,我们就安静地庆祝我凯旋而归吧。但我仍然觉得铁塔依旧是那个老家伙布置好的陷阱。自己好像逃之夭夭后又落入牢笼。

站在铁塔脚下,我抬头望向塔尖,立刻天旋地转。我觉得自己渺小而脆弱。如同被扫地出门的教徒双膝下跪,请求巨人——他信仰的神——宽恕他的罪过。

我朝南面的塔柱走去,挤进游客的队伍里,来到通往儒勒·凡尔纳餐厅的专用电梯前,有专人在此守候。

"您用什么名字定了座位?"他问我,看向手里的单子。

"我来见伊戈尔·杜布罗夫斯基先生。"

"好的,先生,请跟我来。"他立刻回应,连单子都没有看。

我跟着他走进塔柱内部，里面布置得井井有条。他微微给正和客人们等电梯的同事做了个手势，我们便插到他们前面，挤进逼仄的旧电梯里，四壁均为钢铁、玻璃。电梯门在我们两人面前重重关上，不亚于单人牢房的门，我们上升至建构塔柱且纵横交错的中心地带。

"杜布罗夫斯基先生还没有到，您先到了。"

电梯直冲云霄，冲向天际尽头的星辰，远离我们脚下一览无遗的辽阔城市。

升至第二层，我看见巨大曳引轮牵动着的钢丝绳时，心跳加速，手心冒汗。男子把我引荐给了餐厅领班，领班视我如贵宾。我跟着他穿过餐厅，一直走到我们预定过的桌子那儿，旁边是玻璃窗。他提议我来杯开胃酒，静候伊戈尔的到来。我点了一瓶巴黎水。

餐厅里的氛围温馨惬意。黑白点缀，装饰简约。平行的落日余晖洒向餐厅，连最隐蔽的角落也沾了光，置身高空的感觉强烈袭来。有几张桌子已有客人了，我听到他们用外语交谈的片言只语。

望向窗外，我不禁颤抖起来。我太熟悉这里的每根钢梁了。它们傲然屹立，嗤笑我的存在，让我想起过往的绝望和痛苦。下方如万丈深渊，望一眼便会头晕目眩，像是飘荡在云层里，摇摇欲坠。

终究要回到令我伤心欲绝的地方。我注定要经历生不如死的时刻，无法拭去的过往，然而云开雾散后，至少我重新谱写了自己的人生故事，仿若破旧的电影胶带，不能完全擦去以前的痕迹，但会让它变得模糊不清。

从那天起……不仅是人生阅历、情感、压力、焦虑接踵而至，还迎来了希望、进步、前进……自然，我依然如故。我还是我，不会成为另外一个人。可我觉得自己挣脱了束缚，如同船只松开了码头牵引它的缆绳。我意识到自己的诸多畏惧只是心里衍生出来的东西而已。真相就像张牙舞爪的龙，如果敢于直视，它便销声匿迹。我，在伊戈尔的鼓励下，驯服了出现在生命中的龙，此时，于我而言，他的鼓励是出于好心和善意的。

伊戈尔……伊戈尔·杜布罗夫斯基。伊夫·迪布勒伊。我们之间的约定终结了，他还会来照亮那些依然不甚明朗的地方吗？我会明白他的用心吗？抑或依然视他为半疯状态的前心理医生？

等了很久，伊戈尔迟迟未到。餐厅里人声鼎沸，侍应生跳起了华尔兹，领班和酒务总管奏响了管弦乐，动作流畅，舞姿轻盈。我又要了一杯酒。这一次，点了波旁威士忌。此酒我从未饮过，突然很想尝尝味道如何。

太阳坠入城市下方，天空一片绯红，柔情而热烈的粉红色铺满天际，有种宁静致远的感觉。我无事可做，无话可说，只是等待着他的到来，回味着此时此情。时间仿佛停止了，停留在惬意的慵懒中。

我拿起酒杯，慢慢摇动，徐徐旋转。渐渐地，冰块翩然起舞，轻触酒杯时叮当作响，那清脆声不易察觉。

伊戈尔不会来了。我心里已有预感，隐隐觉察到了。

我的目光游离于天空中，整个人都消融在它的美丽中。饮了一口酒，它的醇香侵袭了我的味觉，热量在身体里四散开来，我如释重负。

夜幕降临，巴黎霓虹闪烁，餐厅淹没在撩人的夜色中。

我独自用餐，沉醉在温柔的夜色中，爵士钢琴家演奏的曲子忧伤惆怅，我左右摇摆。天边，星光闪耀，万籁俱寂。

55

男子舒舒服服地坐在藤架下，把冒着热气的咖啡放在身旁，这是他刚从屋里端来的。他从烟盒里抽出一支烟叼在嘴里，取出一根火柴往火柴盒的侧边一划拉，火柴断了，他把断了的那截扔到了地上，发誓一定要点燃火柴。随后他擦着了第二根火柴，然后点燃香烟，吸了清晨的第一口烟。

这是一天中最美妙的时刻。屋前的自然小角落还在沉睡，花朵上的露水逸出淡淡的香味，露珠清晰可见，如同酣然入睡的花瓣上的微型放大镜，映出粉红、雪白、鹅黄的色彩。太阳缓缓升起，天空还是一抹浅蓝。天会很热。

男子打开报纸——《普罗旺斯报》，读着第一版上的标题。八月末的新闻寥寥可数。有一篇森林火灾的报道说，动用了森林灭火飞机后，火势迅速被马赛的消防员控制住。他想这绝对是某个纵火狂干的。还有一篇文章报道了几个没有环保意识的游客在大自然里享受野餐，全然无视禁令。另一篇文章则指出夏季各种节日频频举办活动，致使入不敷出。"还不是我们用地方的税收去为巴黎人支付音乐会的门票。"他自言自语道。

他饮了一口咖啡，打开报纸继续阅读里面的内容。

一张照片映入他的眼帘。照片下方，是用粗体字标出的醒目标题："二十四岁小伙当选为法国最大猎头公司的总裁。"

他的香烟从嘴边滑下。

"啊，这！乔赛特，过来瞧瞧！"

人不可貌相，海水不可斗量。衡量人的尺度不在职位高下。可是职位无疑改变了别人对你的态度。选举后的第三天，我回到办公室，诚惶诚恐。一踏进公司，大厅里几乎聚满了人。同事们似乎不确定我当选为总裁的事实，要亲自验证消息的准确性。每个人用自己的方式问候我，但大家和我说话的语气都显得怪怪的。我感到里面掺杂着个人利益——我不会怨恨他们，有些人谨慎入微，有些人则想和我套近乎，鞍前马后地奉承着，期望日后得到好处。托马斯一马当先，我并不为此吃惊。只有阿丽斯对我一如既往，我能体会到她是真心实意地替我感到高兴。

我没有逗留，而是上楼来到办公室。才坐下不到一刻钟，马克·丹克突然到访。

"不必四处奔波，"他说道，不看我一眼，"既然您要把我扫地出门，我这就成全您。在这里签字，从今往后，你我形同陌路！"

他递给我一张纸，笺头是公司的标志。我看了一眼，没有接过。这是一封打印出来的信，给他的，告知他在公司的任职已经结束。签名的下面，写着：总裁阿兰·格林曼。

这厮早已养成掌控一切的习惯，所以自己签了解聘书的字！我接过信，将它撕成两半，扔进废纸篓里。他望着我，一脸错愕。

"我想了很久，"我对他说道，"决定保留公司唯一的总裁职位，同时任命一名与总裁职位有别的总经理。与其我本人身兼双职，不如把这个职位留给您。您追求效率、热衷业绩。我们就把这两种积极的工作态度投入到崇高的事业中去吧。如果您同意，那么从现在起，您的任务就是把公司变成更人性化的公司，让它拥有优质服务，尊重每一个人，从客户到职员，再到供货商，无一例外。您知道的，我承诺过，生活幸福的职员会将他们最优秀的一面呈现出来，我们视为合作者的供货商们也会因我们给予他们的信任而信任我们，而客户们则会对我们所提出的价值观大为赞赏。"

"这不是长久之计。您看股票了吗？从股东大会的第二天起，它又下跌了百分之十一！"

"无所谓，这只是因为第二位大股东抛售了他持有的股票。从今往后，公司只会受益于散户们，他们对公司运作的新策略持赞同观点。那些只会发号施令的大股东强加给我们的压力不会再有了！现在我们是一家人……"

"您会被生吞活剥的。不到半年，我们的竞争对手会不怀好意地公开出价收购公司！不用两周，大股东便会现身，您的下场是卷铺盖走人。"

"公司不会走到被公开出价收购的地步，无非是某位投资者用高于股市的价格出价重新买进股东们持有的股份。但我要提醒您：我告诫过他们，股票会比您在位时期回升得慢，可之后他们还是投了我一票。所以他们默许了我的计划，放弃了短期内的经济收益。我相信他们会忠于自己的选择，不去听信诱惑。"

"您的双眼被蒙蔽了，他们会妥协的。因为人们对金钱的诱惑毫无抵抗力。"

"您没有发现事情的性质已经发生改变了。您的股东们在嘲讽您的公司，他们投资的唯一目的就是要获得收益。正因如此，您成了为他们投资的赢利而卖命的奴隶。而那些从今往后支持我的人则会因为公司项目而靠拢在一起，真正的公司项目应以人生哲学和价值观念为本。他们不会无缘无故地否定自己认定的价值观。他们会一直陪伴公司。"

丹克看着我，面露费解之色。我打开放在面前的文件，从里面抽出一张纸递给他。

"给，您的任命合同。里面的内容和之前的一样，只是从今天起，您是总经理，而非总裁。"

他看了我一阵，不知所措，随后我相信看到他眼中闪现出一丝狡黠的光芒。他从口袋里掏出钢笔，弯腰趴在办公桌上签了合同。

"好的,我接受您的任命。"

这时,我的电话响了。

"喂,凡妮莎?"

"有名记者打进电话,我给您接进来?"

"好的,接进来吧。"

丹克朝我点头示意,抽身而退。

"格林曼先生?"

"我就是。"

"我是法国电视台第一新闻频道BFM的艾曼纽埃尔·瓦尔加多。我想邀请您来上我们星期二上午的节目,到时希望您能给我们讲讲获得丹克咨询领导权的历史。"

"我真的不觉得自己获得了什么权力……"

"这正是我们感兴趣的地方。节目录制会在星期一的下午两点进行,您能来吗?"

"呃……我想问问……有观众参与录制吗?"

"录影棚里最多能容纳二十来个观众。您为何这样问?"

"我能邀请一两个人来吗?我要兑现一个很久以前许下的承诺。"

"没有问题。"

马克·丹克离开了阿兰·格林曼的办公室,嘴角微露笑意。这个毛头小子不那么热衷权力,因为他不敢独揽大权。正因如此,他让自己来做总指挥。他领导不了公司,他很明事理……

前任总裁已在摩拳擦掌,三步并作两步地跨上台阶奔往他办公室所在的楼层。他只要轻轻动下指头就能拿下那个毫无防范的傻小子。他确实没有什么权力意识。其实,一切依然如故。还是他,马克·丹克,不过是以总经理的身份来掌控公司而已。总裁只能乖乖听命。一年后,他会在股东大会上做述职报告,他会告诉股东们是他在管理公司,他会让他们举双手赞成自己接任总裁……

走到办公室的门口时,他突然愁容满面,他脑海中闪过了什么,接着他脸红了。他的退路……三百万欧元以备资金断链之需……是的，就是因为这个！格林曼请他留下来无非就是这个原因！而他……竟然签字了……

他进了办公室，甚至都没有觉察到自己经过安德鲁的前面。他喃喃自语，浑然不知所云。

"刚才那个小白痴又骗了我一次①！"

秘书蹙起眉毛。

"他很享受吗，先生？"

56

我很早就下了班，然后直奔伊戈尔·杜布罗夫斯基的宅邸。他需要对我作出合理解释。像昨晚那样避而不见就算息事宁人了吗？

总裁的司机从此为我效力，他开车送我。坐在车里的感觉很怪异。我身在车里，懒洋洋地靠在后座的软垫长椅上，身陷皮椅最柔软的部分，而在里沃利街，周围的司机们都紧张兮兮地趴在方向盘上。我觉得自己俨然成了身份尊贵的人物。车子停在红灯前，我发现自己居然在观察旁人的目光。我从他们的目光中里读到敬重了吗？或许……是某种赏识？其实，好像没有人在意我是谁。大家操心的是能否从这边岔到那边，所以启动车子的速度也要比旁边的车迅速。然而，我们却毫无优势超车，车身庞大，其他车把我们甩在了后面，扬长而去……我究竟在期盼什么？是否内心深处也对有司机的人刮目相看？不，当然不是……应该不是。幻觉罢了。何况又何必去挖掘自己的想法呢，徒劳无益。旁人的欣赏何以弥补自身自信的不足？身外之物面对内心伤痕累累的我们也无可奈何……

突然想再去完成伊戈尔交待的任务，继续记录一天中我引以为荣的三件事。但自从发现他的假身份，发现让我冥思苦想的各桩蹊跷事件后还另有隐情后，我便终止一切行动了。

---

① 此处一语双关，也指：又亲了我一次。

几分钟后,我们被堵在了协和广场,塞车严重,此时我后悔没去乘地铁。不用二十分钟,地铁就会把我带至想去的地方!

大车驶至目的地,停在了伊戈尔府邸的黑色栅栏前,我下车。乌云密布;空气里透着马路上和公园里的树木漂浮出的湿气。城堡巍然屹立于阴沉的氛围中,与鬼屋无异。

我认出给我开门的那个下人,随后自己一言不发地径直行至宽敞客厅里。阴沉的天气也尾随入室,客厅里黯淡无光,氛围柔和却备觉忧伤。不同于屋子平日里的习惯,点亮的灯屈指可数。

我看到坐在沙发上的卡特琳娜,她双腿盘在座垫上,鞋扔到了地毯上。

"您好。"

她望着我却不应声,只是轻轻点头。我的目光扫过整个客厅。唯她一人。角落里,顶盖收起的巨大钢琴如同黑色的大理石板。从面对花园的落地窗那里,我们看到刚落下的雨滴从植被的叶子上滚落。

"伊戈尔在哪儿?"

她没有马上回答,却不再看我。

"啊……你知道他的真名……"

"是的。"

她沉默良久。

"阿兰……"

"是……"

她叹气。

"阿兰……我必须要告诉你……"

"什么?"

她吸了口气。我感觉到她全身上下都在抽搐。

"伊戈尔死了。"

"伊戈尔……"

"是的,他死了。昨天早上,他的心脏病突发。下人们无能为力。救护车赶到时已经太晚了。"

伊戈尔死了……我不敢相信自己的耳朵。匪夷所思。即使我对他的感情难以言状，然而整个夏季，从欣赏到憎恨再到惧怕，我尝尽人生百味。惧怕已从我的身上销声匿迹。这个人释放了我的压抑，打造了一个完全能够经营自己人生的我。伊戈尔死了……我霎时觉得自己颜面无地，甚而是……忘恩负义的。我再也没有向他道谢的机会了。

悲哀渐渐涌来，侵至全身上下。我突然感觉压抑，灰心丧气。老家伙走了……

我脑中闪过一个问题：我的那些疑问，它们的解答也随他一同离开了吗？

"卡特琳娜，我能问您点儿事吗？"

"阿兰，我……"

"诉讼。弗朗索瓦·利特雷克的诉讼。伊戈尔是有罪的，不是吗？"

"不，就此事而言，他无可指摘。"

"可为什么要催眠陪审员呢？这是他干的，不是吗？"

卡特琳娜苦笑。

"他做出这样的事情，不足为奇，但是他之所以如此行为，是因为他要还原事件真相，给自己一个公道……或者他也许只是因为无法证明自己的清白，逼不得已才出此下策，但他确实是清白的。更何况，他和这个受人指使的年轻人几乎没有交流。年轻人自杀与伊戈尔毫无瓜葛。"

"那我呢？……我们在埃菲尔铁塔上的相遇绝非偶然，不是吗？"

她望着我，满眼慈爱。

"是的，其实……"

"他这样做其实早有预谋，对吗？"

她点头默认。

我无话可说。她助纣为虐，原来她完全知情却让他任意妄为。

"卡特琳娜，您知道他为何认识奥黛丽吗？"

她转头看着窗外，说话时心不在焉，眼睛望向流淌在花园里的雨水，雨声淅淅沥沥。

"伊戈尔知道你们关系甚密。他把为你制定的计划告诉了奥黛丽。他劝她离开你，她离开时故意把那篇有关自杀的文章留下了。"

"是他让奥黛丽离开我的？"

我气愤难当。他怎可以这么无耻？

"她难以接受，但伊戈尔知道怎么处理。他告诉她这样做是为了你好，并同她协商了他需要的时间，等这段时间一过，她就可以回到你身边了。"

我不敢相信奥黛丽居然也是他的一颗棋子。她未免也太有奉献精神了。

"那天我看见她从他的宅邸里出来……"

"她来了，然后对他说去死吧，她受不了了，她做的这一切毫无意义。伊戈尔不得不和她商量还需要的时间。阿兰……"

整件事情里，我毫不知情。我压制住自己的怒气。

"但他怎能……"

"阿兰……"

"如此玩弄别人的情感，真是卑鄙无耻！"

"阿兰……"

"如果在这期间，她遇到别的人，我要怎么办？"

"阿兰……"

"真是胆大妄为……"

卡特琳娜大声喊叫起来，以便我听到她在说话，她的声音盖住了我的。

"阿兰，伊戈尔是你父亲！"

她的声音回荡在空旷的客厅里。我的脑袋里一直嗡嗡作响。周围寂静无声。我吃惊到有点失常。脑海中浮现出往昔的画面，百感交集。

卡特琳娜呆若木鸡。她直盯着我，神情尴尬。

"我父亲……"

我喃喃自语，她听不清我在说什么。

"我不知道，"她往下说道，语气温柔，"是否你母亲对你说过：'在美国把你养大的那个人并非你的生父……'"

"说过了，说过了。我知道……"

"有了你的几年后，伊戈尔同意收留一个患病女佣的女儿。女佣是个单身母亲，她住院的两个星期里没有人可以照顾她的孩子。这个小女孩讨人喜欢，应该和你年纪相仿……她胆量过人、精力旺盛又调皮捣蛋。虽小巧玲珑，却兰心蕙质。伊戈尔为她倾倒。他是那种根本不会喜欢孩子的人。但他细心地照顾女孩，和她真诚相处每一天。她的出现让他豁然顿悟。他意识到为人父是件了不起的事情。女孩的母亲出院后把她领走，伊戈尔却坚持要经常照顾她。他在照看女孩之初，扮演了教父的角色；她长大成人后，即便其母已不再是他的用人，他也依然要做她的守护神。这个小女孩闯进他的生活，让他有所触动。伊戈尔突然想起了自己的亲生孩子，而这个孩子和他的父亲却素未谋面。他有了寻找孩子的想法，夜思日想。他深感内疚，不能忍受知道自己唯一的孩子没有父爱地活在世界的某个角落里。接下来他开始大范围地搜寻，想方设法地寻找。然而寻找的过程仿佛大海捞针……他花了十五年的时间来寻找你的踪迹。偶然得知，你回法国了，近在眼前却浑然不知就里……"

"偶然得知……"

"接着，他望穿秋水地盼着见你一面，却又迟迟不敢相认，他就这样日复一日、周复一周地煎熬着。许是羞愧吧。耗了那么多年的时间找你，近在咫尺时，他却突然没有勇气来面对你的目光了。他怕你拒绝，怕你不原谅他在你出生前就把你们——你母亲和你，抛弃了。我曾一度以为他绝不会再接近你了，他会对你放手。可接着，他又让人跟踪你，接近你的距离越来越近。这几乎让他患上了强迫症。他每天晚上读着有关你的记录。他一天天地了解你生活中的方方面面。直至发现你的惧怕、失望和体会。

"光弗拉蒂一人盯梢也不行，你迟早会发现的。于是他让自己守护的天使也参与进来。她同意了。但善于运筹帷幄的他完全没有料到接下来发生的事情。那个年轻女孩，一直跟踪、观察你，竟不可救药地爱上了你。从那时起，她就拒绝向他提交有关你的记录……"

"不要告诉我……"

"不……"

"奥黛丽？"

卡特琳娜一言不发地看着我，点了点头。

奥黛丽……我的天。奥黛丽就是伊戈尔守护的天使……

"于是他决定亲自……掌控你。我觉得他是想以此来弥补他在你成长中的缺席。只有这样，他才能认你……他找了你整整十五年，正准备出现在你的生命里的时候，你却迷恋上了一个年轻女人的怀抱。他也许想悄无声息地照看你一段时间……我个人很赞同他照顾你的想法。如此一来，你们相认的那天，也就是你知道真相的那天方才不显突兀，但他没有想到这一点。他一直都在自寻烦恼……"

"可您和他是什么关系？我一直都想弄清楚……"

"我可以说是他的同行，但我们后来成了朋友。我本人也是心理医生，那时他还在医院里工作，他在心理治疗上的大胆尝试我早有耳闻。于是我与他取得联系，请求他允许自己跟随他的左右，如此便可在和他的接触中习得一二。他爽快应允了，有人关注他和他的治疗方法，他甚感欣慰。阿兰，虽然你父亲的医术……有些另类，我还是得说他是个天才。"

"但是您不能否认，就为了堂而皇之地帮助亲生儿子，他行为过激到竟逼他去自尽。那段时间，我真的很想离开人世，甚至有可能会用他推荐的另一种方式来了结自己。"

"不，你被近距离地监视着……"

我脑海中闪过一些片段，让我心绪不宁，我不知道是什么。冥思苦想了一阵，记忆清晰地呈现在脑海里。

"卡特琳娜……我在埃菲尔铁塔第一次遇到他的那天，我……险些失足。"

"我知道。"

"伊戈尔竟然怂恿我……跳下去。我向你发誓，我没有撒谎。我还听到他对我说：'去啊，跳下去！'"

卡特琳娜的嘴角掠过一丝苦笑。

"啊，这个啊！这就是伊戈尔的本色了！他太了解你和你的个性了，所以他坚信命令你跳下去是唯一可以阻止你自寻短见的办法……"

"可是……如果他错了呢？他会失去自己的亲生儿子！"

"你看，任何人都不会像他一样行事。他终其一生铤而走险。可你要知道，你父亲比其他人都要了解他们自己。直觉使然。因人而异，他知道自己该说什么。何况，在这一点上，他从未有过差池。"

外面，雨停了。植被淋湿的叶子反射出花园里的碧色银光。淡淡的香气从敞开的窗户飘进屋里。

我们聊着父亲的生平，方兴未艾。到了最后，我衷心感谢卡特琳娜的开诚布公。她告诉我举行葬礼的日期，我起身告辞。走到大客厅门口时，我犹豫了，随后转身向她：

"伊戈尔知道……我被选上总裁的事了吗？"

卡特琳娜抬起头来看着我，点点头。

有个问题我一直想知道答案；又羞于开口。

"他……以我……为荣吗？"

她转头去看花园，沉默半晌，然后轻声回答，声音沙哑：

"当天晚上弗拉蒂通知了我以后，我就来找伊戈尔了。弗拉蒂不能来见他。我进来时，伊戈尔正在弹琴。他背对着我，停止弹奏，他要听我说话。他知道我为何而来。我告诉他你成功当选为总裁，他静静地听着，一言不发，一动不动。很久以后，我朝他走去。"

卡特琳娜停顿了一下，接着说道：

"他的眼睛湿了。"

57

生命的长河里，总有意外不期而至，总有情感跌宕起伏。无需我们解释，也不必赋予特殊涵义。与奥黛丽言归于好已有几日，我把一切记录到了快要写满的笔记本上。我们幸福洋溢地再续前缘，结束了分离的煎熬。我欣喜若狂地发现她对我仍然是一往情深。我幸福得像飘在云里，喜不自禁。我居然还能再见到她、抚摸她、闻到她的气味、拥抱她的身体。我们发誓无论发生什么都永不分离。我们当然也说起伊戈尔，想起他的离世，两人不禁潸然泪下。她告诉我有他陪伴的童年时光；而我和他见面时间不长却关系甚密。我们一直从我的忧虑聊到他，聊及他强加给我的考验及由此而生的人生历险，然后两人一起开怀大笑。

葬礼在圣亚历山大-涅夫斯基大教堂做完东正教弥撒后，于圣热讷维耶沃德布瓦的俄罗斯人公墓里举行。

出席葬礼的很多人互不相识，但集体来到的下人们不在此列。其他人互不交谈，每个人在墓地绿树成荫的小径上徘徊着，等待着逝者的到来。参加葬礼的人群里，女性来得最多，某些人容颜靓丽，身着鲜艳服饰。

紧接着，棺木抬出来了，人们自发地聚在一起。四个穿着黑色西服的男子抬着棺材，后面跟着弗拉蒂，他牵着异常平静的思大林。

我们跟着他们，阳光普照，静默的人们排成了长长的送行队伍。阳光从青葱翠绿的树木缝隙里穿过，此地美景怡人却徒增不安，一望无垠却沉静肃穆。遍地栽满了桦树、溢出树脂香味的云杉，还有直冲蔚蓝天空的松树，而天空下它们的树干盘绕成结。

送行队伍转至一条小径，突然，我的心抽紧了。我们身前的地方，放了一台钢琴。一位年轻男子坐着，触摸着琴键，神情凝重，他有斯拉夫人的血统，一双浅蓝色眼睛。他开始弹奏钢琴，清脆而忧郁的音符缓缓流淌在静谧的自然里。人们驻足聆听，唏嘘不已。奥黛丽转身靠着我。旋律接着变成了荡人肺腑的和弦，撼人心魄，即使身披铠甲，即使百感交集、忧心如焚、冥思苦想，也难敌音乐直击人心、引人哀思的力量。

音乐一响起，我就听出这支曲子了……拉赫玛尼诺夫陪伴着父亲直至他与世长辞。即使人群中最冷血的人眼角也不禁泛起泪光。

58

几个月的时光飞逝。冬季的某个清晨，我们搬进了父亲的公馆里居住，那天，天空下起了鹅毛大雪，纷纷扬扬落下的雪花像是为花园披上了薄薄的绒毛外套，大雪松舒展的长长枝条上也积满了雪絮。天很冷，空气清新得宛如置身山中。

一想到要生活在这么宽敞、舒适的房子里，我喜出望外。头一个星期，我们每天晚上都要换房间睡觉，我们轮流在大客厅、书房和大饭厅里就餐。我们就像是两个进了玩具琳琅满目的宫殿里的顽童。那些日日劳神的事已荡然无存，有下人伺候我们。

两个星期后，我们原形毕露，恢复了以前的习惯。渐渐地，我们的生活只限于两个房间里，其他房间则自然而然地被我们遗弃了。

我们接待了几次奥黛丽的朋友们，但城堡里的气氛怪诞，虽然我们的态度亲切如前，可朋友们在这种连我自己都长吁短叹的地方却没法自在。他们看我们的眼光变了，交流里少了自然、没了热情、失了自主。我们的关系岌岌可危、冷若冰霜、南辕北辙。他们以为我们摇身一变成了阔绰的有钱人，某些人厚颜无耻向我们借钱，我们难以拒绝。一段时间后，我们不再是他们的朋友，而成了他们的银行……其他人，则相反地力求增进彼此之间的友谊，但我们深知他们无非就是想向人炫耀和我们的交情而已。有钱人的身份引来了一帮投机者和伪君子。我们慢慢学会了保护自己，随后闭门谢客。

下人们随时出现在身旁，这成了我们私生活里的噩梦。他们几乎随时出现，我们没法嬉戏，亲热也成了奢望。我们住在自己家里，却形如外人。

三个月不到的时间里，我们就失去了诸多生活快乐和我们仅存的一点孩童般的纯真。我们望洋兴叹，无可奈何。

生活确实不尽如人意，我们迅速作出应对。我努力探寻这一切的根源。我深信我们遭遇的事情绝非偶然。偶然……我后退一步，问自己为什么这样奢华尽享的生活会突然出现在我的人生里，呈现给我。生活也许想要考验我的价值观……我，和其他人一样，有改变自己命运的欲望及人往高处走的需求，所以才落入陷阱。然而真正的改变不是内心的改变吗？我们因改变自己而幸福，根本无需改变周遭的事情。

如醍醐灌顶之警醒，我们茅塞顿开，于是决定离开这个体积庞大的负担。我们出售了公馆，钱分给了下人们。他们勤勤恳恳为父亲的一生操劳忙碌，他们该得到这笔钱。奥黛丽的母亲，一年前就退休了，也得到了她的一份。弗拉蒂把思大林留在身边，得到了他的那份，还开走了奔驰车，我们坚持把车留给他。奢华的豪车会让那些平凡的人嫉妒你，让知识分子鄙视你，还让头脑灵活的人同情你。除了非议，不会得到人们的正面评价。我把儒勒·凡尔纳餐厅捐赠给了爱心餐厅。一想到有朝一日看到流浪者们爬上埃菲尔铁塔享受美味晚餐，我心中一阵窃喜。

然后我和奥黛丽十指交叉地依偎着，给布朗夏尔太太去了电话。当她告诉我们，她担心租客们吵吵闹闹，蛮不讲理，所以还没有把我住过的套房租出去时，我们为之欢呼雀跃！

四月某个晴朗的星期六，我们搬回原地，只是带走了我们所需的东西，幸福也尾随而至。奥黛丽一放下纸箱，就将窗户大开，放了些面包屑在窗边。灿烂的阳光涌进屋内，巴黎的小麻雀叽叽喳喳地快乐鸣叫，恭贺我们的乔迁之喜。

当晚，为了庆祝我们的回归，布朗夏尔太太在楼房的院子里安排了晚宴。她变了，但我说不上来到底是什么。她在旧桌子上铺了一块大大的白桌布，上面摆放了多份猪油火腿蛋糕和糕点，她用了整整一天来准备这些东西，楼房里飘荡着诱人的香味。她邀请了所有的邻居来用餐，邻居们欣喜地享受着春天伊始的温柔夜晚，我最想不到的是，她竟然亲自找来了……埃蒂安，酒足饭饱后，埃蒂安扬言要高价收购一瓶冬宫葡萄酒，他整晚都抱着酒瓶子喝着。一台装电池的老录音机里放出法国昔日的歌曲，节奏欢快。随着音乐，我们微笑着摇摆身体。久违的无忧无虑和轻盈自在回来了。

那天晚上，我看了布朗夏尔太太好几次，我努力寻找改变她的原因。当答案清晰地浮现在脑海中时，已是将近午夜时分。她的一袭黑衣不见了，取而代之的是一条漂亮的碎花连衣裙。最大的改变常常最难以察觉。